·珍藏版·

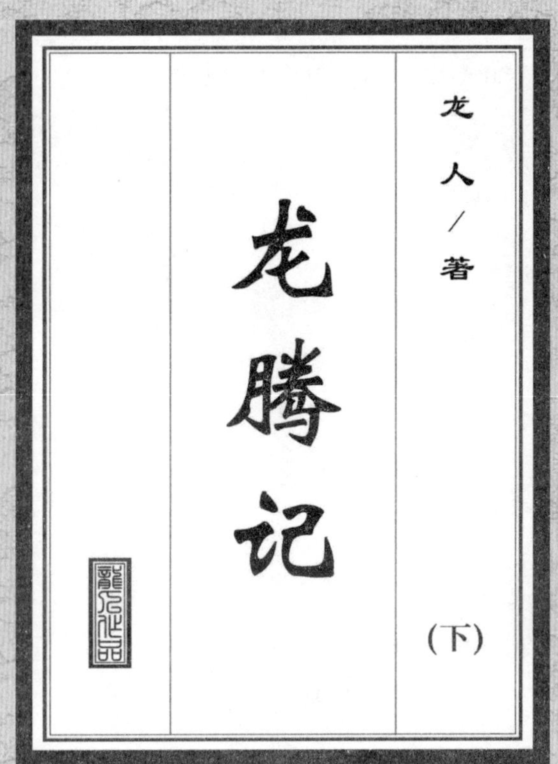

龙人/著
龙腾记
（下）

二十一世纪出版社集团
21st Century Publishing Group
全国百佳出版社

图书在版编目（CIP）数据

龙腾记：全3册/龙人著. -- 南昌：二十一世纪出版社集团，2017.12

ISBN 978-7-5568-3242-2

Ⅰ.①龙… Ⅱ.①龙… Ⅲ.①长篇小说–中国–当代 Ⅳ.① I247.5

中国版本图书馆 CIP 数据核字 (2017) 第 289906 号

龙腾记：全3册　龙　人　著

责任编辑　敖登格日乐

出版发行　二十一世纪出版社集团

（江西省南昌市子安路75号　330025）

www.21cccc.com　cc21@163.net

出 版 人　张秋林

经　　销　新华书店

印　　刷　北京市兴怀印刷厂

版　　次　2018年5月第1版　2018年5月第1次印刷

开　　本　710mm × 1000mm　1/16

印　　张　45

字　　数　441千

书　　号　ISBN 978-7-5568-3242-2

定　　价　150.00元（全3册）

赣版权登字—04—2017—895

如发现印装质量问题，请寄本社图书发行公司调换 0791-86524997

目　录

第二十八章　龙珠之秘

其实，“腐骨散”这天下至毒之物，被柳天赐血液里的化毒神丹溶解后，不仅对他毫无毒性，反而有益，因为天下稀有之物，不管它本身是否好坏，但都有一定的灵性，所以柳天赐就像服食了一颗千年灵芝一般，当然，这是“千毒怪”所想不到的，还以为柳天赐用深厚的内功将毒逼出体外所致，更是佩服之至。

“千毒不毒怪”道：“我输了!”说完，走上前，从怀里掏出一把明晃晃的匕首，将绿鹦背上的箭剜了出来，敷上药，包扎好，前后不过一盏茶功夫，更奇的是绿鹦似乎没有感觉，依然昏迷，柳天赐心想：这“千毒不毒怪”果真了得，不仅能解天下百毒，而且疗伤也是旷世奇才，病人没一丝痛苦。

“千毒不毒怪”又从怀里掏出一粒红色药丸给聂宋琴服下，说道：“好了，她们都没事了。”

话一说完，两人身形疾起，几个起落就消失在山坡后面。

“神偷怪”用手捂着胸部，干咳几声，说道：“柳教主可知那‘九龙珠’的来历?”

柳天赐不知“神偷怪”为何提这样的问题，说道：“这‘九龙珠’不是那蒙古鞑子的圣物吗?”

“神偷怪”突然咯咯大笑，说道：“历来极有野心的人都爱玩这种故弄玄虚的把戏，没想到还没开化的蒙古人也用上了。”

柳天赐不解道：“前辈这话是什么意思?”柳天赐虽然觉得“神偷怪”行事无常，且不择手段，但作为一个前辈异人，心地还不坏，况且自己偷袭她，使她受伤，心里也有些内疚。

“神偷怪”突然柳眉一竖，厉声喝道：“谁是你的前辈，我是一个毒女人，我恨武林所有名门正派的人!”

柳天赐见她脸形扭曲，银牙紧咬，神情甚是骇人，不明白自己一声前辈的称呼竟惹她如此动怒，且说出的话如此不可理喻。

“神偷怪”缓了一缓，说道：“古时陈胜、吴广为了称王立名，先派人半夜鬼叫‘陈胜王，陈胜王’，就是要让人觉得他陈胜是神派来的，就自动奉他为王，成吉思汗从阮星霸那里得到的九龙珠也是这个意思。”

柳天赐禁不住问道：“九龙珠不是蒙古人天降圣物吗?”

“神偷怪”道：“成吉思汗将九龙珠埋在大沙漠中，后假装说梦见有天降圣物，并且是在午时，当然人们真的发现了沙漠早就预先埋好的九龙珠，九龙珠光彩大现，九龙飞舞，蒙古人最敬神的，于是，就奉铁木真为大汗，铁木真成了蒙古人的首领后，野心大增，想灭大宋，于是，就解释九龙珠即指九洲，说是上天注定了他铁木真统一中原。咯咯，其实，九龙珠只是九龙帮的镇帮之宝而已，说起来还与你极有渊源呢。”

柳天赐心想：九龙珠怎么会和我极有渊源呢?

“神偷怪”盘膝坐下，自顾自说道：“数百年前，在九龙帮第三辈先祖中，出了一位奇人，名叫痴癫，痴癫祖师天性愚痴，又有些疯疯癫癫，故帮中人称他为疯二爷，他是九龙帮第三辈掌教师尊之弟，在教中无职无位，便成了一个浪子，从不管教中事情，只是每天嘻嘻哈哈，喝酒取乐，喝醉便东倒西歪四处乱逛，与帮中一些看门、打更的小兄弟耍笑胡闹，像一个不懂事的玩意一般，他做事虽然古里古怪，可脾气出奇的好，你拿他取乐，他也不生气，因此帮中的兄弟经常与他取乐调笑，他也不恼，所以他在帮中是最快乐的人，大家都很喜欢他。”

柳天赐默然听着，不明白“神偷怪”为何与自己闲谈九龙帮几百年前的事，这难道与自己有什么渊源不成？不过，那痴癫祖师也的确快乐，倒有点像“不老童圣”。

“神偷怪”又道：“九龙帮在当时可谓是名极一时，就像日月神教一样，帮中汇集天下高手，称为中原武林实力最大的帮，所以痴癫祖师虽然在外面疯疯癫癫，胡乱取闹，别人看在九龙帮的份上，也不敢伤害他，他也乐得逍遥自在，哪里好玩哪里去玩！”

柳天赐想道：唉，真是世事轮回，盛极一时的“九龙帮”到如今却被阮星霸一伙人弄得乌烟瘴气，成了成吉思汗南下的工具，不由黯然。

说起“九龙帮”，“神偷怪”两眼放光，变得神采奕奕，滔滔不绝又道：“这位痴癫祖师貌似呆傻，实则天赋极佳，其悟性非凡人能比，他一生嗜武成痴，却又不肯拜师学艺，江湖上的人只知道他疯疯癫癫，从未与别人露一招一式，还以为他不会武功，九龙帮高手如云，大家闲时切磋技艺，他看也不看，有人谈论武功，他扭身便走。

“他认为，祖先留下来的东西虽好，却是死的，已成规范，所以他对世间已有的武功决不染指，想独创出世间独一无二的武学来，决不步前人的后路。

“他这种怪异荒诞的想法，帮中兄弟都感到好笑，说他是痴人说梦。

“大凡世间能开创一派的武学宗师，除了有超凡脱俗的天资外，还需要先祖所传的武学作根基，然后触类旁通，苦心研磨，才能大彻大悟，独树一帜。

“可这位傻二爷心智不成熟，像个顽童，在人们眼中是个取乐的傻人，且对各门各派的武学从未习练，便想独辟它径，自修自悟，独创神功，开宗立派，岂不是异想天开，痴人说梦么？”

柳天赐觉得那傻二爷想法颇为奇特，倒没觉得有什么可笑，好奇地问道：“那傻二爷成功了没有？”

“神偷怪”看都没看柳天赐，像柳天赐不存在一般，自己一个人独自对着一面冰冷的墙壁说话，自顾又说道：“痴癫祖师对众人的欺笑也不放在心上，每天吃饱了饭，就疯疯癫癫乱跑，有时十几天不去帮中，不见人影。

“大家都很忙，哪有闲情去管他，再说，大家都知道他脾气，虽然疯癫，但不惹祸，因此他要算是九龙帮中最自由自在的一个人。

“在外面疯，消失十几天的傻二爷有时突然回来，大家伙只是随便问道：‘二爷，回来啦！’，他总是呵呵一笑！

“回到帮中的傻二爷除了依然和帮中兄弟取笑外，就一个人独自看天上的飞鸟，江中的游鱼，他会痴痴呆呆地看上几天，而后便悟出什么似的，自言自语，甚至哀哀哭嚎，大家都认为傻二爷有一天终会真的疯了。

“大家只好不再理他，任他随意行事，让他这个可有可无的人物自生自灭算了。

“如此过了两年，傻二爷行事愈发古怪，他不知从何处捉来许多毒虫猛兽和恶禽怪鸟，什么白狼、花豹、恶狗、凶鹰、怪虫、乌龟、鳄鱼，天上飞的，地上跑的，树上爬的，水里游的，可谓应有尽有，当然最多的是蛇，大的、小的、花的、青的、长的、短的，包罗万象，这些捉来的活物，被他关在九龙帮后面竹园的石窟里，由他精心饲养，他把那石洞取名为神兽堂，自封为蛇王，后来，他就索性不再下崖，便在那石窟中与百蛇同食同宿。”

柳天赐想到那天与绿鹦跑到九龙帮的竹园，大家都不敢进去，原来那是九龙帮的一块禁地，心中暗暗称奇，禁不住说道：“傻二爷与那些禽兽毒虫住在一起，不会咬他么？”

“神偷怪”道：“世间的凶禽猛兽哪有不吃人的？何况他捉的又都是禽兽中最凶残歹毒之物！痴癫祖师初进神兽堂的那天夜里，竹园里狮吼虎啸，狼嚎鹰鸣，整整闹腾了一夜，那声音混杂在一起，震得大地都在颤抖，弄得帮中的弟兄都心惊肉跳，整夜都睡不着觉。”

柳天赐心里一惊，脱口道：“那傻二爷说不定已被那些怪物分吃了。”

“神偷怪”道：“当时帮中的弟兄们也都是这般想，第二天天一亮，大家都结众到竹园的石窟看一下，顿时惊讶不已。”

柳天赐忍不住道：“怎么？那傻二爷没有死么？”

“非但没死，而且丝毫无伤！”“神偷怪”叹道：“只见那石窟中，痴癫祖师赤身裸体，全身一丝不挂地骑在一只花斑豹子身上，脖子上盘着一条嗤嗤吐着飞信的青花大蛇，肩上蹲着一只暴睛钩嘴的金翅雕，右手上托着一只碗大的翘尾青蝎，左手牵着一头白狼，在他那赤裸的胸背、腰腿及臂膀的肌肉上，蠕蠕而动，爬满了大大小小五彩斑斓的蛇儿，那模样既古怪可笑，又令人胆寒心跳，那痴癫祖师不知用何方法，一夜之间，竟把这些禽兽毒虫驯得服服帖帖。此刻，他正骑在豹子身上，不住地大呼小叫，洞里的那些毒蛇，似乎听得懂他的言语一般，随着他的呼喝，时而列队成阵，时而又前行后退，时而跳跃飞舞，那情景真是世间罕见！”

柳天赐心想：难道那傻二爷也服了“化兽神丹”不成？

“神偷怪”继续讲道：“痴癫祖师一见有人上得石窟来，嘀嘀傻笑一声，对着那些禽兽毒虫不知说了句什么，便见那些飞禽猛兽一阵猛啸狂鸣，呼啦啦地涌出洞来，朝人们扑去，帮中弟兄虽然个个身手不凡，但哪见过这种阵势，顿时吓得魂飞魄散，扔掉手中兵刃，抱头鼠蹿，连滚带爬地逃下山去。”

柳天赐紧张的心情松了下来，问道：“后来怎样？”

“神偷怪”道：“从那以后，九龙帮的人再也不敢到竹园里去了，痴癫祖师再也没走出竹园，终日里带着那些禽兽毒虫，在竹园里乱跑乱逛，戏耍胡闹。

“每到深夜人静，那竹园里惨烈雄浑的兽吼禽鸣之声，便啸响不止，刚开始大家都彻夜难眠，时间久了，人们才渐渐安下心来，对那些兽吼禽鸣习以为常，但人们仍不敢靠近竹园一步，于是，那竹园石窟就成了九龙帮的一块禁地。”

柳天赐心道：原来如此。当天晚上自己和绿鹦误打误撞，撞到九龙帮的禁地，还偷听到了太乙真人和阮星霸的密谋，只是并没看到一只什么禽兽毒虫。

身边又听“神偷怪”道：“就这样过了十年，忽一日，竹园里兽吼禽鸣陡然止息，不再响起，变得从未有过的安静，人们反而感到不自然起来，听了十年的声音，突然没有，人们就觉得少了什么。

“又过了一个多月，竹园里仍静得出奇，帮中兄弟好奇心起，便壮了壮胆，结伴进入禁地，到石窟前一看，只见里面，遍地血污，腥味冲天，那些禽兽毒虫，皆已死去，满洞之中尸骸横陈，禽毛兽骨，散乱堆积，痴癫祖师不见了，却只见九条巨蟒，正在引颈匝舌，吸食那禽肉兽血。

“大家见那惨烈的景象，一时惊得众人毛发上竖，气血滞凝，均想，傻二爷肯定被巨蟒吞食了。

“那巨蟒见有人到来，缓缓扭动身子，伸颈朝洞外人们点头致意，然后将蛇尾向洞壁抽去，只听轰隆的摇天撼地一声巨响，霎时间，石崩山裂，飞沙弥漫，只震得大地晃动，大江掀起卷天白浪，当时，把人们吓得魂飞魄散，人人将双眼紧闭，两手抱头，趴伏于地，大气也不敢出。

“声息浪平，烟消云散之后，人们才爬起身来，睁眼一看，只见偌大的石窟已消失了，变成千百块斗大的碎石，人们惊得把舌头伸出来好长，半天缩不回去，人人均想那巨蟒好大的力量，尾巴一扫，便推倒了半座山峰，不知那巨蟒是否被碎石压在下面！

“就在人们惊诧不已之时，便见那石碎山又涌动起来，紧接着，一只蛇头从碎石中钻将出来，随后引颈朝天，咕咕一阵怪叫，又将身一抖，便从碎石山拱身出来，只见它扭扭摆摆，爬到人们面前，张口吐出一物，又将身一滚，腾云驾雾，跃进滚滚长江，转眼间便消失在千里大江之中，那拍岸的惊涛卷起千堆浪，委是壮观，像一条行云布雨的巨龙。

“神蛇走后，人们才从惊愕中醒过神来，有人上前拣起神蛇所吐之物，赫然是一颗九龙之珠，拿到阳光底下，霞光万丈，里面九龙游动，各呈异彩，上面还隐约看到歪歪扭扭的有几行小字。”

听到这里，柳天赐奇道：“这事古怪，那巨蟒怎会写字？”

“神偷怪”继续说道：“当然，人们看到九龙珠，才恍然大悟，怪不得那痴癫行事怪癖，大异常人，原来竟是大江里的神蛇转世。

“帮中弟兄又惊又喜，纷纷跪倒在石窟外面对滚滚长江，默念祷告，恭送神蛇祖师回宫，拜完，大家起身，再观九龙珠。

“见珠内的九条龙姿态各有所异，有的缩头摆尾，有的翘爪向天，有的引颈吐纳，有的爬行腾天……”

柳天赐忽然心中一动，问“神偷怪”道：“那九龙珠里莫非含有十分厉害的武功？”

“神偷怪”道：“当时大家也是这般想，再仔细查看，见每条龙身上果然还刻着些密密麻麻的小字，这些字非常细小，且与寻常字大不相同，画画弯弯，勾勾点点，有的像河中蝌蚪，有的像山间蚂蚁，还有的像展翅飞虫，众人辨认了良久，竟无一人识得其中一个字，仿佛天书一般。”

柳天赐道：“那傻二爷是长江中神蛇转世，所写的都是禅家佛语，寻常人怎看得明白！”

“神偷怪”道：“九龙帮第三辈先祖，颇有几位是胸藏珠玑、学富五车、文武全才的饱学之士，他们看了那古怪的文字以后，也都连连摇头，说那些字既非甲骨，又非钟鼎，亦非古文篆字，实乃世间罕见文字。

“众人认为这怪字恐是神蛇留下的天文神语之类，大家不识，也是人力所不能为，但九龙珠是痴癫祖师留给九龙帮的奇珍异宝，于是，帮主就将九龙珠供在九龙堂的禁地里。

“江湖上的人都听说九龙帮得了一个武林至宝，于是就蠢蠢欲动，虽然惊恐九龙帮的威名，但诱惑太大，加上江湖人都是干些刀口舔血、冒险卖命的事，于是，九龙帮就没有一个安定之日。

“但一直以来，都是有惊无险，本帮的人也都想参透九龙珠里面的玄机，探解一下那里面神功奥妙，怎奈无人识得那些文字，便试探着模仿九龙行动图形练功。”

柳天赐听得简直入了迷，好奇之心愈来愈重，急着问道：“可有人练成那九龙神功?”

“神偷怪”道：“九龙珠里的九条龙姿态都稀奇古怪，可谓千姿百态，世间罕见，开始大家各取一式，着意模仿，练了一个多月，一点感觉都没有。”

柳天赐不由叹了一口气，心想：会不会是傻二爷疯疯癫癫地，给人们开一个玩笑而已！

“神偷怪”接着道：“不料，过了两个月，便渐渐显出蹊跷来，开始，有人觉得腹胀如鼓，有人觉得四肢麻木，有人觉得头昏脑涨，人们虽然有些害怕，但又想这种现象大概是功夫迅进的正常反应，所以，每一个人都不肯罢休，继续演练！

“谁知大家欲罢不能，时间越久，那种反应越是厉害，练功者只要按那姿势一动，便即全身剧痛难忍，被火烤锅蒸，或像置身冰窟，体寒僵硬。

“除帮主外，其他帮内八大堂主竟全走火入魔，气滞而亡，这样一来，九龙帮在江湖上的地位江河日下，一落千丈。”

柳天赐感慨不已，说道：“那傻二爷为何要害九龙帮，将九龙帮送上绝路，偌大的九龙帮竟让一个疯疯癫癫的人给毁了，实在可惜！”

“神偷怪”道：“痴癫先祖为人忠厚，决不会有半点儿恶意，当时，总坛的第三辈帮主恐怕大家练了这种功夫，有害无益，会使九龙帮受到更大的伤害，便定下教规，将九龙珠作为九龙帮的秘传宝典，珍藏在竹园禁地，由历代帮主相传珍藏，其他人绝不可偷视，如果谁偷视，就处以极刑。”

柳天赐叹道：“难道以后就没有人破解九龙里面的神功吗？”

“神偷怪”道：“九龙珠既然已被视为九龙帮的秘典，若把它闲置起来，又有何用，终究还不是个废珠子罢了，第三辈帮主之所以定下那条帮规，任何人不得习九龙珠里面的武功，并非将神功据为己有，而是怕帮中弟兄不识厉害，盲目练习，造成伤亡，所以他暗中下定决心，要设法破解那神功之谜！

“他先从识解那古怪文字人手，苦心研磨，但费尽毕生心血，仍未能解开一字。继他之后历代帮主均不死心，继续探研，均未能破解九龙珠之谜。

“就这样耗尽了三代帮主，只是到第七代帮主祖师，天资丰厚，悟性奇佳，一生中也只能解开五条龙之谜。

“为了解开这九龙珠之谜，第七代帮主祖师就成天将自己关在竹园石窟之内，连饭都是帮中弟兄专人送进。

“就在这期间，九龙帮发生了一件大事，帮主夫人带着五岁的儿子和一个有妇之夫私奔了，再过了五年，那人就携带武林各派围攻九龙帮，想夺得九龙珠。

“那是一场多么惨烈的打斗啊，九龙帮所有的高手几乎全军覆没，血流成河，据说长江都给染红了。

“武林各派高手进攻竹园禁地，第七代帮主就破关而出，力敌万人，将各派高手都歼灭，连同那奸夫，人们都震骇那霸道神功，他一掌拍出，就血肉横飞，横扫千军，最后只剩下帮主夫人和儿子还有那奸夫的女儿。

“帮主夫人持剑自刎，临死时求帮主不要杀了儿子和那奸夫的女儿，帮主答应了，其实他心中也有愧，为了探求九龙珠的秘密，他没尽到一个作丈夫和父亲的责任。看到十岁的儿子，他不禁热泪盈眶，伸手去抱儿子，谁知那儿子突然从怀里掏出一把匕首将帮主杀死，这一下太突然了，九龙珠幸存的高手都气极，没想到儿子会杀父亲，都上前要杀掉那丧尽天良的儿子，但被帮主喝止，说这一切都是天意，并嘱咐人们不要为难这两个孩子。

“大家将两个孩子关进了竹园，这件事情平息后，中原武林元气大伤，几乎一蹶不振，九龙帮幸存的高手都觉得这是九龙帮一件丢脸的事，就让两个孩子在石窟里自生自灭，这样一过就是十年。

“十年后江湖上出现了一男一女，男的叫龙尊，女的叫美姬!”

听到这里，柳天赐不由倒抽一口凉气，说道：“龙尊和美姬就是那两个孩子?”

“神偷怪”说道：“不错，龙尊和美姬被关在石窟里，却从九龙珠各自悟出了一套武功绝学‘龙行八式’和‘美姬剑法’，‘龙行八式’分佛魔两种心境，‘美姬剑法’又分为无情有情，前几代掌门人之所以没有参透九龙珠，是因为任何人都没有达到佛心和魔境、无情无欲和柔情如绵的境界，当年痴癫祖师悟出的神功就是揉合贯通佛魔之境。

“想那龙尊连自己父亲都可以杀，可谓是大魔至极，但他杀父亲，是由于为母亲，因为母亲没有得到父亲的爱，并且还死在他面前，杀了父亲，也是佛心所不能达到的，自被关在石窟中，他就悟出了这种佛魔至上武功，当然后来他就同时具备了佛性和魔性，并且一直都困扰着他，他分不出到底是佛胜魔，还是魔胜佛，但不管怎样来说，出了石窟的龙尊和美姬毫无疑问成为无敌于天下，两百年来空前绝后、冠绝古今的一代武学怪杰。”

柳天赐唏嘘不已，难怪“神偷怪”说九龙珠和自己有极深的渊源，原来自己的武功也是得自九龙珠，这其间竟有如此惊心动魄的曲折故事，心中思绪万千。

只听“神偷怪”又笑道：“龙尊和美姬双双携手从石窟中走出，九龙帮的人这才想起十年前关在石窟里的两个孩子，没想到两人没有死，却将石窟震破而出，大家纷纷上前拦截，可没有一个是两人的对手，连一招都走不过，大家都惊骇不已，又无可奈何，心想：九龙帮遭此灭帮之灾，只怪当初没将两个孩子杀掉，到头来养虎为患，但龙尊和美姬却没杀一个九龙帮的人，就双双走了。

“龙尊和美姬两百年以来一直是中原武林的泰山北斗，但大家都知道，龙尊的武功还是稍高于美姬，因为龙尊已从九龙珠里悟出八式，而美姬只悟出七式，九龙珠里有九式，也就是说还有一式没被人悟出来，这恐怕是要成为一个永久的秘密。

“自龙尊破解了八式神龙功法以后，后人对九龙珠上所载的世间独一无二的奇功异法，更是笃信，江湖高手听说九龙神功如此厉害，都神醉心迷，都想将九龙珠据为己有，为此九龙帮作出了巨大的牺牲，才保住了九龙珠。”“神偷怪”深深地叹了一口气。

柳天赐想了想，问道：“那九龙珠怎么会到了成吉思汗手里？”

“神偷怪”双眉一竖，哼了一声，说道：“九龙帮的帮主一代不如一代，到了第十八代帮主黄朝栋手上，他不整顿帮务，反而贪恋女色……”

“神偷怪”说到这里顿了顿，双眼放出仇恨的目光，咬牙切齿地说道：“那贱人……那贱人将九龙帮给毁了，哈哈，不过，黄朝栋被美色所迷惑，结果也遭到报应，哈哈哈，报应！”

看到“神偷怪”狰狞的面目，柳天赐感到“神偷怪”与九龙帮之间有着极深的仇恨，不知这其间竟是什么，以前他从没听师父韩丐天提起过，心中狐疑不定。

“神偷怪”恨恨地又道：“由于黄朝栋贪恋女色，被成吉思汗乘机而入，派‘鹰爪门’的掌门人阮星霸灭了九龙帮，阮星霸就将九龙珠献给了成吉思汗，黄朝栋他死得罪有应得！”

柳天赐忙道：“黄帮主并没死，他只是被阮星霸囚禁起来而已。”

柳天赐话刚一说完，“神偷怪”就“腾”的站起来，神情激动地说道：“你是怎么知道的，你说的可是真的？”

柳天赐点点头，简单的将自己在九龙帮的经历说了一遍，“神偷怪”默默地听着，嘴上喃喃地说道：“他没死……他没死……”话没说完，竟流下两行清澈的泪。

柳天赐茫然地看着“神偷怪”，“神偷怪”收住泪水，发觉自己失态，静了静才说道：“柳教主，九龙珠是九龙帮的镇帮之宝，也与你有极深的渊源，现在九龙珠在你手里，希望你能交给九龙帮，这就是我讲故事的目的。”

柳天赐说道：“我怎么信你？！”

“神偷怪”道：“我就是九龙帮第十七代帮主的女儿。”

柳天赐一怔，怪不得她对九龙珠的事知道得这么清楚，九龙帮第十七代帮主的女儿怎会成为“四怪”中的人物，真是让人费解。

不待柳天赐回答，“神偷怪”身子一掠，也消失了。

柳天赐心中暗叹，道：“神偷怪”的轻功在江湖上可谓没几人能望其项背，山谷里空荡荡的，山风呼呼，呜呜作响，柳天赐感觉仿佛经历了一场大梦。

他从怀中掏出温热的九龙珠，仔细观看，里面果然有九条栩栩如生、形态各异的血龙，每条龙的下面隐约有两行古怪的文字，不由暗暗称奇，心想：为了争夺九龙珠，有多少人喋血，龙尊悟出八式就成为中原冠绝古今的第一人，那要悟出九式不就更加了得。看了半天，柳天赐没看出其中的玄妙，想：这九龙珠里面的神功如此博大玄妙，岂是我能参悟得到的，叹了一口气，将九龙珠放进怀里。

突然，柳天赐心里一愣，猛地想到，九龙珠里面的武功如此通玄，“神偷怪”出生入死深入蒙古营偷到手，怎会交给自己呢？

“神偷怪”只要向天下武林说出九龙珠在我这里，就等于将我逼上了绝路，想到这里，柳天赐不由出了一身冷汗。

“黑虎哥，那三怪呢？”柳天赐正在沉思，耳边响起绿鹗的声音，侧头一看，见绿鄂和聂宋琴都已醒了，绿鹗倚在马肚子上，惊异地望着靠在柳天赐大腿上的聂宋琴。

柳天赐忙缩回脚，那“千毒不毒怪”的药的确效果奇佳，聂宋琴面色由苍白而红润。

柳天赐道：“他们都走了。”

绿鹗嘻嘻一笑，突然又哭了起来，泣声道：“黑虎哥，我以为再也见不到你了。”

柳天赐心中一阵感动，说道：“我们现在不是见到了吗！”

绿鹗欣然，脸上挂着泪珠笑道：“上官姐姐不是和你在一起吗？”

柳天赐尴尬地望了聂宋琴一眼，想不通这妖女怎么会三番五次害自己和红儿，又在最危急的时候舍命救自己。

聂宋琴挪了挪身子，又将头靠在柳天赐的大腿上，说道：“你恨我？”

柳天赐淡淡地说道：“今天我不想杀你，现在你身上的内伤已治好，你走吧。”

绿鹗在一旁说道：“我知道了，肯定是你这个不要脸的女人喜欢上了黑虎哥，然后带人将黑虎哥抓到蒙古大营，想逼黑虎哥和你成亲是不是？”

聂宋琴出奇地冷静，不急不躁地说道：“你吃醋了是不是？我为什么不能喜欢你的黑虎哥？你一个女孩子家，又哭又笑，当真是有点羞人。”

绿鹗情窦初开，当初离开飞来峰是为寻找黑虎，后来在九龙帮里遇到柳天赐，就把一颗少女炙热的心交给了柳天赐，一直割舍不下，三番五次地逃脱无影怪，还不是为了见柳天赐一面，现在聂宋琴当着心上人的面奚落她，不由怒极，身子一晃，一巴掌就向聂宋琴的粉脸上掴去。

这一掌去势极快，聂宋琴武功本就比绿鹗相差甚远，再说绿鹗猝然出手，她一点防备也没有，她贵为草原圣女，平时哪有人敢动她一个指头，没想到绿鹗如此刁钻，说打就打。

眼看这巴掌就要结结实实地打在她的脸上，突然柳天赐一伸手，架住了绿鹗的右手，绿鹗一巴掌竟打没下去，气呼呼地说道："黑虎哥，你竟帮外人……"神色中满是委屈。

柳天赐说道："绿鹗，犯不着生她的气，我再也不想见到她。"

然后又对聂宋琴说道："公主，趁我现在还没改变主意，你走吧。"

聂宋琴嘴角浮出一丝古怪的笑意，说道："我知道你恨我，可我走之前有几句话必须与你说清楚。"

柳天赐道："你心忒毒，反复无常，还有什么话说。"

聂宋琴掠了掠头发，说道："你真的那么认为？虽然我是成吉思汗的女儿，但母亲是宋人，你知道母亲为什么给我取名宋琴，我一直没忘记自己的身份。

"其实，从打我见你第一眼，我承认我已喜欢上了你，但并没有拆散你与上官红的意思。"

聂宋琴的双眸放射出如同天空一般湛蓝澄澄的目光，其实她所说的也是心里话，聂宋琴一直生活在蒙古大漠，所以性子里全是蒙古人豪放爽直的性格，心里有什么就说什么，爱与恨在她心里清白如水，泾渭分明。

在蒙古她集宠爱于一身，见到的都是彪形高大的蒙古人，第一次在蝴蝶崖上见柳天赐，伟岸俊秀，对上官红宠意浓厚，不由怦然心动，强烈地喜欢上了柳天赐，所以作出许多怪异的举动。

但一个姑娘家就这么赤裸裸地表白心迹，柳天赐心里甚觉别样。

聂宋琴神色坦然，又道：“我娘身在蒙古大漠，但心里一直念念不忘大宋，整日闷闷不乐，闲时她也给我讲许多大宋的事，并且一再告诫我，我身上所流的血是汉人的血，所以给我取名宋琴。

“娘对二十年前的事一直耿耿于怀，终于苍天不负，让她找到了二十年前的告密奸细，娘从来没求人，那天晚上她跪下求我，让我将信送到蝴蝶崖上。

“事后我才知道，蝴蝶崖上我所见到的不是向教主，而是父皇派的阮楚才，中原武林天下大乱，我深深为我娘感到悲哀，我庆幸的是遇到你和上官红，从你们的身上我看到了希望。

“但从上官红的话中，我觉得你又沉缅于儿女私情，所以我就让‘死亡门’的三使者将上官红救走，上官红和‘死亡门’三使者在一起，比在什么地方都安全，所以，我想你会放心的。我所做的只想将你和上官红暂时的分开，让你放手做你所要做的事，当然，这里面也有我的一点私心，我想和你在一起。

“回到大都，父皇叫我去叫娘，到了‘忘情轩’，我才知道，娘在我走之后，就已自绝而死，并给我留下了一封信，我强忍着泪水，回到大帐，在酒席中，我喝斥了你，事实上我也没有什么民族大义，我所说的话都是我娘所说的而已。

“后来三怪入大都里盗得九龙珠，我就想助你们将九龙珠带出大都，于是，故意让‘神偷怪’轻易将我作为人质。

“在冲突中，本来你可以将父皇一掌打死，但父皇毕竟是我的父亲，而且母亲在信中也说了，她所做的一切都是她自己的罪孽，要我不要伤害父皇，并不要恨他，所以我就为父皇挡了一掌，后来大力神将我震伤，以后的事我就不知道了，但我可以想象，为了将我救出，你们肯定经过浴血奋战，谢谢你！”

柳天赐心里一惊，说道："聂女侠她……"

聂宋琴眼圈一红，点了点头，说道："好啦，我的话说完了，你不想见到我，我这就走了。"说完，挣扎了起来，就往南走去，但由于体力不支，刚迈出一步，就扑倒在地。

柳天赐连忙上前一步，扶住她，说道："你要到哪里去！"

聂宋琴道："我要将娘害了二十年的那个奸细亲手杀掉！"

柳天赐忙道："你知道郭辰田在哪里？"

聂宋琴从怀里掏出一封信，说道："这封信是娘临终前写的，她告诉了那人的名字和身份，他原名叫郭辰田，现在却叫郭震东，将震东拆开就是辰田，他现在就是山西大同震东镖局的当家人。"

柳天赐"啊"了一声，简直不相信自己的耳朵，连忙展开聂宋琴给他的信一看，信中聂双琪的确是讲郭震东就是山西大同镖局的当家人。

天啊！世间哪有如此的巧合，今年中秋时，白素娟给他讲的故事，并且柳天赐答应为她报仇，那郭震东不仅是二十年前害死天下最杰出的武林大家的元凶，还是谋害大同镖局的人，白素娟的父亲白秦川曾待他如自己的兄弟，没想到自己惨死在这位披着羊皮的狼的兄弟手里，那隐名埋姓的郭震东为何要选择白秦川一家下手呢？

看到柳天赐神情异样，聂宋琴问道："你认识郭震东？"

柳天赐点点头道："我和你同去山西，几月前我曾答应人杀掉郭震东。"

绿鹦听见聂宋琴的一席话，这才明白聂宋琴对黑虎哥没有恶意，并且还拼着性命救了她的黑虎哥，一下子就对这个美丽的少女没有了恶意。本来她就是一位天真无邪的女孩，只要对黑虎哥好的人，她就高兴，并且极喜欢看热闹，一听说柳天赐要到山西去杀人，心想那肯定好玩，于是高兴地叫道："我也去！"

聂宋琴见绿鹦对自己眉开眼笑，也回眸一笑，说道："多一个人多一份帮手，小妹要去我们求之不得。”

绿鹗道：“那郭震东十分了得吗？”

聂宋琴道：“再厉害比起你黑虎哥还是差一截，不过他诡计多端，十分狡诈。”

柳天赐长长吁了一口气，说道：“那郭震东飞扬跋扈，恶贯满盈，自有他的过人之处，我柳天赐一定要为天下武林讨一个公道。”

聂宋琴笑道：“这才是真正的日月神教的教主！听娘讲当年中原武林两个最有侠义的人物就是日月神教的向天鹏和丐帮的韩丐天，现在又多了一个柳天赐！”聂宋琴的赞美之情溢于言表，柳天赐不由觉得脸有些微微发烧，心想：自己的心胸还不如一个蒙古的公主，师父和向天鹏是盖世豪侠，自己和他们相比可是小人之志，他们以天下武林兴衰为己任，这才是真正的大丈夫，不过，现在柳天赐感到自己豪情满怀，自我感觉从未有过的高大。

寒冬腊月，蒙古戈壁，到处冰天雪地，柳天赐三人都感觉到一阵刺骨的寒冷。一摸马的鼻子，发现四匹马身上冰凉，气息全无，四匹马驮着六人狂奔至此，早已累得虚脱，现在已然全都冻死。

聂宋琴伤感地道：“要不是这四匹马，我们就算逃出重围，也会被活活的冻死，不知这马怎么似乎通人性，将人们圈在中间，为我们稍挡风寒。”

柳天赐心想也是，就算三人内功都不弱，可当时都昏倒，听师父讲，人在昏迷时，经常有被冻死的。

绿鹗笑道：“什么马通人性，是黑虎哥通马性。”

聂宋琴以为绿鹗开玩笑，咯咯一笑，突然柳天赐打了一个手势，绿鹗和聂宋琴连忙停下说笑。

果然，一阵急骤的马蹄声随风传来，跟着就是人的大声吆喝之声，绿鹗惊道：“是不是成吉思汗派人来的？”

聂宋琴说道："父皇会派许多人到处找寻我的，因为他知道找到了我，就找到了九龙珠。"

绿鹦道："这么讲，那成吉思汗对你一点爷女情也没有？"

聂宋琴幽幽一叹，轻声道："那也不是，哪个做父亲的不疼爱自己的女儿，但父皇他不是一般人，整个蒙古都需要他，所以他在女儿和权力之间，他会选择后者。"绿鹦似懂非懂地点了点头。

柳天赐心想：难道大凡有野心的人都会这么取舍，他想到了上官雄。

绿鹦轻声说道："听，他们似乎在喝骂什么，是汉人！"

聂宋琴道："我想也不是父皇派来的追兵，蒙古骑兵一般都是列队而出，马蹄声整齐，而刚才马蹄声非常错乱，显然是一些杂人。"

柳天赐道："从他们喝骂声中，这些人内功都不弱，中原这么多武林好手齐集在这冰天雪地的戈壁干什么？"

第二十九章　邪教妖女

绿鹗搀扶着聂宋琴，三人转过一个山坳，透过两块巨石往下看去，只见另一面山谷中果然黑压压地站着一百多人，他们齐站在一个山洞上，对着山洞大声喝骂。

那山洞其实是一个经风蚀的岩石形成的天然石洞，洞口前站着一个身形瘦长、穿着对襟黑色衣服的人，对下面人的喝骂置之不理，但那神情却极为凝重，像是作侧耳倾听的模样。

柳天赐心中突突乱跳，心里渗出汗来，因为洞上穿着日月神教教主服的就是从蝴蝶崖逃脱的阮楚才。

阳光正直射着他，此时的阮楚才神情极为狼狈，身上脏兮兮的，皱皱巴巴，头发蓬乱，洞下面是一块沙砾的平地，一百多号人都骑在马上，良莠不齐，有老有少，当真是杂乱无章。

当前的是一个精壮的老者，他身材矮小，大声喝道："阮楚才，你日月神教为乱武林，屠血江湖，圣上已下令诛灭日月神教，还不快下来受死，免得大家伙上前乱分尸。"

老者身边是一个和尚，手里拿着一根铁棍，说道："毕大哥，别跟他啰嗦，弟兄们并肩上，就算阮楚才三头六臂，今天也是死定了。"

绿鹗认出了阮楚才，看了一眼柳天赐，小声笑道："黑虎哥，这些人都是皇上老儿派过来擒你的。"

聂宋琴不解，小声说道："这些人服饰各异，显然是武林各大门派的人，绝不是大宋宫里面的高手。”

柳天赐淡淡地说道：“这些人都是上官雄派来的。”

那和尚话一说完，山谷里的人纷纷响应，高声叫道：“对对，杀死他，杀死他！”

但人们也似乎都有所忌惮，不敢冲上去，日月神教杀戳武林，几乎和中原武林各门各派都结下了血海深仇，所以众人都恨不得喝阮楚才的血，扒阮楚才的皮！

阮楚才将长剑横在胸口，全神戒备，任群豪大声喝骂，一声都不吭，漠然视之。

一个人高声叫道：“日月神教不仅屠杀我辈中人，还和蒙古鞑子勾结，这阮楚才就是一条元狗。”

另一个人说道：“这元狗还勾结‘南海六魔’、‘西天五杀’和‘四大淫魔’这些臭名昭著的江湖败类，虽说这些人都被我们杀了，但冤有头，债有主，今天我们杀了这元狗，为死去的弟兄们讨还血渍！”

柳天赐一看，见群豪身上都血迹斑斑，果真是经过血战，心想：那“四大淫魔”、“西天五杀”和“南海六魔”都是黑道上的枭雄，全部歼杀，肯定是有所牺牲的，阮楚才是押着向子薇逃走的，不知向子薇现在哪儿去了，还有师父韩丐天。

突然，有人高声叫道：“大家看，那元狗是个瞎子，哈哈。”

柳天赐凝目一看，果真见阮楚才双眼齐瞎，是两个肉洞，心里骇然，不知谁将阮楚才的双眼给刺割了，怪不得神情凝重，原来是靠耳朵听的。

阮楚才心如死灰，此时他头脑一片空白，他唯一所做的就是要保护洞里面的母子不要受到伤害，决不能让她们受到伤害！

阮楚才在蝴蝶崖上挟持了向子薇，下了蝴蝶崖，就被上官雄带的人所包围，阮楚才知道在劫难逃，因为上官雄不会顾忌向子薇的生死，可后来发生的，却给了阮楚才一条生路，上官雄一声令下，竟和群豪恶斗起来。

从蝴蝶崖上下来的群豪经过了一天一夜的血战，个个都筋疲力尽，经过一会儿，就被上官雄的人杀得一个不乘，阮楚才手下的几大魔头也一一战死。

阮楚才在少林派的几大高手的围攻之下，也是险象环生，但就在危急关头，韩丐天救了他，他带着向子薇向北逃去。

逃出重围之后，阮楚才逃到这石洞里，才稍稍松了一口气，他拿着长剑，想一剑杀掉向子薇，因为这时向子薇对他已失去利用的价值，并且还是一个累赘。

他提着长剑一步一步地向向子薇走去，而向子薇却躺在地上痛苦地呻吟，脸上豆大的汗珠直往下掉，不一会儿就把全身湿透，像从水中打捞起来一般。

阮楚才不解地看着向子薇，还以为向子薇受了极为严重的内伤。

事实上，向子薇是经过了劳累、惊吓，所以导致了早产，她怎么也想不到自己会在这种情况下，在这个环境里临产的，而且是在仇人阮楚才的面前。

随着剧烈的阵痛，向子薇一声尖叫，孩子生了下来，一看是个男孩，用嘴咬断了孩子身上的脐带，孩子发出一声洪亮的哭声，向子薇露出欣慰的微笑。

阮楚才拿着长剑，心头一片惘然，向子薇心中苦极，想到自己临产，丈夫段安柯生死不明，不在自己身边，而在仇人剑下，现在自己无力保护刚出生的儿子，无异于羊入虎口。

向子薇明白自己娘俩大难临头，竟一眼不看阮楚才，两眼充满爱意地看着怀里的初生婴儿，婴儿手足不住地扭动，大声哭喊。

向子薇知道阮楚才只要一剑砍下，自己娘俩便会同时送命，洞内的空气像凝固了一般。

阮楚才突然蹲下身子，将长剑搁在一边，呆呆出神，一时温颜欢笑，一时咬牙切齿。

向子薇此时已将生死置之度外，想不通这魔头会有如此古怪的神情，暗暗地从地下抓起两枚碎石，手一扔，两枚扣在手心的碎石激射而出。

阮楚才一点防备也没有，他完全沉浸在他儿时的往事之中，两枚碎石将他的双眼给击瞎。

向子薇没想到自己的偷袭一举成功，怕阮楚才反击，连忙将婴儿一推，抛到一边，婴儿“哇”的一声啼哭，向子薇心如刀绞，又无能为力，只好闭目等死，心中暗暗祈祷老天能保婴儿大难不死，就含笑九泉。

阮楚才捂着双眼，两道鲜血如注而下，说道：“你好狠心！”

向子薇声音微弱，道：“元狗，婴儿已被我掐死，你要杀，就将我杀死吧！”

阮楚才狰狞道：“什么?！你掐死了婴儿，天底下哪有你这样狠心、没有人性的母亲，我原来不想杀你，这下我就杀了你这个没有人性的女人！”

说完，阮楚才一掌朝向子薇劈下，突然婴儿又哇的一声哭了，向子薇伸手想捂住婴儿，但没有捂住。

阮楚才听到婴儿的哭声，手在半空中停住了，顺着婴儿的哭声，双手在地上向前摸去，向子薇通体冰凉，没想到元狗要赶尽杀绝，连婴儿也不放过，心想，这苦命的孩子，刚出世就要死在魔爪之下，不由泪如雨下。

阮楚才摸到婴儿，抱在怀里，那婴儿似乎害怕阮楚才那鲜血淋漓的面孔，不停地哭叫，这时他才知道向子薇是在骗他。

向子薇竭尽全力猛扑过去，张嘴向阮楚才的后颈咬去，一口咬下一块肉来，阮楚才惨叫一声，婴儿差点失手掉在地上，向子薇自己则跌倒在地，心中凄苦，真是生不如死。

谁知阮楚才将婴儿递到她面前，说道："这孩子饿了，你快喂奶给她吃吧!"

向子薇简直不相信自己的耳朵，不相信自己的眼睛，接过孩子，抱在怀里，感觉到儿子的体温，心里这才感觉到踏实，再也不想自己的命运，她只想感受到这一刹那永恒的幸福，一个作母亲的幸福。

阮楚才静静地站在一边，似乎在思索着什么，良久，才轻声问道："孩子睡着了吗?"

向子薇"嗯"了一声，看到阮楚才一脸的安详，凭感觉她明白此时不会再有危险，她想不通阮楚才会良心发现，会在这生死关头良知激发，没有杀她们娘俩，难道真的是老天爷显灵了。

阮楚才忽然像想起什么，三下五除二脱下了内衣，说道："我这内衣暖和，又没弄脏，给孩子包住。"

向子薇伸手接过，将孩子裹住，婴儿吃饱了奶水幸福地睡着了，阮楚才穿好外衣，提着长剑向外走去，向子薇轻声道："你到哪里去?"

阮楚才道："我去给你找些吃的来!"

向子薇心头不知是什么滋味，说道："你眼睛……再说外面冰天雪地，哪有什么东西，我不饿。"

就在这时，一阵急骤的马蹄声传来，阮楚才说道："不好，他们追来了!"

向子薇心里一惊，急道："怎么办?!"她知道日月神教和天下武林结下了不共戴天之仇，而她是向天鹏的女儿，这些人是决不会放过自己的。

阮楚才低声道："你照看好孩子，外面由我来应付，只要一有机会你就带着孩子走脱。"说完，提剑立在洞口。

外面果真是武林群豪，他们都是各大门派的高手，顺着阮楚才的马蹄脚印，一路追过来的。

阮楚才心里明白，自己的武功和这些高手单打独斗也难取胜，更何况，现在自己双眼已瞎，而最担心的就是向子薇母子俩，此时得想一个全面之策，反正自己现在已是一个废人，只要能保住洞内的娘俩，我阮楚才也算是尽力了。

阮楚才从婴儿的啼哭声中良知激发后，觉得保护婴儿已成为他的责任和义务。

群豪知道阮楚才是太乙真人的弟子，心中有所忌惮，所以只是高声喝骂，但无人近前，发现了阮楚才双眼已瞎，不由兴奋起来。

和尚从马背上飞身跃起，一棍朝阮楚才头上砸去。

阮楚才听风辨声，随手一招“魔海扬波”向和尚当胸刺去。

这招“龙尊剑法”里面的“天魔剑法”，攻敌所不能救的部位，那和尚如何能化解得了，一声惨叫，长剑竟从他胸前穿胸而过。

群豪大哗，想不到阮楚才一剑就将少林派的人击杀。

那被称为毕大哥的矮壮老者，大声喝叫道：“弟兄们，不要上前，我有几句话和元狗说。”

柳天赐看到并没有人上前，不知那姓毕的怎么胡说。

聂宋琴趴在他的身边，轻声道：“姓毕的是在骗阮楚才，欺骗他看不见人！”

果然那姓毕的一面说些无关紧要的话，一面一挥手，他身后四个人马上明白意思，放慢脚步，小心翼翼地向阮楚才包抄过去。

姓毕的老者显然是一个首领，说话声音洪亮，大声道：“元狗，我们崇山派与你日月神教有何仇恨，想当年我们掌门大哥和向天鹏还以兄弟相称，没想到你们却暗地里杀到崇山，向天鹏已死于韩丐天之手，现在我们来索你的命，如果你跟我们回去，或许皇上开恩，还赐你一个全尸！”

阮楚才忽然说道：“胜者为王，败者寇，我阮楚才终将一死，我跟你们回去就是了，不过你们要退后百步，我自行走下来就是。”

姓毕的老者嘿嘿冷笑道：“元狗，你别耍什么花样，你想借机逃走是吗?”

阮楚才道：“我是个瞎子，而你们那么多人，我怎么逃得掉!”

姓毕老者道：“好，你有自知之明就好，弟兄们向后退一百步。”说着，他回头向身后的人打了一个手势。

身后的人向后移动，这时那四个人已靠近了洞口的阮楚才，拿着长剑缓缓向阮楚才咽喉递出，几乎是一寸一寸小心翼翼地递出。

柳天赐不由好笑，这些人不知在玩什么把戏，你一剑过去，不就将阮楚才杀了吗？用得上这么小心翼翼。

旋即又马上明白，阮楚才看不见，但听得见，长剑击出会有声响，这样一点一点的递出，叫杀人于无声之中，这主意也够狠毒的。

眼看那剑就要刺进阮楚才的咽喉，突然洞里传来一个惊叫声，道：“快，‘拂柳分花’、‘美女照镜’!”

阮楚才完全没想到死亡就在眼前，听洞里的向子薇一喊，马上意识到有人偷袭自己，毫不犹豫地使了“拂柳分花”和“美女照镜”两招。

四声惨叫，四把兵器落地，偷袭阮楚才的四个人倒在血泊里。

“拂柳分花”和“美女照镜”是使剑的两个基本动作，也是各门剑派的起手式，会用剑的人无不熟悉这两招基本招式，而偷袭阮楚才的四个人都是剑术高手，若在平时，这两个普通得不能再普通的架势怎么能将四个人同时击杀呢？是因为四个人全神在递剑，没想到洞里还有一个人，并且向子薇旁观者清，所说的两招正是他们的致命一击。

这个猝然的变化，群豪大乱，阮楚才也是心惊肉跳，见事情已败露，大声叫道：“你将孩子抱着快逃!”

向子薇苦笑道：“没用，我们都逃不掉，他们就在洞口，并没有退后。”

有人叫道："向天鹏的女儿在里面！"

柳天赐小声道："子薇在里面！"心里一喜，但又觉得不对，子薇怎会帮着阮楚才，这是绝对不可能的。孩子，柳天赐胸海中电闪一下，谁的孩子，难道子薇已经生了。

姓毕的老者哈哈大笑道："真是太好了，连同向天鹏的女儿，我们统统抓起来，然后千刀万剐。"

话一说完，长剑在马鞍上一点，借力窜纵起来，身形高出洞口，凌空下击，捷如御风。

阮楚才举剑欲挡，一招"魔剑藏针"刺出，但毕竟老头是崇山派掌门人的师弟，武功已是高出阮楚才许多，只见他长剑一转，嗤的一声，阮楚才肩头中剑，鲜血长流。

但他还是仗剑立在洞口，凭感觉将"天魔剑法"前三招反复使用，将洞口封得死死的，那模样势同拼命。

柳天赐大奇，阮楚才为何拼命保护向子薇？毕老头虽然一剑将阮楚才刺伤，但还是回救了自己一剑，因为"天魔剑法"只攻不守，凌厉无比，迫使他的剑尖稍稍一偏，要不然刺中阮楚才的肩头，阮楚才当场便已送命。

毕老头也是惊骇阮楚才拼命的模样，退后一步，凝神不动，见阮楚才长剑挥舞，只是将三招来回使用，看了一会儿，心中已然有数，蓦地从地下抓起一具尸体向阮楚才掷去，这一掷力道奇大，尸体带着风声向阮楚才飞去。

阮楚才以为是毕老头扑来，长剑疾刺，"卟"的一声，长剑竟将那尸体挑个对心穿，正待抽回长剑，突然只觉得"肩井穴"一麻，长剑已然脱手，连同尸体掉在地上。

毕老头一招得手，哈哈大笑，说道："你这只瞎了眼的元狗，今天我毕平良宰了你，为死去的弟兄们报仇。"说着一掌向阮楚才头顶拍去。

一枚石子从洞内激射而出，“嘣”的一声，击在毕平良的手臂“曲环穴”上，毕平良只觉得手臂一阵酸麻，心中大骇，心想：我怎么得意忘形，忘了向天鹏的女儿还在洞内，这枚石子如击中我的死穴，那不死也要残废，连忙提着阮楚才跃到一边。

其实向子薇见毕老头一掌要打死阮楚才，是以竭尽全力才掷出的石子，就是击中毕平良的死穴，也不大要紧。

毕平良一面提着阮楚才，一面喝骂道：“说向天鹏变节中原武林，有的人还不相信，怎么样，他的女儿和元狗勾结在一起，这大家都看到了。”

在几月前，日月神教各堂各舵的人收到玄铁蝴蝶令的指示，在中原各地大肆杀戳各门各派的人物，连少林、武当等九大门派也没幸免，天下武林为之大哗，纷纷组织起来抵抗实力强大的日月神教，讨伐向天鹏。

但也有许多德高望重的前辈，坚决不相信日月神教向天鹏会作出这等怪事，日月神教内部肯定出现什么变故，劝武林同道不要盲目从事，于是就形成两大阵营。

突然石洞里传来婴儿洪亮的哭声，原来向子薇奋力地掷出一块石子，将怀里的婴儿惊醒了。

洞外一片寂静，群豪心惊不已，怎么会有一个婴儿，毕老头哈哈大笑，道：“哈哈，原来向天鹏的女儿这般下贱，居然与这元狗作出这等苟且之事，想不到啊想不到……”

话还没说完，只听见一声惨叫，阮楚才的手臂鲜血直流，阮楚才面目狰狞地说道：“不要污辱她，她是清白的！”

毕老头恼羞成怒，顺手一个耳光，将阮楚才的门牙打掉两颗，满口鲜血，恶恨恨地说道：“你们这两个奸夫淫妇，还有什么清白。”说着，一掌再次向阮楚才的头顶拍去。

柳天赐弄不懂阮楚才和向子薇之间有何恩怨，为何两个仇人却相互保护对方，那孩子显然不是阮楚才的，这柳天赐心里清楚，阮楚才罪大恶极，毕平良一掌打死他，也是他罪有应得，但他此时的心情极为复杂，不知该不该出手相救。

就在这一转念之间，突然从石洞的后面飞出一条人影，跟着毕平良一个跟斗从石洞前翻滚下来。

群豪大哗，那毕平良是崇山派的顶尖高手，谁能将他一招之间打下来，跟着群豪又骚动起来，有人高声惊恐地叫道："神偷怪!"

不错，救下阮楚才的人正是刚才离去的"神偷怪"，柳天赐心想：那"神偷怪"怎会去而复返，还救下阮楚才，奇怪的还有群豪似乎还对神偷怪极为惊恐，像看到一个杀人不眨眼的大魔头一般。

"神偷怪"佝偻着身子，咳了两声，看都不看众人一眼，只是打量着身边的阮楚才。

毕平良翻滚下来，双手竟是齐腕而断，两只断手就掉在阮楚才跟前，本来像毕平良这样的高手，"神偷怪"的武功就是高出他几筹，也很难在一招之间失去双手，当时毕平良是全身心的对付阮楚才，而"神偷怪"是偷袭，饶是如此，群豪也是惊骇不已。

毕平良从地上爬起来，双手血流如注，这才看清断他双手的人就是"神偷怪"，满脸惊恐骂道："神偷魔女，十年前你不是已经死了吗?"

"神偷怪"咯咯一笑，声音轻脆地说道："崇山派的二当家，原来十年前围攻我的人就有你一份是不是，你很希望我死是不是?"

毕平良怒骂道："你这魔女，为祸武林，人人得而诛之，只可惜……"

"咯咯……""神偷怪"一串长笑，人们都觉得她笑得甚为诡异，笑声一停，众人只觉得眼前一花，"神偷怪"如一缕青烟，凌空而下，毕平良一声惨叫，等"神偷怪"回到阮楚才的面前，毕平良已轰然倒地。

这一串动作只是在一瞬间完成，没注意到的人，还以为“神偷怪”没动呢，那身影简直如同鬼魅。

“神偷怪”咳了几声，说道：“今天我不想杀人，但这小子我将带走，你们不会反对吧?”

群豪见“神偷怪”杀毕平良像是阎王索命一般，哪还敢吱声，“神偷怪”提着阮楚才电闪而去。

良久，群豪才如梦方醒，扳起毕平良的尸体，见他咽喉豁然一个血洞，热血外冒，人已气绝，群豪面面相觑。

就在这时，石洞里又传来一声婴儿的啼哭声，一人大声道：“向天鹏的女儿还在洞里，我们杀了她替毕大哥报仇!”

“对，我们杀掉向天鹏的女儿，为毕大哥报仇。”众人马上响应，纷纷操着家伙，准备跃上石洞，尚未迈开脚步，便听到一个娇滴滴的声音说道：“大家都是江湖上有头有脸的人物，对付一个弱女子，只怕是太不讲江湖道义了吧!”

话声落地，在石洞口赫然站着一个身材苗条、穿着一身黑衣、戴着面罩的少女。

群豪大感惊奇，这女人是什么时候出现的，真是活见鬼了，江湖上从没见过这号女人，有人喝道：“你是谁?”

黑衣少女揭开脸上的面罩，说道：“大家也许对我很陌生，不过不要紧，一回生，二回熟，初次见面，小女子给大家行礼了。”话声又甜又腻，使人听了说不出的舒服。

众人“啊”了一声，揭开面罩的黑衣少女粉面桃腮，柳眉杏目，美似仙子临风，而且媚态十足，满面春风，媚眼横飞。

群豪纵横江湖，见过无数大场面，可从未看到如此媚到骨头里的少女，不由全都怔怔地望着她。

柳天赐自打黑衣少女出现，一直觉得有点诡秘，黑衣少女揭开面罩，他大吃一惊，旋即又马上意识到，这是不可能的，他清楚地记得五年前，那女人已被红儿的霹雷弹毁去面容，并且自己在荒山野岭时，被她变成黑虎时，还清楚地记得那副丑陋的怕人的面容，怎么会恢复原样呢？

柳天赐认出黑衣少女和五年前丽春院见到的“无孔四象门”中的吴凤长得一模一样，不由得惊讶地张大了嘴巴。

黑衣少女嘻嘻一笑，向群豪福了一福，说道：“大家还是不认得我吧？”

群豪都摇摇头，黑衣少女妩媚一笑，说道：“这也怪不得大家，我这次随师父初入中原，没想到在这里与中原各门各派的高手，有缘相聚，好吧，我先向大家作个自我介绍吧！”

群豪都好奇地睁大眼睛，黑衣少女忽然神色一暗，悲切地说道：“其实小女孩身世是够可怜的，是个苦命人，我叫吴凤，是四川人。”

柳天赐头嗡的一下，心里喊道：不可能，不可能，他简直不相信自己的耳朵，他清楚地认识吴凤那怨毒的眼光，被炸得支离破碎十分骇人的脸，怎会恢复的呢？

只听黑衣少女说道：“五年前，我被人毁了容，为了报仇，这五年来，我一直拜在吉多拉门下。”

黑衣少女刚说到这里，群豪中年纪稍长的人马上发出一声惊呼。

柳天赐这时已确定黑衣少女就是吴凤，的确是吴凤，同时也是大惊，倒不是因为确定黑衣少女就是吴凤，而是因为吉多拉，他听师父韩丐天讲过吉多拉。

吉多拉是藏边“莲花教”的教主，“莲花教”是个极邪的教派，刚创教之初，曾独身潜入中原，到处猎艳，选取美色少年和貌美如花的少女，而后掳向藏边，供其淫乐，收为弟子。

他的邪门功夫果然厉害，来无影去无踪，如鬼似魅，群豪四处追踪，却连他影子也抓不到，弄得江湖中妖风弥漫，人人谈之色变。

师父韩丐天在藏边与吉多拉偶遇，动起武来，两人功力匹敌，斗了两天两夜，仍难分高下，最后师父拼尽全力，使出“隔山打牛掌”绝技，才将吉多拉打伤，只可惜，还是让他逃脱。

只是吉多拉回到藏边，隐没了“莲花教”，再也没在中原现身过，没想到事隔三十年又来到中原，并收了吴凤做徒弟。

吉多拉练的是采阴和采阳的至淫功夫，能保人容颜永驻，且还能使人返老还童，柳天赐心想，这吴凤恢复原貌，难道就是练那淫功所至，真是天下之大，无奇不有。

群豪中年长的都听说过吉多拉，一声惊呼，就想转身离去，再也顾不得抓向子薇，但脚就是不听使唤，依然站在原地，极想听吴凤说下去。

吴凤见到群豪的反应，一声娇笑道：“大家也许知道我师父吉多拉，师父自被韩丐天那老叫化子打败后，回到圣教，潜心苦练，终于练成了‘阴阳交泰功’，现在已是天下武功第一，被中原武林皇帝上官雄请到中原，共图大业。”

一个老者大声道：“你骗人，我们皇上怎会和吉多拉那样的老淫魔在一起呢?”

吴凤向说话的老者抛了一个媚眼，道：“这怎么不可能，所谓道相同而谋之。”

柳天赐暗道：上官雄难道想借助“莲花教”的力量?

吴凤笑吟吟的又道：“我们圣教进入中原主要是辅助上官雄，另一方面我们要让中原武林见识见识我们圣教的武功，没想到初入中原，在这里就碰到你们，你们这么多人欺负一个弱女子，一点也不懂得怜香惜玉。”

柳天赐只觉得寒气袭体，全身毛发耸起，他记得师父韩丐天说过那“阴阳交泰功”乃是世间最为阴损的一门邪派武功，也称迷魂大法，那吉多拉如今重出江湖，并练成了这门歹毒无比的邪功，以此功来报复中原武林，江湖上更是雪上加霜，武林中本遭大劫，更是腥风血雨。

说话的老者听了吴凤的话，神威凛凛地对吴凤喝道：“‘莲花教’的淫女，你想怎样？”

吴凤道：“哟，这老哥是泰山派的齐三哥吧，你偌大年纪，黄土已埋到脖子上，若我再动刀动剑的与你动手动脚，未免有失礼节，叫别人看着笑话。”

老者见吴凤一口就叫破自己的身份，也是一怔，说道：“依你怎样？”

吴凤吟笑道：“齐三哥，久闻你‘六合神功’独步武林，今日我俩就试演考较一番，你我二人相对而坐，互相凝视各自眼睛，只要你元神不乱，我便服了你，从此后我就劝师父一起远走藏边，永不踏进中原一步。”

吴凤在五年前被上官红毁容，本来她面容娇好，一个美丽的少女，面容被毁，无异就失去了一次生命，吴凤从此万念俱灰，将满腔的怒火发泄到柳天赐身上，将柳天赐变成一条黑狗，后来到处找上官红，没找着，于是就一个人远走藏边，想在无人烟的地方自生自灭，了结自己的一生算了，没想到却碰到了“莲花教”的教主吉多拉，吉多拉将她带回莲花教，为她恢复了容貌。

“阴阳交泰功”神奇地为吴凤恢复了原先的容貌，等于第二次生命重现，从此吴凤对“莲花教”忠心耿耿，苦练邪功，成为莲花教的大护法。

齐老三在泰山派排列老三，所练内功属佛门禅宗一脉，最讲究坐禅练气，守神缩阳，他苦修一生，至今未曾娶妻，也从未近过女色，仍是童子之身，所以，他的内功已达到近乎完美境界，在泰山派中，除了掌门人能与其比肩外，再无第二人能望其项背，因此，他对自己的内功颇为自负。他想：莲花教的武功属邪派，稀奇古怪，厉害歹毒，当年“三圣之首”“丐圣”与惜巴杰交错交手，也激战两天两夜，这吴凤却要与自己比试内功，未必会输给她，俗话说“邪不压正”，凭我数十年的苦修六合神功，难道还惧她什么阴阳交泰功么？

他抖一抖精神，朗声笑道：“妖女，就按你所说，咱们马上便开始吧。”

吴凤娇笑道：“齐老三果然爽快，你先上来吧，我们就在这平台上比试。”

齐老三迟疑了一下，但话既已说出来，又不想让吴凤笑话，于是大喝一声，双掌在马背上一按，人凌空翻飞，在空中身子一弹，稳稳落在石洞的平台，和吴凤对面而立，群豪哄然叫好。

齐老三坐身地下，盘好双漆，双掌上翻，交合叠于两膝之上，调息平神，五心向上，抱元守一，两眼瞪得大大的，射出两道凛凛神光，盯住吴凤那双媚眼。

吴凤笑盈盈地轻移莲步，款扭柳腰，娉娉婷婷地走到齐老三对面几尺远坐下，她朝齐老三抛了一个飞眼，盈盈一笑，顿时秋波四溢，百媚横生，一张俏脸春意盎然，光彩艳丽，妩媚动人。

由于吴凤早先在四川，后来又在藏边，所以群豪对她都不认识，但对“莲花教”都有所耳闻，全都屏住声息，一百多双眼睛瞪着上面看两人比试内功。

齐老三暗自发笑，心道：这妖女果然风骚无比，一笑百媚生，还真令人神摇魂荡……

心念一动，陡觉腹中真气不稳，似死水微澜，漾起微波，他急切止住遐思，收摄元神，将真气拢回丹田，而后行功意守，与吴凤斗起法来。

这番拼斗颇为奇特，与那拽拳飞脚、抡刀舞剑的舍命厮杀不同，两人相距咫尺，各自端坐不动，看似毫无凶险，实则比那肉身相搏更加惊心动魄。

吴凤使出三年所练的采阴大法，不住地骚首弄姿，只见她雪凝玉脂，桃染双腮，粉面含春，眼荡情波，温柔时，就是铁石心肠之人也会动情，怜惜她，圣贤夫子，千古奇侠也七魂散，五魄洒，你纵是世外佛，也令你凡心萌动，迷醉难拔。

山谷里的群豪鸦雀无声，都静静地注视吴风大展淫功，说不出的受用，眼望着吴风那娇滴滴的风流模样，初时尚能控制住心神，不为她的骚姿所动，然他们的功底毕竟比齐老三等大家浅一些，又都是中青年，阳刚之气正旺，渐渐被吴风的阴阳交泰功的采阳大法所迷，一时间人人心跳血涌，面红耳赤，禁不住眼露淫光，嬉笑连声，工夫不大，群豪大乱，人们都互相搂抱，神智迷乱，手舞足蹈，又摸又亲，淫声四起。

柳天赐惊奇地看着这个奇特无比的场面，这些人怎么会这个样子，都是名门正派，侠义中人，怎么这般丑态百出。

其实，柳天赐之所以一个人安然无恙，并不是吴风的淫功对他不起作用，而是他的龙尊内功高出吴风何止百倍，吴风的采阳大法虽然高明，然对他却毫无作用。

齐老三果然不愧为武林的顶尖人物，内家纯理纯厚无比，他端坐于地，目视吴风，心如一潭死水，任凭吴风施尽解数，亦难搅起半点波澜，毫不心动。

此刻，他万念归一，死死守住丹田，真气凝集，元阳闭锁，已进入万物皆空境地，他无思、无念、无喜、无悲、无欲，整个身心与茫茫宇宙融为一体，在他眼中，吴风已不再是个妖冶淫荡的勾魂女人，而是一块山石，一截木桩，或是一堆行尸走肉。

吴风是“莲花教”唯一将采阳大法练成的女弟子，见齐老三的六合神功威力无穷，自己修炼的采阳大法招术已经使尽，仍攻他不破，心中亦暗暗赞叹：想不到中原武林还有这等厉害角色，想自己练就神功，初入中原，就连一个齐老三都收拾不下，还有那被中原武林传得神乎其神的柳天赐，不就更是不能报五年之仇，几年的心血岂不白费。

吴凤虽远在藏边，但中原武林的一举一动，都了如指掌，听说中原武林出了一个柳天赐，当时几乎不敢相信，以为是同姓同名的人，想柳天赐已被自己变成一条黑狗，怎会变成中原武林第一人？为了一探虚实，她就鼓动师父进入中原，投靠在上官雄门下，找柳天赐和上官红报吴家血海深仇，没想到一入中原就碰到了硬钉子。

吴凤心里发急，转眸旁视，只见山谷里的群豪已被自己的采阳大法越迷越深，均已神魂皆散，有的搔首弄姿，有的呵呵傻笑，口水直流，有的竟撕扯身上的衣服，有的咿咿哑哑乱唱曲儿，个个丑态百出，像初进妓院的后生，令人作呕，心想：我先设法把齐老三从禅定中唤醒过来，而后叫他见到群豪的丑态，再乘机发起强攻，定能一举奏效。

拿定主意，吴凤便把手中的迷魂帕高高举起，看准风向，朝齐老三抖了抖。

齐老三万念俱灰，守住完神，对身边的一切视而不见，浑然不觉，陡然间，一阵清风扑面，随后紧跟着一股淡淡的幽香钻入鼻孔，禁不住打了两个喷嚏，体内真气似被惊乱的游蛇冲出丹田，朝四下乱窜，如洪水决堤。

原来，吴凤的迷魂帕中，裹有一种世间极厉害的迷药，名为阴阳合和酥骨散，这种歹毒迷药是吉多拉采百种花粉炼成，其药清香爽神，但闻者则智迷心乱，功力浅的，则骨酥筋软，难以动弹，“莲花教”视这种淫药为奇宝，所以在关键时，吴凤才把这淫药使了出来。

齐老三神思一动，体内真气外泄，他极力想稳住神思，运功将外泄的真气逼回丹田，怎奈那阵阵幽香不时传入体内，腹中真气便似游鱼闻见了香饵，突突乱撞，怎么也收不拢，齐老三愈发慌乱，欲收住六合神功，起身认输，岂料全身筋骨如同被醋浸泡过一般，又酸又软，动了两动，竟未站起来，无奈，只好将双眼一闭，不敢再看吴凤。

齐老三闭住双目以后，脑海中出现重重幻影，各种污秽的丑态，淫声浪语，层出不穷。

他看着听着，陡觉一股热气自丹田升起，霎时间传遍全身，血液似奔涌的狂潮在体内鼓荡，似乎要冲破他的躯体，燥热难耐，气喘吁吁，渐渐把持不住，突然，体内储藏的元阳，似出闸洪水，奔泻涌出，齐老三禁不住大叫道："好难受……"

其实，齐老三所见到的一切，都是他闻了吴凤的淫药，神思混乱，头脑中所闪现的幻觉。

柳天赐三人见齐老三端坐于地，面赤如血，额头淌汗，全身颤抖，双手不住地抓挠胸膛，口中不住地嗬嗬怪叫，恰似一个受了伤的困兽一般，柳天赐想：这狠毒的女人怪功的确厉害。

吴凤看到齐老三的模样，知道他已被自己的迷药迷住了心神，心中狂喜，从腰中抽出一柄轻罗小扇，挺身跃起，居高临下，朝齐老三扇了几扇。

柳天赐见吴凤大发淫威，这个五年前将自己变成狗的狠毒女人怎会变成这般淫荡，让他觉得极不舒服，绿鹦和聂宋琴两人粉面通红，不再看谷中。

齐老三陷于幻影中，满脑子全是男女交媾的淫乱场面，神魂大乱，元阳难守，一时间不能自拔。

第三十章　故人再见

他的六合神功一破，阳精自泄，一发不可收拾，待阳精泄尽，他知道自己会有性命之危。

正在这紧要关头，忽觉一阵阵阴寒之气拂来，体热顿解，眼前幻影消失，神思随着归正，他睁眼一看，只见吴凤正站在自己面前，手摇轻罗小扇，神情颇为得意，他猛然醒悟，知道刚才中了这淫女的采阳大法。

吴凤的采阳大法一收，那下面的群豪也从昏乱中醒转过来，待见自己赤身裸体的丑模样，人人惊魂难当，急忙穿好衣服，骑上马，一溜烟冲出山谷。

这些人都是名门正派的人物，原本是来找阮楚才报仇，没想到在吴凤面前丑态百出，老脸丢尽，比杀了他们还难受，这件事如果让江湖同道知晓，真的比死了还难过，所以各自恨不得有个地缝钻下去，逃得远远的。

吴凤咯咯娇笑，望着空空如也、如丧家之犬逃得一个不剩的侠义人物，笑得花枝乱颤，回头望着齐老三，妩媚一笑，问道："齐三哥，你刚才所见的情景好么?"

齐老三长叹一声，羞得脸如蜡黄，愤愤说道："妖女，你无孔四象门也是中原名门正派，怎会出你这么一个妖女，用邪法害我，好不知耻!"

吴凤灿然一笑，说道："我现在是'莲花教'的大护法，与无孔四象门没一点关系，齐三哥，你也莫什么正人君子了，据说你练有什么六合神功，一生不近女色，怎么今日一见到我，便元阳自泄？"

顿了顿，她又道："你骂我无耻，跟我谈什么名门正派，哼，什么狗屁清名，不过愚弄傻子罢了，世上的男人，哪个不是见了漂亮女人便垂涎欲滴的馋猫，而那些怀春的少女，又有哪个见了风流汉子不摆尾，这茫茫大千世界，又哪里有一块净土。

"名门正派又怎么样，名门正派不是人么，人脱胎于世，食五谷成形，谷生血，血生精，精生欲，欲生恶，凡为血肉之躯，谁也难逃色欲之劫。"

齐老三见吴凤在自己一人面前大谈情事色欲，双手掩耳，说道："哼，简直一派胡言，照你这么说，人与禽兽又有何异?!"

吴凤似乎发泄什么，滔滔不绝地朗笑道："人比禽兽，只是多披了一层衣服，禽兽之交合，不避天地，无遮无掩，表里如一，光明正大，尚不乏可爱之处，人穿上了衣裳，便把丑恶包裹起来，使人难以看清真性。正因此，人世间才到处布满陷阱，到处都是险恶、权欲、财欲、色欲、名欲、物欲横流，上至帝王将相，君子臣父，下至兄弟姐妹、夫妻朋友，乃至英雄侠义，盗匪毛贼，文人邪士和僧道尼姑，相互尔虞我诈，明争暗斗，弱肉强食，冷酷无情，越是那些衣冠楚楚之辈，其心越是险恶，自诩为名门正派之人，更是比寻常人坏毒十分!"

齐老三恨得咬牙切齿，真想扑上去和吴凤拼个死活，怎奈他元阳一泄，六合神功自破，内功尽失，再无力气与她交手。

他瞪了一眼吴凤，说道："妖女，我齐老三今日认栽了，这是我功夫不到，功浅艺薄，但天下武林比我武功高深的奇侠异士多得数不胜数，早晚有一天，会有人收拾你。"

吴凤美目一转，说道："你是说柳天赐?"

齐老三道："那柳天赐虽然武功了得，但他不是侠义道上人物，人人得而诛之，与你这妖女是为害武林的一丘之貉，不足而论，我们侠道中，就可以将你们邪教一举攻灭！"

吴凤哈哈怪笑几声，说道："齐老三，你甭吓唬我，我们莲花教重出江湖，便是要会会中原武林的侠道人物，你现在也不要想得那么远，还是想想你现在该怎么办吧！"

"哼，我齐老三落入你手中，随你处置好了。"齐老三道。

"哇！"吴凤一声轻笑，说道："据说泰山派的齐老三素以侠义自居，到处招摇撞骗，今天被我撕去羊皮，露出丑恶嘴脸，真是羞死人，我将你的丑行传给江湖，侠道人物不会笑得满地找牙才怪！"

齐老三被她说得周身寒冷，心道：我齐老三从未遭如此奇耻大辱，今天被这妖女戏弄得出乖露丑，日后哪还有脸见人，罢了，罢了！反正我武功已失，活着也难报今日之耻，倒不如就此自绝，也免得被同道笑话，想到此，他猛地抬起右掌，便朝自己头顶拍落。

"嗤！"的一声轻响，一枚石子朝齐老三飞去，齐老三只觉右臂一麻，软绵绵垂落下来，再也提不起。

他正在纳闷，便听见有人声如洪钟，说道："齐老三，你身为泰山派的顶尖人物，在江湖上也是响当当的角色，怎么这般没有出息？"

语调平缓，凛然生威，齐老三闻之不由心头一颤，他稳了稳神，睁眼一看，见一个身材如小山的人站在石洞前，不是名震天下的丐帮帮主韩丐天，还有谁？

柳天赐真没想到师父会出现在这里，他还是那么矫健、硬朗，凛威不可侵犯，心头狂喜，似乎有许多话要和师父说。

韩丐天统帅天下最大的丐帮，与向天鹏并称"北向南丐"，武林中人人景仰。但在今年韩丐天用"隔山打牛掌"打死了向天鹏。在武林还有个说法，他只身潜入大理偷起"随形剑气"秘笈，便使人想不大开，不管怎么样，韩丐天就是韩丐天，不论在哪里，他昂然如天神，一身浩然正气是外露于形的，齐老三一见是韩丐天，忙恭敬道：“韩帮主，你教导得是。”

韩丐天哈哈大笑道：“齐老三，我老叫化子哪有什么资格教导你呢？你现在可是上官皇上身边的红人！”

语言中满含讥讽，齐老三当然听得出来，说道：“韩帮主，上官皇上为武林正义，登高呼应，惩恶扬善，我们一起为武林除害，又有什么不对吗？”

“哈哈，好一个‘惩恶扬善’！”韩丐天的笑声有些沧桑，说道：“惩什么恶，扬什么善？谋杀嫁祸，勾结妖教，惨害武林，这也叫惩恶吗？”

齐老三见韩丐天言辞严厉，支吾道：“韩帮主，您……”

韩丐天打断道：“我已将帮主之位传给了柳天赐，已再不是丐帮帮主，你如果还认我，就叫我一声韩老哥。”

齐老三道：“韩……老哥，那柳天赐双手可沾满了武林同道的鲜血，怎可将帮主之位……传给他……”

“哈哈……齐老三，没想到你活了这么一大把年纪，已是越糊涂，任何东西不看本质，只看表面，你见过柳天赐吗？你凭什么说他双手沾满鲜血……”

“这……今年天香山庄那次……”齐老三一时语塞，吞吞吐吐说道。

韩丐天神情激动，大声说道：“不错，柳天赐在天香山庄被人利用，大开杀戒，但那时他魔性侵心，才做出来的。齐老三，我们侠义人物，不单单凭一个侠义就行，更多的是要圆通，明辨是非，愚顽不化，被人利用，到最后比那魔头还要可怕。”

齐老三似懂非懂，他只是隐约感到江湖风云变幻，形势已大不同往日，甚感其中有什么不对，但一时也难以把握，迷惘说道：“韩老哥，武林真的要遭大劫了，我齐老三今天受这妖女奇耻大辱，不想再苟活人世，唉……我……”

韩丐天说道：“齐老三，你在江湖中也是响当当角色，你回去想想吧，人生哪没有错的，你要坚信正义终将战胜邪恶的。”

“咯咯……说得好，说得妙，韩老哥，久仰，久仰，小女子久仰你雄姿风范，义薄云天，豪云冲霄，今日一见，实乃小女子三生有幸。”吴凤自韩丐天一出场，就感到一股无形的正气像一座小山压迫着她，使她的心有些发怵，见韩丐天没正眼瞧他，一直和齐老三说话，忍不住说道，说完盈盈一福，满面媚笑。

韩丐天这才回头看了看吴凤，摇摇头，吴凤媚笑道：“韩老哥，小女子可有什么不对的地方吗?”

韩丐天朗声说道：“莲花教本是藏传佛教，你身为佛门弟子，便该持斋诵经，修真炼性，多行善事，普渡众生，以求正果才是，可你却不受清规，屡犯淫杀二戒，岂不是有损佛家清名吗!”

吴凤嘴一撇，说道：“原来韩老哥是为这个……”

韩丐天打断她的话说道：“你不要叫我韩老哥，论年龄我可以做你爷爷，你就叫我韩爷爷吧。”

吴凤笑道：“韩爷爷，佛家讲我不入地狱，谁入地狱，我所做的一切还不是为了献身佛门。”

韩丐天哈哈笑道：“吉多拉传给你这邪门功夫，只不过雕虫小技，你应该记住，多行不义必自毙。”

吴凤含笑道：“师父当年败在你手上，成为他终身憾事，今天我倒要向韩爷爷讨教两招。”说着，向韩丐天慢转秋波，启齿发出一串咯咯娇笑。

笑声一起，萎坐在地上的齐老三只觉得心头狂震，再一接触到吴凤的勾魂夺魄的眼光，顿时心神大乱。

韩丐天知道吴凤又在施采阳大法，他的纯厚内功何止比齐老三高出百倍，一声长啸，那啸声似天外传音，刺入齐老三的耳鼓，齐老三心头大震，顿时心中邪气消散，元神归窍，脑海空冥，眼前幻影似为飞烟。

吴凤脸如死灰，全身颤抖，原来她的采阳大法其实是一种障眼法，属邪门功夫，如果施法的人不能迷惑对方，反而会害了自己的。

就在这时，石洞内传来婴儿的哭声，韩丐天一愣，说道："是谁在洞里?"

齐老三忙答道："是向天鹏的女儿!"

韩丐天大踏步走进洞里，向子薇见到韩丐天，扑倒在他怀里，放声痛哭，韩丐天抚摸向子薇的头发，也是热泪盈眶。

向子薇哽咽道："韩伯伯，我……"竟是泣不成声。

韩丐天抱过婴儿，说道："傻孩子，不用说了，韩伯伯都知道了。"

吴凤眼里射出怨毒的眼光，陡地玉袖一拂，呼地一声，啸音刺耳，漫空里碧光闪烁，无数颗毒芒，织成一张密不透风的光网，闪电般的向韩丐天的后背、头顶罩下。

柳天赐大惊，飞身掠起，运起玄功，挥掌连拍，强劲的掌风顿时将光网荡开，毒芒纷纷坠地，同时齐老三也飞身跃起，为韩丐天挡了两颗毒芒，扑通跌坐在地。

吴凤突见有人从天而降，而从来人的身形和掌力就知道高出自己太多，哪敢停留，转身逃走。

这时绿影一闪，"砰"的一掌，打在吴凤的左肩，吴凤借力身子一弹，几个起落，逃出山谷。

绿鹦受了箭伤，内力还没恢复，所以这一掌功力极小，只感到掌心被针刺了一下，旋即只觉全身一麻，头晕目眩，绿鹦大惊，知道中了吴凤毒针什么的，站脚不稳，跌倒下来。

紧跟其后的聂宋琴连忙扶住绿鹦，柳天赐一看绿鹦的掌心一条黑线向手臂上攀升，连忙点住绿鹦的血道，制止血气上升。

韩丐天回头见是柳天赐，心头大喜，叫道："小子，你怎会在这里?”

原来，韩丐天逃脱了上官雄的围攻之后，紧追阮楚才，他一心想救出向子薇，谁知一耽搁，就把阮楚才追丢了，于是，他又返回蝴蝶崖找柳天赐，整个蝴蝶崖没一个人影，当时他还以为柳天赐和上官红都跌落蝴蝶崖，心急如焚，一路向北，没想到在这里碰上了柳天赐，怎叫他不高兴。

柳天赐简单地将别后经过一说，韩丐天听说柳天赐无意间得到了九龙珠，更是高兴，没想到二十年前没实现的夙愿，在徒儿身上实现了。

柳天赐又将聂宋琴介绍给韩丐天，韩丐天看了一眼聂宋琴，说道：“真像，真像……”

聂宋琴眼圈一红，得知聂双琪已死，韩丐天一声长叹，无限悲凉说道：“二十年了，为了查明真相，你母亲竟在蒙古过了二十年，我当时就坚信你母亲不是奸细，她这又是何苦呢!”韩丐天触景生情，扼腕浩叹，心中太多感慨。

柳天赐说道：“师父，我们先救人要紧。”

韩丐天这才回过神来，说道：“对对，我救齐老三，你救鹦儿。”

说着两人盘膝坐下，分别用内力为齐老三和鹦儿逼毒，“波波”两响，韩丐天的内力使齐老三身上的毒芒激射而出。

不一会儿，两人用纯厚内力将齐老三和绿鹦身上的毒逼出体外。

吴凤所使的毒的确厉害，柳天赐和韩丐天都出了一身汗，等两人逼完毒，就闻到肉香味，大家都饿得慌，聂宋琴叫道：“大家快过来吃马肉。”

原来，聂宋琴在四人全神贯注排毒的时候，已将马肉烤熟，六人坐在火堆旁饱餐一顿，大家都觉得神清气足，精神百倍。

向子薇抱着刚出生的婴儿，安详地坐在火堆旁，想到两天劫后余生，还心有余悸，大家听他谈阮楚才，都感慨不已，想不到那阮楚才居然在生死关头人性未泯，反而救了两条人命。

柳天赐说道：“不知那阮楚才将日月神教的堂主和丐帮长老及段小王爷都关在哪里，蝴蝶崖的石洞并没有他们。”

向子薇道：“阮楚才说在路上，这些人已被上官雄在路上劫走了。”

韩丐天道：“上官雄狼子野心，到现在狐狸尾巴全露出来了，不但自封为武林皇帝，还勾结藏边邪教，一统武林已成定局，他还定于明年八月中秋在鄱阳湖的龙门岛召开天下武林大会，亲自由他封王封侯。”

柳天赐道：“上官雄和他身边的四大护法，武功极为怪异，特别是那四大护法，似乎不是凡胎肉体，没有痛感和生命。”

韩丐天道：“他们是经过药水泡制的，‘药人’没有思想，只会听命于他的主子，看来上官雄已是蓄谋已久，现在武林各大门派都归于上官雄，只有一些有见识的人对上官雄表示怀疑，但上官雄现在实力已足，完全有能力剪除异己的，我想八月十五的封侯大会将是一场血腥屠杀大会。”

柳天赐急道：“难道我们就让他阴谋得逞吗？”

韩丐天不无忧色地说道：“这就要看天意了。”

齐老三听了韩丐天和柳天赐的话，才明白事情的真相，羞愧不已，坐在旁边一言不发。

柳天赐道：“现在离八月中秋节还有大半年的时间，我们做些什么？”

韩丐天道：“本来我想和你们一起到山西亲手惩治郭辰田那叛逆，但现在我必须将子薇送到大理，顺便联络西南各路豪杰，当然还要和‘皇圣’解释我俩之间的误会，你们到了山西可是千万小心，郭辰田这只老狐狸，诡计多端，兼有‘吐功大法’。”

柳天赐问道：“‘吐功大法’、‘聚龙心经’、‘雪花掌’、‘随形剑气’，还有‘百变神功’，都是武林绝学，那“吐功大法”不知是怎样一种武功?”

“吐功大法就是在全身所有功力集于一线或一点，所以不管你将门户守得多严，他都会见缝插针，无孔不入。不过我相信你一定能战胜他的，你们在山西办完事，一定要在八月中秋赶到鄱阳湖。”

柳天赐道：“我还要到九龙帮找阮楚才索回日月神教的信物。”

韩丐天奇道：“阮楚才回到九龙帮?”

柳天赐道：“他是被‘神偷怪’抓去的，我估计会将他抓到九龙帮的。”

韩丐天道：“那‘神偷怪’和黄朝栋是师兄妹，她据说还是九龙帮上代帮主的女儿，不仅生得倾城倾国，而且武功极高，是江湖上人人称道的女侠。”

绿鹦“扑哧”一笑，说道：“生得那么丑，那么老，还倾国倾城!”

柳天赐也奇道：“江湖人人称道的女侠?为何群豪见到她仿佛见到了女魔头一般?”

韩丐天道：“那是几十年前的事，后来由于黄朝栋另有所爱，那‘神偷怪’为情所伤，才性情大变，以美色勾引江湖中人，然后杀掉，为此成了一个女魔头。十年前，群豪围攻，据说将她逼下悬崖，十年来她一直没在江湖上露面，大家都以为她死了，没想到还活在人世，唉，这其中的过节，我也不大清楚……”

洞外星光布满天空，北方的夜空格外辽阔，几人在谈话中已慢慢入睡。

第二天大家醒来，已是天色大亮，绿鹦惊叫道：“咦！齐老三不见了。”

柳天赐心里一惊，心想：那齐老三会不会跑到上官雄那里去告密，只听绿鹦又惊道：“石壁上有字。”

果然，石壁上有木炭留下的一行字：“维护武林正义，我辈分内之事，齐老三留。”

韩丐天哈哈大笑，说道：“这齐老三终于幡然醒悟。”

绿鹦道：“他跑到哪儿去？”

聂宋琴说道：“我估计他会回到上官雄那儿，做我们的内应。”

韩丐天道：“但愿如此，我们要做的事还很多，这就上路吧。”说完又把柳天赐叫到一边叮嘱几句，然后带着向子薇向西而行。

柳天赐三人一直望着韩丐天如小山的身影消失在茫茫的雪海中，这才向东而行。

聂宋琴靠近柳天赐，“嘻嘻”一笑，说道：“韩伯伯是不是叫你要提防我？”

柳天赐一愣，心想：她怎么知道？

聂宋琴狡黠一笑，说道：“柳大哥，你是怎么想的？”

柳天赐说道：“你会害我吗？”

聂宋琴道：“说不准！”然后小嘴一撇，一个人独自前行。

接连几天，聂宋琴都没和柳天赐说话，显然在生柳天赐的气，而绿鹦就不一样，只要和柳天赐在一起，又说又笑，开心极了。

到山西大同，刚好是元宵节，山西大同盛产无烟煤，属北方的一个重镇，街上甚是繁华，酒楼茶馆，娼窑赌场，人来人往，热闹非凡。

“震东镖局”建在街中心，占地面积颇广，门口摆放两只威严的石狮子，原本大同镇街上都是做正经买卖，白秦川对他们都有关照，所以人们都叫白秦川为白爷，都奉他为大同镇的保护神。

可自郭震东作了郭爷后，大同镇就成了一个独立的王国，街中心巍峨壮观的“震东镖局”便是人们心目中的皇宫，郭震东派人从他们那里收粮收税，并开办店铺，娼窑赌场，来此吃饭打尖玩娼聚赌的人，有各地江湖豪客，也有买卖客商，但最多的还是山西大同本地人，本地人靠挖煤收煤，都有些钱财，便花天酒地，为此，郭震东不知捞了多少钱财。

元宵节这个普天同庆的日子，大同镇更是热闹非凡，大街上大红灯笼高高挂起，虽在这荒年残月，大同镇却一点不见穷酸，街上行人如织，车水马龙，许多装饰豪华的朱漆门楼吊着碧纱粉红的灯笼，打扮得花枝招展的姑娘倚门而立，一边嗑着瓜子，一边朝行人搔首弄姿，飞眼吊棒。

柳天赐心意暗暗称奇，想不到山寒水瘦的北方，居然有这样的繁华街市，似乎让他回到了童年的胭脂路。

绿鹦眉开眼笑，眉飞色舞，三人都换了一身新衣服，经过改装易容，但仍掩饰不住的风流倜傥，人们颇为侧目，走在如此熟悉的去处，柳天赐兴趣倍增。

绿鹦说道："黑虎哥，我们去里面玩玩。"

柳天赐抬头一看，见对面的门楼，门楣上悬着一块长匾，上写着三个大字——水香院，门口的几个花娘正朝他们三人挤眉弄眼。

柳天赐嘻嘻一笑道："好，我们进去看看。"

聂宋琴顿时脸儿一红，瞪了他一眼道："那么肮脏的地方，我看都不看一眼，要去，你一人去，绿鹦妹子，我们走。"

绿鹦不解道："宋琴姐，我们进去玩玩嘛！"

聂宋琴气极，扭头就走，说道："没个正经！"

无奈三人只好往前走，走不多远，忽听水香院斜对过的一座院子里，传来一阵吆五喝六的喊叫声，绿鹦喜道："咦，那里是什么地方？"

柳天赐道："是赌场。"十三岁之前，柳天赐在杭州最大的妓院长大，对这些场面太熟悉了，而且还练就了一身高超的赌技。

绿鹦笑道："黑虎哥，你赌技怎样？"

柳天赐触景生情，仿佛回到了童年，心花怒放，拍手笑道："哈，你黑虎哥的手段可高明，走进去为你们赢些银两！"

绿鹦也拍手叫道："好，黑虎哥，我们进去耍两把，让我和宋琴见识见识。"说着，一拉聂宋琴，生怕她不同意。

聂宋琴略一思忖，说道：“好吧，不过，我们还以大事为主，这赌场气派颇大，定与郭震东有所关联，我们不能暴露身份。我和绿鹦妹子扮作你的童儿，分别叫小三子和小六子，而你就是龙少爷。”

柳天赐心中佩服，还是聂宋琴考虑周全，绿鹦觉得更是好玩，欣然应允，于是三人迈步进入赌场。

这座赌场十分气派，前后三层院子，大小有三十间房屋，每座屋中，都设有桌椅，桌上摆着各种赌具，大厅的中央放着一个大台子，被人挤得里三层、外三层，凭经验大厅里正进行一场豪赌。

柳天赐心想：操他奶奶的，比丽春院里的赌场还要繁华。

三人挤到中间，柳天赐不由傻了眼，因为大厅里坐庄的人正是不老童圣，他身后站着白素娟和玉霞真人，“金玉双煞”则提着袋子往里面捞钱。

“不老童圣”手气极顺，光赢不输，在那里坐着发出孩童般的大笑。

再看不老童圣的对面，柳天赐三人不由笑了出来，只见四个大汉全都赤身裸体，每人穿着一条短裤，那模样好笑至极，分明是输得一塌糊涂，连身上的衣服都已搭进去，不过，这样的事也只有不老童圣做得出来。

绿鹦也认出来往袋里装钱的“金玉双煞”和白素娟，平日他们用来装人的袋子，此时装满了一袋的银子，两煞笑得合不拢嘴，绿鹦正要张嘴叫破，柳天赐用手碰了碰她。

白素娟将头发高高挽起，穿着干净的长衫，脸上冰冷如霜，柳天赐不由呆呆地望着她出神，心想：在九龙帮的时候，白素娟被金玉双煞带走，怎么和不老童圣、玉霞真人走在一起，他们到大同镇来难道单纯为了赌博，绝对不是，那就是来找郭震东报仇的，想到白素娟对自己的情意，心里不由怦怦直跳。

白素娟朝这边扫了一眼，没怎么在意望着她的柳天赐，柳天赐暗道：她认不出我了。

聂宋琴见柳天赐神色变化不定，便悄悄拉了拉衣袖，轻声问道：“龙少爷，你怎么了？”

柳天赐一怔，说道：“没什么，那白胡子老头身边的几个人我都认得。”

聂宋琴问道：“那女的和你很熟么？她长得真美。”

柳天赐眼珠一转，说道：“那姑娘和我有过节，别看她长得漂亮，心肠可毒呢，今天我要和他们大赌一场，将他们制服。”

聂宋琴说道：“那你有什么法儿？”

柳天赐凑到她耳边，悄声嘀咕几句，聂宋琴皱眉道：“这种馊主意亏你想得出来。”

柳天赐得意说道：“那白胡子老头别看他嘻嘻哈哈，武功可高呢，我今天有心情和他玩一把。”柳天赐心情极好，仿佛故地重游，童心大起，就像是几年前丽春院里玩世不恭的柳天赐。

聂宋琴啐了他一口道：“万一你把我输给了人家怎么办？”

柳天赐道：“我柳天赐以前可是听骰子声才能入睡的，凭我的手段，怎么会输呢？你放心好了，没有十成的把握，怎肯拿你作赌注！”

聂宋琴听他最后一句话，心里一甜，见他信心百倍的模样，笑了笑道：“好吧，就依你，不过，你万一手气不顺，输了牌，我可就跟人家走了。”

柳天赐嘻嘻一笑，不再言语，绿鹦看了一眼春风满面的柳天赐，心想：以前他不是这样子的啊！

不老童圣坐在大台子中间大呼小叫，手舞足蹈，他面前堆着一堆衣物，跟着又有一个输得脱了衣服。

其实这输的人是震东镖局的四个镖头，也都是赌桌上的一流好手，本来，原先的大同镖局，门规极严，在白秦川的时候，从无人经营赌场妓院等下流行当，自郭震东作了大同镇的龙头老大后，对属下极为放纵，镖局里的人，开始任敛横财，敲诈勒索，欺街霸市，硬抢豪夺，无人敢惹，甚至做起黑道买卖，就这样暴敛钱财。

这震东镖局实际上是成吉思汗插在中原内地的一个陆地据点，和九龙帮上据点遥相呼应，如果成吉思汗一入中土，那么他们便成了水陆两大运输部门，所以许多黑道高手都被郭震东收罗门下。

这四大镖头叫陈雄、李万、杨秀、赵盛，是震东镖局的四大高手，合成震东四虎。

元宵节这天，四大镖头闲着无事，就凑在一起，来到赌场内，过一过赌瘾。

看场子的喽罗见是四大镖头来到，连忙让进赌场内最豪华的赌房，四个人轮流坐庄，正玩在兴头上，忽然厢房门一响，从外面大摇大摆走进一个明眸皓齿的少女，那少女满面含笑，大大方方地双拳一抱，朗声道："几位大爷好兴致。"

陈雄等人均一怔，一般的情况下，是没有少女到这种场合来的，更何况一个美得不可方物的绝色少女，再往她身后一看，是一个嬉皮笑脸的老头和一个仙风道骨的道士，紧跟后面的是两个怪模怪样的怪老。

陈雄只觉少女有些面熟，但一时想不起是谁，奇道："你们是怎么进来的?"

因为这是一间雅室，专供震东镖局自家兄弟玩的地方，前面又有兄弟把守，外人是不许进来的。

少女启齿一笑，道："大路朝天，各走各边，在下自然是走进来的。"

李万翁声翁气地道："你是谁，这不是你玩的地方，回家抱孩子喂奶吧。"众人哄声大笑。

少女也不恼，说道："同是天涯沦落人，相逢何必曾相识，我们偶经此地，见几位大爷在此豪赌，我家老爷心中发痒，冒昧闯进来，欲与各位赌上一赌。”

陈雄道：“怎么？想和我们赌，你家老爷是谁？”

不老童圣胸脯一挺，说道：“我就是。”话声充满童音，四人一怔，见是一个白发银须、满面红光、眨着眼睛、使人看了就发笑的不老不少的老头。

少女笑道：“我家老爷家财万贯，怎么也花不完，又不想白送人家，但他一生好赌，且赌技平平，几位不想发笔小财么？”

四人你看我，我望你，搞不懂少女所说的话是真是假。

不老童圣见几人不大相信，吹胡子瞪眼睛，像是赌气一般对身后的“金玉双煞”喝道：“管家，拿来！”

玉女煞提着袋子，凑到四人跟前，打开袋口，四人伸头一看，只见袋内光芒四射，映得人睁不开眼睛。

陈雄等人只觉眼睛一花，揉目细看，只见袋内都是稀世珍宝，什么白玉镯儿，紫金戒指，翡翠烟壶，玛瑙杯，还有一串珍珠链儿，这些东西加在一起，少说也折合几百万两白银，光是那条珍珠链儿，便值十二万两银子。

四大镖头虽然见多识广，但像这样的赌客却是见所未见，闻所未闻，都发呆了，心中怦怦狂跳不止，眼中射出恶狼似的绿光，人人恨不得扑上去把那些奇珍异宝揽入怀中。

那少女见几人那等贪婪模样，嘴角闪着一丝冷笑，问道：“各位大爷，我家老爷所带的这些本钱，可值得赌一场么？”

陈雄看了一眼袋子沉声不语，赵盛将他拉到一边，悄声说道：“大哥，自咱们的赌场开业以来，还从未见过这么大油水的赌客，今日财神到了，咱们可不能放走。”

陈雄心中也早已急得冒火，但仍有些犹豫地说道：“送到嘴的肥肉不是什么好东西，这几人不伦不类，不知什么来头，万一被当家的知道，我们就惨了。”

赵盛道：“管他什么来头，我们的地盘上看他们还翻得起浪来。”

李万在一旁道：“赵盛兄弟说得对，遇上这样的大赌家不赌，那才是天字第一号傻瓜。”

陈雄狠了狠心，把手一拍道：“好，咱们今日豁出去了，便和这老头赌上一把。”

赵盛回来，对不老童圣笑道：“你真的想赌吗？”

不老童圣不知如何回答，干脆双目一闭说道：“你不要跟我说，你和我家小翠说就行了。”

赵盛心想：这老头似乎有点像稀里糊涂的羊牯，这样子能赌吗？他心里巴望老头越羊牯越好。

少女盈盈一笑道：“我家老爷生性好赌，不是真赌，来这里做什么。”

李万又道：“你可知赌场中的规矩？”

少女道：“愿赌服输，赌场无父子，输赢不赖账。”

“好，果然是行家里手！”赵盛故意赞道：“既然你家老爷兴致极高，我们兄弟便陪你玩玩，不过，我们几个本钱儿，无法与你家老爷同等下注。”

少女笑道：“我家老爷姓输，叫百万。”

不老童圣瞪了一眼白素娟，转而又嗬嗬一笑道：“好，对对，你们叫我输老爷。”

四人心想：天下哪有自己叫自己输百万的赌客，显然对方不愿露出真姓名，但此时只要赢钱，管他输百万，赢千万的，于是，也不怎么在意。

白素娟道：“你们的钱财与我家老爷比肯定少，今天我们还是随便提一点过来，不过不要紧，我家老爷最是大度，我们就以这些小玩意孤注一掷，不管各位大爷押什么，一次押多少，只要你们赢了，这些东西你们尽数拿去，各位大爷，你们看这个赌法如何？”

四人听了一愣，心想：这么多奇珍异宝，居然叫做小玩意，是随便提来的，吃惊之余，又暗自窃喜，但又装出一副歉疚模样，陈雄摇摇头道："姑娘可做得主？"

不老童圣眼珠子一转，怪模怪样一笑，说道："我听小翠的，她如同我的……亲娘。"

四人忍不住笑了，这是个疯老头，要不就多根筋，要不就少根筋，脑子有毛病，怎么管一个女孩子叫娘。

白素娟脸一红，说道："我家老爷只管赌，其他的事我做主。"

陈雄忍住笑，说道："姑娘提出的这个赌法有欠公道，你这样不是太吃亏了么？"

白素娟咯咯一笑，道："古人说得好，'千金散尽还复来'，我家老爷别的没什么，有的只是银子，与人赌，从不在乎输赢，只图心中一快也。"

赵盛大喜，将大拇指一挑，赞道："姑娘如此豪气，不让须眉，不让你家老爷尽兴，别人会笑话我们的，好，我们今天舍命陪君子。"

陈雄大声道："快，快去将大厅里的赌客遣散，今天我们要在大厅里举办一场盛大的豪赌，让大家见识见识。"

大厅的赌客见四大镖头与外人豪赌，都退在一边看热闹，就这样赌场内的大台上只有不老童圣对四大镖头，两班人马分坐大台两边。

陈雄四人各自掏出几封银子，放在大台上，玉女煞将袋子往桌子一倒，顿时满屋生辉，大台上闪起一片五彩霞光，旁人一齐哟的一声惊叫，好半天才喝彩起来。

四大镖头都是赌场老手，今天又是在自己的赌场中，自信有赢无输，四人联手，暗中插圈弄套，大做手脚，想一局就把那傻里傻气的老头珍宝赢将过来，不老童圣对他们的捣鬼视而不见，赢了钱便像孩童般地又蹦又跳，兴奋不已。

说来也是古怪，那老头便似有神仙相助一般，不管陈雄等人怎样串通一气捣鬼，可牌上他始终占上风，陈雄四人连下几注，都被他吃掉了。

四人心中大为恼火，使尽浑身解数，拼命一搏，不把那价值连城的奇珍异宝赢到手，死也不肯罢休，个个输得双眼通红，数局过后，四人身上的赌本儿便输光了。

不老童圣高兴得手舞脚跳，说道："我这一把赌你脱衣服。"

一局下来，四人的衣服脱下来也押下去，赤条条光着身子无可奈何站在那里，陈雄使了个眼色，示意几人联手将这几个赢钱的做了。

不老童圣摇了摇头，说道："唉呀，不好玩，不好玩，原以为四位是一流好手，谁知全是屎手，哎啊，好臭，好臭，唉，不好玩，不好玩，我们走吧……"

第三十一章　赌场争雄

陈雄嘿嘿冷笑，四人正准备一哄而上，忽听身后有人喊道："赢了钱就想走，我们少爷可没这个习惯。"

众人一看，见是一个青年公子哥，风流倜傥一表人才，他身后跟着两个公子哥，也是眉目如画，端庄无比，众人不由暗暗叫好。

柳天赐走到四大镖头面前微微一笑道："赌场之上有输就有赢嘛，所谓愿赌服输，四位大爷输了，也不要气馁，你们刚才输了多少?"

陈雄忽见三个英气逼人的公子哥，又不好发作，再说三人都穿得极为阔绰，不知是哪家少爷，只得说道："加起来大约有五千两吧。"

赵盛说道："还有这些衣服。"

柳天赐一哂道："不多，不多，输这么一点银子，脸色还那么难看，不值得，不值得。"

四人均想，这小子口气倒不小，赵盛道："我们本钱小，只能小打小闹。"

柳天赐道："不瞒大家，我龙四一注便押输过五万两银子，外加十五顷好地，十匹好马，五十头牛，八十只羊，一百六十只猪，还有十几个奴婢。"

众人哟的一声，陈雄心里发笑，怎么又来一个吹牛皮的羊牯，干脆一不作二不休，一起做了，一个也是做，两个也是做，说不准这小子也是一块肥肉，于是赔笑道："龙少爷好大的注，不知……"

“怎么？你们不伸舌头。”柳天赐笑道：“我龙四家原本是天下第一财主，金银珠宝，如破铜烂铁，比皇帝老儿还富哩，只因我的赌气又不顺，便把我家当都输光了，唉，所以，别人又称我为败家公子。”

自打柳天赐一出场，白素娟便注意到他，不由眼前一亮，可自他一说话，嬉皮笑脸，说话不打草稿胡吹乱侃的模样，心想：这不是他啊，以前他可不是这样子的。当然这个他就是她日夜思念的柳天赐。

陈雄叹道：“可惜，可惜！”心里却想：原来是个白手，众人也听出这位龙少爷在吹牛，都不以为然的一笑。

谁知只有柳天赐一本正经说道：“什么可惜，钱财乃身外之物，多了反而麻烦，倒不如现在这般身无分文无牵无挂的痛快。四位大爷放心，今天我这个败家公子在街上算了一卦，说今天洪运当头，印堂发亮，手气极佳，我今天替你们翻本了。”

陈雄心想：翻本，不要像我们一样，将裤子输掉。嘴上却说道：“龙少爷如此仗义，我等感激不尽，不过，那老头有点邪门。”

柳天赐见白素娟一双妙目惊疑不定地看着自己，越发胡吹乱侃，大剌剌地坐在不老童圣对面，笑道：“老头，赌桌上的规矩，上桌不分大小，输了不恼，赢钱不跑，你赢了，便想开溜，这可不好。”

不老童圣一生只喜欢胡闹，他在点将台上将玉霞真人追得到处跑，见玉霞真人比他跑得快，童心大起，跟在后面死死追赶，于是两大盖世高手施展绝顶轻功，你追我赶。

在潼关古道上偶遇金玉双煞和白素娟，金玉双煞在九龙帮的时候抢到白素娟，以为是上官红，像抢到了什么宝贝一样，驮着白素娟一路向北，可解开袋子发现不是上官红，就懊丧不已，但要吃掉白素娟的心，可偏偏让玉霞真人和不老童圣看见。

玉霞真人看到这一幕，再也顾不得后面的不老童圣，叫道：“天下第一针，你们别怕，不老童圣还要和你比针呢。”

不老童圣一愣，问道：“谁是天下第一针？”

金玉双煞见是玉霞真人和不老童圣，以为两人是追自己的，赶紧将白素娟一套，背着就跑。

玉霞真人朝金玉双煞一指，道："就是他们……"

不老童圣心中一喜，心想：还有人比我针玩得好，连忙叫道："对对，我们来比一比。"说着两针飞射而出。

金玉双煞哪里见过像活物的银针，只觉得双腿一麻，跪倒在地。

不老童圣拍手叫道："你们是金玉双煞，怎么自称为天下第一针，连我的'又蹦又跳忽上忽下忽左忽右的弯路射人针'都接不住，以后可要称为天下第二针。"

金玉双煞哭笑不得，玉霞真人说道："不是他们，而是袋中的人。"

不老童圣果见袋子在动，高兴叫道："好玩，好玩，我不老童圣什么地方都玩过，就是没在袋子里玩过。"说完，一颗针向袋子里射去，谁知如石沉大海，不老童圣大奇。

白素娟在袋子里叫道："不老童圣，你针我接住了。"

不老童圣大骇，连忙将一把银针射出，顿时一百来枚针如满天飞舞的蝴蝶一齐射向袋子，白素娟从袋子拔下银针，钻出来，笑哈哈道："你的银针我全都接住了。"

不老童圣说道："你是天下第一，你是天下第一。"然后神情沮丧地站着。

白素娟对江湖上各门各派的秘事，各个人物的脾气性格，无所不知，看到了玉霞真人和不老童圣，就知道自己会得救的，因为玉霞真人宅厚仁心，不会见死不救的。

果然玉霞真人骗不老童圣点了金玉双煞的穴道，于是她就将计就计将不老童圣制服，若换了寻常的袋子，不老童圣的银针也会透入，但玉女煞这乾坤袋是特制的，有两层，所以银针都插在袋子上，而不老童圣毫无心机，以为白素娟真的接住了，对她佩服得五体投地。

就这样，白素娟带着不老童圣、玉霞真人、金玉双煞顺路到了山西大同。

白素娟的父亲白秦川是玉霞真人的好友，当年白秦川被郭震东害死，大同镖局改旗易帜，玉霞真人本就打算到山西去看一看，但由于武当内部事务太多，一直没成，听说白素娟想去报仇，就跟着来了。

到了大同镇，白素娟见万物皆在，慈父已去，不由热泪盈眶，但自己武功不济，不能亲手杀掉郭震东，于是就想出一个主意，大闹赌场，直到郭震东出来，然后亲手杀他报仇，眼见四大镖头已起歹心，准备大干一场，谁知跑出一个什么龙四少爷，以为是震东镖局的，可他们又相互不认识。

不老童圣完全听白素娟的安排，将四大镖头裤子都赢过来，心里高兴得不得了，后见四人没什么动静，心里大为扫兴，没想到又有人为四人出头，心想，热闹来了，于是哈哈一笑道："对对对，这不好，那我们继续玩一局。"

柳天赐一笑道："哈，既然要赌，就不能只赌一局，有这么多人助兴，要不然对不起观众，今天我俩赌他个天翻地覆，七荤八素，不输光身上的衣服便不罢休，你看怎么样?"

不老童圣巴不得这样，忙道："好提议，好啊，谁反悔谁是小狗。"

柳天赐叫道："我龙四从不反悔。"

不老童圣也兴奋地道："我……"转问白素娟道："我叫什么来着?"

白素娟心里甚急，疑虑重重，这龙四从身材体形就是柳天赐无疑，可说话神情又不像，一时不知对方什么来路，只好静观其变，心不在焉答道："老爷，你叫输百万。"

不老童圣一拍桌子，道："对，我叫输百万，我输百万也从不后悔。"

柳天赐叫道："英雄好汉，提头来战，临阵不前，便是缩头乌龟，再加一个蛋。"

不老童圣不解道："怎么再加一个蛋？"

柳天赐道："缩头乌龟躲在窝里不敢出头，不就像一个蛋么？但本人所加的这个蛋确是价值百万！"

柳天赐说完便从怀中将九龙珠掏出，放于桌面之上，虽是白日，但珠内九龙却像龙入大海，翻腾不止，让场内众人目瞪口呆。

柳天赐趁机扫视四周一下，发现只有自己几人没面露异象，而场内连不老童圣这种武林前辈都目瞪口呆，于是知道其他的人没认出九龙珠，心里微感失望，他想以九龙珠引出郭辰田来，大声说道："大家好好见识，这可不是普通的宝珠。"

白素娟和玉霞真人将心提到嗓子眼里，静等柳天赐说出下文。

不老童圣奇道："那是什么宝贝？"

柳天赐朝白素娟和玉霞真人一扫道："这乃是东海龙王的女儿小龙女生的一颗龙蛋，普天之下仅有两颗，一颗在波斯国王正宫娘娘头上戴的凤冠上，一颗便在我这里。"

白素娟和玉霞真人听了，心想：这龙少爷挺会信口胡编，所说的不知是真是假。

不老童圣更是好奇，问道："不知这龙蛋能做什么！"

柳天赐得意道："这龙蛋乃是神物，与那王八蛋自然不同，若带在身上，夏可生凉，冬可保暖，又能百邪不侵，男人吃了，可以返老还童，长生不老，女人吃了，可以变成天下第一美女。"

陈雄四人一听，心花怒放，心想：没想到这小子身上有这等宝物，虽没像他吹的那般神玄，但明眼人一看就知道价值连城，比那老头的加起来还值钱得多，天意注定我们要发大财，就让你们先赌吧，然后我们来个杀人抢宝。

不老童圣羡慕极了，说道："那你怎么不吃？"

柳天赐说道："这是我唯一的赌本，吃了它，我拿什么跟你赌？没得赌，我不如死了拉倒。"

白素娟说道："龙少爷以此作注，不知你要押多少?"

柳天赐道："我龙四赌钱一贯孤注一掷，不管你下注多少，哪怕押一两银子，若要赢了我，这颗龙蛋就归你。"

不老童圣叫道："你说话不许耍赖，谁要赖就乌龟缩头再加一个蛋。"

柳天赐道："大家可以作证的。"众人大哗，心道：这小子也太托大了。但人都是喜欢看热闹的，输赢又不关自己的事，都齐声喊道："好，我们作证!"

不老童圣将陈雄所输的银子往前一推，说道："我下这么多，你掷。"

柳天赐抓起四颗骰子，放在手中摇了摇，往骰盒中一掷，大叫一声："通吃!"

众人几百双眼睛死死盯住盒中的骰子，四粒骰子叮叮当当一气乱滚，便已着落，众人"啊"的一声，接着轰然大笑，因为骰子是别十。

别十是最差的，只要闲家掷出一点就能赢的，不老童圣哈哈大笑，说道："你手气也太臭了，简直臭气冲天，臭不可闻。"抓起骰子轻轻一捻，随手往骰盒中一丢，四粒骰子叮叮当当的一阵急旋。

柳天赐其实心中早有打算，他知道不老童圣之所以能赢得了四大镖头，并不是因为手气好，而是内功比四大镖头何止高出百倍，这样就可以随心所欲地控制骰子的点数。

所以柳天赐故意掷出一个别十，让不老童圣认为赢定了。大家均想瞎掷也掷出一点。

柳天赐暗暗用内力控制骰子，骰子在盒中落定，人们惊奇地看到盒中赫然也是个别十，闲家别十输给庄家别十，众人齐声欢呼，因为大家都喜欢看到意外，没想到这个意外是意外中的意外，别十输给别十，从没见过。

不老童圣搔了搔后脑，这是怎么回事，白素娟这才意识到碰上了高手，不知这人是敌是友。

柳天赐收了银子，对不老童圣说道："输老爷，咱们接着赌，庄家轮流做，你先掷。"

不老童圣不明所以，叫道："管家，将那条珍珠链儿拿出来。"

玉女煞掏出珍珠链儿递给不老童圣，不老童圣接过链儿，往台面上一拍，叫道："押天门！"

柳天赐道："不管你押什么，我都是孤注一掷，只要你大，这龙蛋和银子一并归你。"

正月里，还很寒冷，陈雄四人穿着短裤冻得嘴唇发乌，但还是瞪大眼睛看着台面，因为这场赌博太吸引人了，四人居然都忘了抢宝，其他的人就更不用说了，都像在看仙人境，个个血流加快，全神贯注，屏住呼吸，大厅里一片寂静，连一口针掉在地上都听得到。

不老童圣抓去骰子，暗运内力往骰盒里一抖，叫道："天对地！"

骰子在盒中碌碌转动，柳天赐右手五指在空中虚空勾动。

这时众人看到一个奇怪的现象，只见四粒骰子在骰盒里像炒豆子一样，翻来覆去，就是不停。

过了好久，众骰子才落定，众人一看，竟然又是一个别十。

不老童圣大惊，别人眼里只看到两人在赌博，实际上两个人在私底下比拼内功，这可比刀剑搏杀还要激烈，不老童圣没想到对方的内功高出自己。

轮到柳天赐掷，骰子同样在骰盒里翻来炒去，最后落定，是一点。

接着又赌了几局，不老童圣都输了，而且柳天赐都只比他大一点，不老童圣掷出板凳，柳天赐就掷出梅花，如果是四点，柳天赐就是红五，几局下来，不老童圣将玉女煞满满一袋的珠宝输得一个不剩，柳天赐面前堆了一堆，这些珠宝都是不老童圣在郭震东的房里偷过来的。

原来，柳天赐自有龙尊内功，内功已是天下无敌，加上和上官红融会贯通聚龙心经和美姬剑法，更是达到至高无上的境界，不老童圣虽然内功盖世，但和柳天赐相比，还是差了一筹。

不老童圣见输得精光，说道：“不玩了，不玩了。”

柳天赐道：“哈哈，那可不行，我龙四赌性刚起，手气大盛，你就不赌了，这可不够意思，快下注，快下注。”

不老童圣双手一摊，说道：“我没有了。”

柳天赐挤了挤眼，幸灾乐祸地说道：“我俩可是事先有约的，赢家不跑，输家不恼，不输得光屁股，决不罢手，你身上的衣服脱下来押吧，咱们再赌。”

这时围观的人也起哄道：“好啊，脱衣服赌。”

不老童圣说道：“我这衣服你也要？”

柳天赐道：“要！”

不老童圣回望了一眼白素娟，不知该怎么办，而白素娟正在思索龙少爷的来头，江湖上任何只要小有名气的人，她都能知道来龙去脉，这龙四还真是玄，怎么也想不出江湖中还有这等高人，因为不老童圣在内功上还高于三圣之首的丐老，是当之无愧的武林至尊人物，可在与龙四比拼内力还输了，简直叫人匪夷所思。

白素娟正在思索，没在意不老童圣向她讨主意，不老童圣见白素娟没反应，干脆叫道：“小翠，我脱不脱？”

众人笑得前俯后仰，白素娟回过神来，羞得粉面通红。

柳天赐笑道：“原来输老爷不能做主，你那侍女长得挺着人喜欢，你不脱衣服也行，你便把侍女押上，我把我这两个僮儿押上还加这么多珠宝银子，怎么样？”

众人轰然叫好，以往只听说赌徒输了卖儿卖女，甚至押老婆，没想到今天果真见人赌人了，无不兴高采烈。

白素娟游目四顾，不见郭震东露面，不过增加了许多震东镖局的人，心想：我得尽量拖延时间，看来老狐狸马上就要露脸了，于是冷笑一声说道：“好，我同意！”

柳天赐眼珠一转说道：“你再想想，这可是人生大事。”

白素娟道：“怎么关我人生大事？”

柳天赐说道：“万一你家老爷将你输给我了，你可要终生侍候我。”

白素娟冷笑道：“你是我的主人，我自然侍候你。”

“此话当真？”

“赌场无戏言。”

“好！”柳天赐把手一拍，叫道：“这可是你说的，输老爷，你来作庄。”

不老童圣见白素娟自己同意，再也无所顾忌，也高兴叫道：“好，来！”

柳天赐说道：“咱们说定，输赢只此一局，掷完这一手，决不再赌，咱们作一锤子买卖。”

白素娟道：“好，不过，这赌台未免太小了，骰子掷入盆中，这许多人围着观看，也太不方便，我们得换个法儿赌。”

柳天赐道：“一切依你，你说怎么赌法。”

白素娟一指大厅的墙壁，说道：“你和我家老爷各离那屋壁一丈，然后把骰子往墙上掷，不管大小，落地者为输。”

柳天赐心中暗暗赞叹白素娟聪明机智，不露声色，说道：“如果我俩的骰子都未落地呢？”

白素娟道：“那自然是该以牌面大小定输赢了，不过我们得改一改，谁的牌面小谁赢。”

众人自动的让开，使大厅的一面墙壁空出来，这大厅是青砖垒砌，外面又抹了一层白灰，不仅光亮，而且平整，别说将骰子掷上去不落，就是拿着锤子，将骰子往墙壁上敲，也是敲不进去，因为骰子会破的。

这种赌法实际上是较量内功和精妙绝伦的暗器手法，在大厅内不乏震东镖局的高手，如四大镖头，武功已达一流境界，亦是打暗器的好手，但若要将骰子掷上墙而不落地，也自信毫无把握，所以这不仅是一场天下独一无二的赌博，也是武功的较量，可谓千载难逢，不能不看，大厅里的人，都把眼睛瞪得溜圆，一眨不眨地盯着输百万和龙少爷。

不老童圣最喜欢和别人比试武功，刚才输了柳天赐，早就激起了他的比试童心，他朝柳天赐作了个鬼脸，说道："我先掷了！"不待柳天赐回答，就随手将四枚骰子向墙上掷去。

大家一声惊呼，因为四粒骰子居然在空中上下飞舞，忽左忽右，忽进忽退，像是被一只无形的手所控制，四声嗤嗤轻响，四粒骰子成一字排开已嵌在雪白的墙上，最令人吃惊的是四粒骰子在墙上整齐划一，连成一线，等距相同，牌面与墙面相平，天衣无缝，就好像是被人一粒一粒用锤子敲到墙壁上一样整齐，而且牌面四点，这可是最小的点数，因为不老童圣是庄家，就算柳天赐掷出四点，闲家四点对庄家四点也输了。

众人惊叹不已，哄然叫好，叫好声几乎把房顶都震塌了，久久不歇。

不老童圣抱拳向众人作了一揖，对柳天赐说道："将东西都给我，将东西都给我。"

众人也是这样想，除非柳天赐耍赖，不用四颗骰子而用三颗骰子掷，才能赢不老童圣。

柳天赐心里也是暗暗惊叹，心想：这不老童圣的内功和暗器手法无疑高于师父韩丐天，他一生嘻嘻哈哈，武功却如此登峰造极，和九龙帮的祖师痴癫大师倒有相似之处。

柳天赐看着高兴得又蹦又跳、可爱至极的不老童圣，说道："我还没掷，你怎么知道我一定会输？"

不老童圣歪着头说道："你掷也是输，不掷也是输，不掷白不掷，掷了也白掷，老弟，省点力气吧。"

而众人明知柳天赐会输，但看到他信心十足的样子，也想看看柳天赐掷一下，输是输定了，也许他会掷出什么古怪来，人人都喜欢看稀奇看古怪。

陈雄高声说道：“快去给龙四爷拿副骰子来。”

白素娟冷笑道：“不行，两个人掷骰子，怎能用不同的骰子？也许你们串通一气，作个手脚，这可不公平。”

白素娟说得有点歪，因为作手脚只可能在台面上，你这样掷到墙壁，却作不出来什么手法的，但这也是赌场的规矩，两人对赌，只能和一副牌，可骰子已被不老童圣打进墙壁，牌面与墙面齐平，无法抠下来。

陈雄回头道：“去拿锤子和凿子将骰子挖下来。”

白素娟冷笑道：“四位大爷不如找人来将这面墙折了省事。”

柳天赐道：“那倒不必。”说着，走到墙边，伸出右掌往墙上一按，只听“剥！剥！剥！剥！”四声轻响，那四粒骰子便从墙内弹射出来，他右手衣袖迎空一拂，笔直将骰子接住，退回一丈远。

原来软绵绵的衣袖，被他用内家真气一贯，竟似一块钢板，凌空展开，衣袖上赫然托着那四粒骰子，直到他站定，袖子还没垂下，柳天赐将袖子一抖，四枚骰子激飞而出。

柳天赐露出这一手至高无上的内家功夫，连玉霞真人、不老童圣、金玉双煞也情不自禁地脱口喊道：“好俊的功夫！”其他的人张口结舌，没有喊出来。

四粒骰子同时飞出，但在空中却先后连成一条直线，“卟”的一声，第一粒竟没入墙，在墙壁上打出一个四四方方的黑洞，跟着第二、三、四粒骰子钻进洞里，第四粒刚好与墙面相平，赫然是三点。

大厅里鸦雀无声，然后才暴发出雷鸣般的掌声和喝彩声。

柳天赐学着不老童圣的样子又蹦又跳，叫道：“我赢了，我赢了！”

不老童圣歪着头说道：“你怎么赢了？”

柳天赐也歪着头说道：“你掷的几点？”

不老童圣道：“四点！”柳天赐道：“我掷的是几点？”

不老童圣看了看墙面说道：“三点。”

不老童圣点点头，柳天赐道：“是三点小还是四点小？”

不老童圣道：“当然是三点小。”

柳天赐又道：“那是不是我赢了？”

不老童圣又点了点头，说道：“是！”跟着又摇摇头，说道：“不算，不算，哪有这种掷法！”

柳天赐道：“各位，你们作证，这输百万老爷分明在耍赖！”

众人齐声道：“对，愿赌服输，输了就耍赖，好不要脸。”

“快将那侍女交给龙少侠。”

……

不老童圣十分委屈，心想：要这样能掷，我也能掷出一点来，唉，我怎么没想到，无可奈何地看了白素娟一眼，白素娟却满不在乎，脸上带着微笑。

柳天赐得意地走回大台子旁，在椅子上坐了下来，对白素娟招招手说道：“乖小翠儿，你过来。”

白素娟果真一言不发，温顺地走到柳天赐面前站定，垂手问道：“龙少爷，做什么？”

柳天赐道：“小翠，你家老爷把你输给我了，从今以后，你便是我的了，我叫你做什么，你就得做什么！”

白素娟恭顺道：“少爷有何吩咐？”

“来，亲我一口。”柳天赐点了点自己的额头，白素娟粉面通红，但似乎很高兴，带着羞涩的微笑。

众人跟着起哄，叫道：“亲啊，快亲啊！”

白素娟迟疑一下，果然低下头，但是在柳天赐的脸上亲了一口，小声说道：“不要再闹了，郭震东已到了门口。”

柳天赐心头一震，也小声说道："姐姐，你认得我？"

白素娟附耳说道："虽然你化了妆，但额头的红痣还在。"

众人嬉笑叫好，心想：这女人也真浪，亲人就像吃饭那么随便，并还亲那么久。

柳天赐眼角一扫，果见一伙人气势汹汹地从外面进来，小声道："狐狸终于出洞了。"

柳天赐高声道："小翠，将这些玩意收起来，我们走。"

突然一声暴喝从门外传来，"想走，都给我拿下。"

众人回头一看，见赌场外站着黑压压的几百人，将大厅围得水泄不通，领头的正是震东镖局的郭震东，他身后全是震东镖局的打手。

玉霞真人凝视着郭震东，突然大声叫道："郭辰田，果真是你。"

郭震东一惊，郭辰田这个名字已有二十年没被人叫过，二十年前他和中原十大高手赴蒙古夺取九龙珠，本来这是中原武林最为秘密的一件事，但他早就是成吉思汗的人，由于他的告密，那次行动遭到惨败，只有向天鹏、韩丐天、玉霞真人、聂双琪、自己五人生还，郭辰田故意被擒住，成吉思汗就派他到中原，让他在北方建立内线，和南方北上九龙帮相互依存，为他进军中原培养势力，作内应。

郭辰田怕被中原武林追杀，就到山西大同镖局隐姓埋名做了一个管家，改名为郭震东，轻易骗取了白秦川的信任，夺取了大同镖局，收罗武林人才，势力发展极快，成为北方武林的一支重要力量。

郭辰田也想摆脱成吉思汗的控制，但自己的告密书还在成吉思汗手里，突然有一天，成吉思汗传书叫他到"忘情轩"里去拿那封书信，谁知被聂双琪认出，就这样书信落到聂双琪的手里。

其实成吉思汗早就知道郭辰田有反叛之心，于是，就策划了这一幕，故意约郭辰田到"忘情轩"，让郭辰田暴露身份。

成吉思汗派人暗中监视，得知聂双琪已获得了告密信，又故意让聂宋琴送到中原，谁知聂宋琴不了解中原武林的事，却叫女儿将告密信送到蝴蝶崖，而阮楚才想以她要挟成吉思汗，放了他在蒙古的亲人，就将聂宋琴作为人质关在蝴蝶崖的石窟。

当然这一切郭辰田是不知道的，只知自己的后路已断，成了中原武林的公敌，只得忠于成吉思汗，唯一的庆幸的是，郭辰田已不存在，他化名郭震东，这只有成吉思汗一人知道。

从此以后，郭震东格外小心，如履薄冰，极少抛头露面，但外界的一举一动，他都了如指掌，大年一过，他感到大同镇的气氛不同往日，于是嘱咐手下特别戒备，终日躲在密室里。

今天早上，他得知卧室的几件珠宝被盗，心中就大惊，因为整个震东镖局戒备森严，连一只苍蝇都飞不进，怎么会有人拿了东西还不知道的事，这一定是绝世高手。

这一天，郭辰田战战兢兢，然后下人来报，说是在四大镖头开的赌场里有人聚赌，而赌本正是从他这里偷去的珠宝，另一个叫龙四的少爷却有一件价值连城的宝珠。

郭辰田详细地询问几个人的容貌打扮，只想出三个，不老童圣和金玉双煞，而其他的人却想不出是谁。

不老童圣武功虽盖世，但人疯疯癫癫，倒不足惧，那金玉双煞更是不在话下，于是就调集所有人马赶到赌场，想一网打尽，已绝后患。

谁知一进门就被玉霞真人叫破了，郭辰田仰天打了一个哈哈，说道："我以为是谁，原来是武当道长亲驾北方陋地，有失远迎。"

柳天赐打量郭震东，见他四十来岁，但保养极好，身材修长，浓眉大眼，肌肉饱满，谁也不相信这样相貌堂堂的人就是二十年前酿成武林最大惨案的奸细。

他身边站着一个长得极美的中年妇女，低低垂着头，脸上没什么表情，与白素娟有几分相像，心想：这难道就是白素娟的娘，女人心也真狠毒，竟勾结奸夫杀死自己的丈夫，连女儿也不要，这样的女人长得美又有什么好，不由有几分厌恶。

玉霞真人本来涵养极好，但此时哪里忍得住，大喝一声道：“郭辰田，原来你藏在这里二十年，为了救你，我们曾三次出生入死到蒙古大营，没想到，没想到你这奸细，你骗了我们，你骗了整个江湖，你还害死了白秦川兄弟，这笔血债……”

玉霞真人和韩丐天、向天鹏三人在二十年前夺珠失败后，逃出蒙古，三人一直挂念被擒的郭辰田，三次出生入死杀入蒙古大营，想救出郭辰田，三人驰骋于千军之中，经过浴血奋战，都没找到郭辰田，还以为郭辰田被成吉思汗害死，没想到在这里碰到，一想事情的前因后果，玉霞真人就明白了事情的真相，当时就义愤填膺，大喝一声，就向郭辰田扑过去。

陈雄等四大镖头见玉霞真人扑出，也连忙纵身迎上，玉霞真人看也不看，长驱直进，使出百变神功，顿时漫天的掌影，或虚或实，或长或短，只听见“咯咯咯咯”四声，四大镖头竟被他双掌震得直飞出去，撞着墙壁，头破血流。

本来玉霞真人修心养性，不会轻易痛下杀手的，但此时他已是怒气冲天，所以一上前就使出平生绝学，那四大镖头如何能抵挡得住他的雷霆一击？

玉霞真人眨眼间将四大镖头击毙，脚下丝毫没停留，如一只扑食的苍鹰，径直向郭震东扑去。

以前观赌的闲人，哪见如此场面，个个吓得抱头鼠窜，顿时赌场大乱，桌仰椅翻。

郭辰东没想到平时温文尔雅、仙风道骨的玉霞真人这个时候势同发疯一般，神情甚是骇人，不由自主地退后一步，他前面的两人立即抢上前去，伸手分抓玉霞真人的左右手臂。

两人手指尚未触及到玉霞真人的衣袖，眼前陡然寒光闪动，只觉手腕一阵剧痛，急忙向后跃开。

原来腰间两枚长剑已给玉霞真人拔去，在这一瞬之间，两人手腕上各已中剑，腕骨半断，鲜血淋漓。

玉霞真人这一下出手奇快，旁人尚未看清楚他的夺剑出招，两名镖头已受伤逃开，众人不禁都是愕然。

这时旁边又有一人冲了出来，玉霞真人剑尖颤动，那人左腕、右腕、左腿、右腿各已中剑，大吼一声，倒地不起，这四剑刺得太快，大家更是相继失色。

郭震东喝道："大家一齐上，将这老道分尸碎肉。"

众人一哄而上，玉霞真人心中悲痛，剑上一见了血，满腔的悲愤，蓦地发作起来，只见他青影飘飘，寒光闪闪，双剑便似两条银蛇般在大厅中心四下游走，"叮当"、"呛啷"、"啊哟"、"不好"之声此起彼伏，顷刻之间，蜂拥而上的镖卒手中长剑、单刀，什么判官笔、九节鞭落了一地，每人手腕上都中了一剑。

后面还有人拥上，郭震东见情势不妙，忙抽剑护身，同时移后一步，玉霞真人心中对他恨极，身形一晃，双剑已将他的前路去路与后路退路尽皆拦住。

就在这时，一钢鞭砸下，将玉霞真人的长剑隔开，玉霞真人连伤十几人，直到此时，方始有人接得他一剑。

玉霞真人左手剑倏地递出，快如电闪，向使鞭的人刺去，那人忙举鞭挡过，突然郭震东身形一动，只听得"啊"的一声，站在使鞭人前的玉霞真人肩头中剑。

柳天赐一直观看场中打斗，也没看出这一剑郭震东是怎么刺的，竟是绕过使鞭人，刺中后面的玉霞真人，心想：这郭震东果真不简单，身法如此怪异。

玉霞真人也是一怔，不管肩头中剑，脚步微动，可郭震东比他还快，"嘶"的一声，玉霞真人左肩的袍袖已被剑锋划去一片，鲜血涔涔而下。

郭震东这一剑如何刺他，旁人仍莫名其妙，柳天赐心中不由暗暗喝彩，剑法精妙迅疾到这等地步，不但来去无踪，竟似乎还能隔人伤敌。

郭震东嘿嘿冷笑，使鞭的汉子自知武功不敌，提气蹿出，跃到一边。玉霞真人长须飘飘，与郭震东对面而立，说道："奸贼，你已练成了天龙剑法?"

郭震东黑着脸，沉声说道："玉霞老道，这是你逼我的。"

这时不老童圣在一旁高声叫道："臭道士，闪在一边，快闪在一边。"

他手里拿着银针，急得又蹦又跳，大叫玉霞真人闪在一边，好拿针射郭震东。

郭震东手一挥，说道："杀进去，统统给我杀，一个也不留。"

几百名镖卒操着兵器冲到大厅，不老童圣叫道："针死你们!"说着将手里的一把银针激射而出。

一百来枚银针在大厅上空如捅了马蜂窝一般，群蜂乱飞，像认得人一般，上下飞舞，顿时，"哎哟"声不绝于耳，倒下了一大片，又涌进来一群，跟着又倒下一片，不老童圣哈哈大笑。

被郭震东召来的这些人，平时横行霸道，目空一切，在关键时刻，也是怕死的，见不老童圣银针如活物追在后面叮人，进去多少倒多少，连忙扭头外逃。

第三十二章　除贼风波

柳天赐一掌拍出，只听得砰一声震天大响，沙石飞舞，烟尘弥漫，大厅的一面墙壁轰然倒下，青砖崩飞，刚逃出的镖卒又成片倒下，这破墙的声势，便像点燃了火药一般。

郭震东游目四顾，见自己带来的几百人，只有几十个零星地站在四周，心中惊骇不已，认不出刚才破墙的是谁，心想：今天来的怎么都是这般厉害的角色，看来我郭震东命毙绝了，不如先将这老道擒住。

意念之间，便向前踏出半步，长剑疾刺，玉霞真人双剑一挡，谁知郭震东的剑势太快，玉霞真人的双剑还没举起，他的长剑就到了咽喉之处，无奈之下，玉霞真人只得退后一步，谁知足底一绊，微一踉跄。

原来地上投弃着数十柄兵器，都是刚才玉霞真人刺腕而落下的兵器，却在自己一退之间左足踏在一把单刀的刀柄上，以致站立不稳。

高手比斗，哪容得有半点疏忽，郭震东岂肯放过这一天赐良机，长剑划了一道弧线，向玉霞真人的头顶劈落，柳天赐顺手从白素娟的头上取下一枚金钗掷出，“当”的一声，火花四射，郭震东只觉得虎口一麻，长剑便闪向一边。

郭震东一怔，柳天赐已将玉霞真人抢回，这一来一去，只是一眨眼的功夫。

郭震东惊骇不已，望着柳天赐问道：“阁下是谁?”

柳天赐道："柳天赐！"

郭震东一听说柳天赐的名字，更是目瞪口呆，柳天赐在蒙古几万人的大军中进出如入无人之境，并带走了圣物九龙珠，这在江湖上早就传得神乎其神，沸沸扬扬。

玉霞真人在柳天赐和不老童圣比拼内力赌博的时候，就震惊万分，想不到一个青年后生功力居然在不老童圣之上，当时不知这位自称龙少爷的是哪方神圣，现在得知在生死系于一线，救自己的人居然是柳天赐，心里不由暗道："难怪，难怪。"

在襄樊他和柳天赐见过一面，那时他已感柳天赐身上的内功深厚，但驳杂，兼有佛魔两道内力，所以将自己的炼丹赠给了他，期望他能去魔悟佛，终成正果，从刚才的不老童圣赌拼几招到救自己，知道柳天赐的内力已然至纯至厚，心中大喜。

而不老童圣突然眼睛一亮，盯着柳天赐，顽皮地眨动，孩子似的大叫道："咦，小子原来是你，刚才我输给你了，来来，我俩再来比一比，如果我输了就学狗叫。"说完，两枚银针破空向柳天赐射来。

不老童圣年纪已过百岁，但他的心智如同孩子，完全孩子气地不服输，他可不管什么大敌当前，只顾好玩。

两枚银针波动飘飞向柳天赐射来，柳天赐大惊，没想到不老童圣在这关键时候还胡闹，急忙伸出食指和中指，一运气，只见两道剑气迎针而上。

剑气和银针在两人中间相遇，随形剑气如影随形地拦着银针，围着银针上下缠绕，银针在剑光中上下跳跃，左右忽闪。

这一变化太突然了，谁也没想到不老童圣在这个时候与柳天赐较上了劲，郭震东一拉燕紫辉的手，本想悄悄溜出去，这时却见不老童圣和柳天赐斗在一起，心里不由一喜，因为场上只有玉霞真人可以与他抗衡，他提着剑一步一步地逼了过来。

柳天赐和不老童圣一交上手，就欲罢不能，两大高手比拼内力，非分出个胜负不可，最终需一个受内力所伤才能收手，不然两人都要受自己内力所伤，何况两人都是用盖世神功内力，危险就可想而知。

一会儿，不老童圣头上热气蒸腾，孩童似的圆脸上汗水直淌，而柳天赐只是脸颊潮红，热气缭绕，剑气逼着银针慢慢向不老童圣那边移动，明显的，柳天赐的内力要稍高一筹。

此时柳天赐心里悲苦，一方面不能伤了不老童圣，可又不能使自己内力止竭，但长久僵持下去，势必两败俱伤。

就在这时，一阵急骤的马蹄声和吆喝声，从北面传来，马蹄声敲在大地上如春雷滚动，少说也有一千来人。

马蹄声到赌场外停下，从门外涌进一队人马，领头的赫然是如铁塔的大力神巴颜图，紧跟其后的是红发上人，门外排着一千多骠悍的蒙古兵。

白素娟的心往下一沉，这可真是雪上加霜，巴颜图和红发上人都是密宗的顶级高手，还有一千多精壮的蒙古兵，这可真不好对付，她不由深深皱起了眉头。

这突如其来又正是时候的蒙古兵是怎么出现的，他们远在蒙古，怎么在这个时候赶来呢？

原来，柳天赐大闹蒙古军营，“追魂剑”郭震东正好在蒙古军营，柳天赐带着三怪、聂宋琴和九龙珠逃脱，成吉思汗派出几路人马追踪，都失败而归，这时，郭震东突然说道：“大汗，你不用费心了，不如我们以逸待劳。”

成吉思汗知道郭震东一向计谋百出，足智多谋，别人想不到的，他能想得到，于是问道：“怎么个以逸待劳？”

郭震东把握十足地说道：“嘿嘿，那柳天赐将公主带走，一定会到山西大同找我的，我们只要在大同等着就是了。”

成吉思汗道：“要是他们不去呢？”

郭震东道：“那柳天赐虽不算是侠义的人物，但公主在关键时候救了他一命，他会报这恩的。而他也以武功自恃，知道了我的身份，一定会顺路到山西的。”

成吉思汗点点头，说道：“好，那就调派巴颜图和上人带一千名排头兵给你，听你统一指挥，务必夺回九龙珠。”

郭震东小心翼翼地道：“那公主呢……”

成吉思汗叹了一口气，沉思良久，才说道：“九龙珠关系到我们蒙古的帝业，当然必有牺牲，你就看着办吧。”

就这样，郭震东带着巴颜图、红发上人和一千多蒙古精兵急急赶到了山西大同老巢，果然不出所料，柳天赐真的到了大同，意想不到的是不老童圣和玉霞真人也到了山西大同，但自己人多势众，正好一网打尽，于是就先行赶到赌场，暗中调派巴颜图等人随后就到。

巴颜图走进来对郭震东行了一个礼，郭震东嘿嘿一笑，突然脸一沉，喝道：“给我统统围住，连一只苍蝇都不要放过，弓箭手前排。”

一阵骚动，呼啦啦，一千多名蒙古兵拥了进来，弓箭手半跪蹲在前排弯弓搭箭，后面的精兵立着长矛对准场中，将赌场围得里三层外三层，水泄不通。

郭震东想速战速决，免得节外生枝，手一挥，喝道：“放射!”

这两百名弓箭手都是从蒙古军营精挑细选的，个个身手不凡，每人手里拿着铁弓铁箭，突听一个轻脆的女声道：“慢!”

一直冷冷站在郭震东身边的燕紫辉，突然说道：“夫君，他们已成瓮中之鳖，何必急在一时呢？我们这么多人何不将他们生擒活捉呢!”

郭震东哈哈一笑，意气风发，说道：“嗯，对，这样别人会说我郭震东胜之不武。”

白素娟满含仇恨地望着燕紫辉，这个女人，就在十几年前，她害死了父亲，抛弃了自己，现在穿金戴银，风姿绰约，虽然她最后救了自己，但这样的母亲，在她心中早就不存在了，她心中只有对她的恨。

燕紫辉也看了一眼白素娟，赶紧别过脸去，眼里竟闪出一点泪花，白素娟一哼，鳄鱼的眼泪，喝道：“燕紫辉，郭震东，你们这对狗男女，你们别高兴得太早了，无论是家仇和国仇，我今天和你拼了。”

郭震东一惊，今天早上探子报事的时候，描述有个女孩，当时他一直想不起那女子是谁。她怎么知道妻子的名字，妻子燕紫辉自跟了自己，极少抛头露面，和他在房里调情说笑，这次她却坚持要一起来，一般来说，外人很少有人知道她的名字。

郭震东脸色大变，惊问道：“你是谁?”

白素娟道：“白秦川的女儿白素娟。”

郭震东不由自主地“啊”了一声，侧头望了一眼燕紫辉，十年前这女孩不是死了吗，燕紫辉脸如死灰地点了点头。

郭震东再细看白素娟，这个美丽得逼人的少女的确是十年前的白素娟，他稳了稳心神，狠狠道：“十年前，你娘已给你一条生路，你自己不好自珍惜，反而自寻死路，这一次可怪不得我了。”

白素娟知道今天凶多吉少，决心已定，怒道：“呸！我既打算来，就没打算回去!”

郭震东脸上一阴，说道：“那我就成全你。”说着提着长剑，一步步向白素娟走去。

玉霞真人往前一挡，大喝道：“奸贼，你还得先过我这一关!”

现在柳天赐和不老童圣斗得正紧，两人浑然忘我，对外界一无所知，只有玉霞真人才能与郭震东抗衡。

郭震东道：“巴颜图，你过来和道长玩两招。”说着还是径直向白素娟走去。

巴颜图拖着两扇板斧，阔步而前，双斧兜头向玉霞真人砸去，一柄板斧有百来斤重，这一劈之下带着排山倒海之势，玉霞真人一扭腰，身子一晃，到了不老童圣和柳天赐之间。

巴颜图一劈不中，一声怒吼，再次扑上，巴颜图之所以叫大力神，是因为他力大无比，再次扑上，隔着两口银针再次大刀阔斧猛向玉霞真人砸下。

玉霞真人突然将长剑向郭震东掷去，双掌一推，只听得“砰”的一声巨响，碎石横飞，地下砸了一个大坑，不老童圣和柳天赐两人向后倒飞而出。

不老童圣跌坐在地，柳天赐蹬蹬退了五步，原来玉霞真人见不老童圣胡闹和柳天赐比拼内力，虽柳天赐内力比不老童圣稍胜一筹，但又不能伤了不老童圣，处于欲罢不能之地。玉霞真人当然明白这其间处境危险，但一人之力又不能帮上忙，见大力神巴颜图力大无穷，就故意射在不老童圣和柳天赐之间，四大高手内力相激，那威力可想而知，青石板的方砖被激了一个大坑，但柳天赐和不老童圣因此而双双解脱。

玉霞真人的长剑带着劲风刺向郭震东，郭震东根本没想到玉霞真人会有此一招，大惊之下，长剑一挡，使了一个绵力，玉霞真人的长剑在他的剑上一气乱转，才卸了内劲。

不老童圣和柳天赐比拼内力的时候，只感到自己竭尽全力，而柳天赐的内力还是如海如潮地涌来，压迫得难受，但又不能罢手，只得死死挺住，被玉霞真人和巴颜图两人合力才替自己解了围，如获重赦，跌坐在地上叫道：“厉害，厉害!”

玉霞真人压着胸口，吐出一口鲜血出来，巴颜图只觉得眼前金星飞舞，仿佛被一记闷锤击在胸口，呆立当地。

郭震东长剑一抖，被粘住的玉霞真人的长剑径向白素娟飞去。

白素娟武功最弱，巨大的气浪冲得她几乎受不了，呆呆地站着，这长剑带着白光向她疾射，而她却浑然不觉。

突然鲜血飞溅，一个人扑倒在白素娟的怀里，长剑从他胸前穿过，白素娟一声惊叫道：“娘!”

中剑的正是燕紫辉，她见白素娟就要毙于剑下，就飞身一纵，为白素娟挡了这致命的一剑，她脸上带着微笑，软倒在女儿的怀里，终于听到了女儿叫了一声娘，微弱道："素娟，我知道你恨娘。"

白素娟已经麻木了，不知该说什么好，心底的确恨这女人，就是她害死了父亲，并且也带走了她的美好童年，十年前她曾狠狠咬了一口这女人，当时燕紫辉哼都没哼一声。当时白素娟是没能力，要有能力的话，她可以杀掉她。现在她的确要死，但不是死在自己不共戴天的仇人手里，又是死在自己的怀里。

燕紫辉又道："小时候你不懂的，现在你长大了，也是一个女人，作为一个女人支撑她生命的是爱情，女人是生活在爱情里，爱情是一个女人的全部。我错就错在嫁给你父亲，你父亲是一个视朋友如手足、老婆如衣服的大丈夫，是的，他没有错，是我的情感太丰富了，我需要别人的赞美、关心和爱护，但你父亲每次押镖回来，从不碰我一下，他宁愿和朋友一起大块吃肉，大碗喝酒，他从没赞美我一句，对我的美貌视而不见，这对女人来说是多么痛苦。我简直受不了，发誓只要是个男人对我说一句动心的话，我就会不顾一切地跟他走，我知道这样做将会带来多么严重的灾难，但我不管，我宁愿在甜言蜜语中活一天，也不要这样毫无感觉地过一辈子，于是我就孤注一掷地将自己赌进去，结果我没输也没赢，十年前我放了你，我就知道这一天会来的，这一天……这一天……真的……"

话还没说完，燕紫辉头一歪就已气绝，白素娟茫然地抱着燕紫辉。

人之将死，其言也善，燕紫辉所说的都是实话，在场的人听得无不汗颜，白秦川一个顶天立地的大丈夫却是因忽视情而死的。

郭震东虽然可以出卖朋友，心黑手辣，但却极会讨女人欢心，并且他也是真心喜欢燕紫辉，没想到却亲手杀掉了自己最心爱的女人，不由大怒，身子一欺，一掌拍在燕紫辉后背的剑柄上，他想长剑穿过燕紫辉将白素娟杀死，这一招也真狗损，玉霞真人一声惊呼。

柳天赐正好在白素娟身后，危急之间也全力一掌拍在白素娟的后背，长剑倒回，“嘭”的一响，剑柄重重地撞在郭震东的胸口，郭震东怎么也想不到长剑不进反退，半点抗力也没有，只觉得胸口剧痛，一口鲜血喷将出来。

原来柳天赐这一拍使的是“隔山打牛掌”，一掌拍在白素娟的背上，借白素娟的身体，强劲内力使长剑倒卷，而白素娟丝毫没受到伤害，这是郭震东所始料不及的。

郭震东强忍巨痛，身子后翻退了回去，大喝道：“上！”

红发上人和他身后的五个彪形大汉冲了上去，这五个彪形大汉穿着青一色的灰衣服，其中一个手拿着流星锤，向白素娟和柳天赐砸去，柳天赐将白素娟往身后一带，伸手一抓，竟将流星锤抓住，手一挥，那高大肥胖的身子飞将起来，哇的大叫，“砰”的一声，正好撞在左手拿拐杖的大汉身上，这一下力道之准实属罕见，出其不意的将拿拐杖的大汉撞个正着。

紧跟后面的两名大汉双剑出鞘，分左右刺向柳天赐，突然见一个人影自斜刺里冲出，当当两响，将两柄长剑磕开，来人正是绿鹦，她手里拿的竟是拐杖。

原来使拐杖的大汉一跤摔倒，手中的拐杖脱手斜飞，绿鹦自空中接住，顺势挡开两剑，绿鹦一招得手，身子一板，径向坐在一边疗伤的郭震东杀去！

绿鹦的无影轻功，来无影，去无踪，眨眼间就到郭震东的头顶，郭震东被称为追魂剑，身法也是快到极致，可以追魂夺魄，大骇之下，身子弹起，竟斜里蹿出几丈，身法之快难以笔墨形容。绿鹦足不点地，拐头在一个蒙古兵肩头一点，电射追向郭震东，就这样，两个人如鬼如魅在空中地上飞来飞去，众人的眼睛都看花了，只看到两个影子倏来倏去，如追风逐电。

突然郭震东停住身子，一掌向绿鹦拍去，绿鹦追得正急，一下子止不住，只得硬接了这一掌，郭震东是个天龙派的掌门人，这一掌使的是吐功大法，吐功大法就是将身上的内力凝聚到一点，这一点力量强大无比，无坚不摧，绿鹗一声惊叫，从空中摔了下来。

两个灰衣大汉连忙双剑上架，柳天赐右手横挥，用袖子卷住绿鹗的纤腰，让她靠在自己前胸右侧，左手抽出龙尊剑，顿时红光一片，顺手挥出，噗的一声，响声又沉又闷，两人竟向上激飞。

两人只觉得半边身子酸麻，一条右臂震得全无知觉，身子高飞而起，又重重地落在地上，两人在地上一掌，想站起来跃开，岂知手臂麻软，一撑之下，竟然咕呼摔倒。

最后一个灰衣大汉，手里提着一根铁棍，见柳天赐平持着宝剑凝立不动，便挥着铁棍向柳天赐平持的剑上击去。

柳天赐剑不动，龙尊内力传在剑上，只听“当”的一声，剑棍相交，铁棍顿时断成七八截，四下飞散，灰衣人大叫：“不好！”向后急退。

柳天赐龙尊剑伸出，左击一剑，右击一剑，灰衣人双臂齐断。

柳天赐连败五个灰衣人，蒙古兵群情耸动，这次他身不动，臂不抬，纯以内力震断铁棍，巴颜图和红发上人相顾骇然。

而那使流星锤的人却不知厉害，再次纵身而出，流星锤一抖，便往柳天赐卷去。

柳天赐再次一抓，又将锤子抓在手上，突然寒光一闪，灰衣人左手突然多出一柄匕首，猛地探臂，向绿鹗胸口直扎过去，柳天赐一惊，没想到这厮这般歹毒。

柳天赐手一松，那带链的流星锤脱手飞去，不过，链子被柳天赐贯注内力，竟笔直如一根铁棍向灰衣人直撞过去。

灰衣人闪避不及，急运内功，双掌疾推，“砰”的一声猛响，顿时连退几步，才勉强拿桩站定，脸如金纸，顷刻间只感到五脏六腑都似翻转，站在当地，既不敢运气，也不敢移动半步，便如僵了一般。

大力神见柳天赐连败五员猛将，大声酣呼，飞步抢上，双斧向柳天赐头顶猛扎，两柄大斧如泰山压顶。

柳天赐竟不招架，一招“魔海扬波”当胸刺出，斧子还没砸到柳天赐头顶，龙尊剑的剑尖距巴颜图的胸口已不到半尺。

巴颜图只得后退，他上前固然迅疾，退后也是快速无伦，不见他如何跨步，已向左后倾斜退数尺，在这倏忽之间直趋急退，确是武林中罕见功夫，旁观者目眩神驰，忍不住大声喝彩道：“好！”

龙尊剑一送即收，柳天赐见巴颜图避开，回剑上撩，“当当”两响，这下龙尊内力竟将巴颜图的两柄厚厚的板斧各切下一半来，众人见了大力神绝顶轻功，还喝得出彩来，待见到柳天赐神剑奇威，却惊得寂然无声。

巴颜图激斗之下，只顾猛拼，舞动轻了一半的双斧，奋勇抢攻，柳天赐挺剑刺出，巴颜图侧身拗步，避剑还斧，这时他已打昏头了，不顾一切猛攻猛打，围着柳天赐，左攻右挡，纵跃酣斗，双斧使得风声大作。

两人斗了四五十招，巴颜图双斧一拐，突向柳天赐怀里的绿鹦砸去，柳天赐腰身一扭，龙尊剑斜挡，两股内力从两件兵器上传了出来，互相激荡，霎时间两人僵持不动，龙尊剑被内力一激，红光如霞。

柳天赐只觉得巴颜图冲撞而来的劲力绵绵密密，越来越强，暗自骇异此人内力竟然如此深厚，只得摧动内力与巴颜图相拼。

本来，巴颜图的内力比不过不老童圣的，但柳天赐和不老童圣比拼的时候，已耗去了不少内力，所以两人才成僵持局势。

绿鹦被郭震东的吐功大法所伤，本已昏迷的躺在柳天赐的怀里，柳天赐摧动内力，血气加速，全身越来越热，绿鹦感到他胸口发烫，睁开眼来，却见巴颜图一双牛眼睁得如铜铃般的大，就在她眼前，再侧目见柳天赐鬓角渗出汗珠，明白两人是在比拼内力。

绿鹦当下伸开两指向巴颜图牛眼戳去，她重伤之余，这一戳去势极缓。

可巴颜图拼命和柳天赐僵持，已到了十分紧要关头，两人只要谁稍有移动，稍有分心，就会立吃大亏。

绿鹗又开两根玉指缓缓刺过来，这对巴颜图是致命的，他半点也抗拒不得，眼见双指离双目越来越近，巴颜图大叫一声，双斧往下一按，一个筋斗向后翻去，他刚一站定，身子一晃，便坐倒在地，红发上人知道他受了极重内伤，连忙抢上去扶住他。

柳天赐紧追而上，挥剑向巴颜图的头顶斩落，巴颜图岔了内息，觉得郁闷欲死，萎顿在地，全无抗拒之力，红发上人急忙一掌拍出，柳天赐只觉得一股热浪迎面扑来。

自己倒不要紧，怕伤了怀里的绿鹗，身子一转，自己的背部硬是接了红发上人的赤焰掌，反手一撩一挥刺向红发上人。

红发上人知道柳天赐不怕自己的赤焰掌，哪还敢攻，抱着巴颜图，急往后面跃开，突然人影一闪，不老童圣飞身弹去，叫道："缩头乌龟再加一个蛋，哪里逃。"

一边说话，一边将红发上人的红头发一把揪住，他跌坐在地，看到红发上人一个人与别人不一样，生了一头红发，甚觉好玩，见红发上人逃走，所以就欺上去揪他头发。

红发上人没想到不老童圣身法这般快，身子前倾，猛力往前冲去，不老童圣手里抓着一把头发，高兴已极。

这时，郭震东大喝道："放箭！"

巴颜图却大叫道："不要，会伤公主的！"

郭震东怒道："来时，大汗怎么说的，为夺九龙珠必有所牺牲，公主和反贼一伙，顾不得那么多了，放箭。"

聂宋琴大叫道："输百万，放毛！"

不老童圣将手中的一把红头发掷去，红发上人的红头发以他的内功掷出，如同千百口银针，向蹲在四周的弓箭手射去，弓箭手正弯弓搭箭，突然手腕"风池穴"一疼，铁弓和铁箭全部掉落在地。

摘叶飞花是暗器中最为上乘的功夫，可不老童圣却能将轻如无物的头发当银针使出，认穴极准，这真是惊世骇俗。

郭震东心中震惊，大喝道："放霹雷神火弹!"处在外围的蒙古兵一起向柳天赐扔带烟雾的东西。

柳天赐大骇，他知道这霹雷神火弹威力极大，只要几个就会将自己这么多人炸得血肉横飞，自己全身逃脱倒没什么困难，可怀里的绿鹦，还有白素娟和聂宋琴怎么办?

就在这时，只见玉女煞飞身纵起，将空空的乾坤袋拖着满场游走，一会儿将满空的霹雷神火弹全都装进乾坤袋，满满一袋霹雷神火弹，浓烟滚滚，玉女煞拖着乾坤袋向外急冲，将乾坤袋向围着的蒙古兵抛去。

蒙古兵没想到世上还有这般破霹雷神火弹的法子，现在这满满一袋的霹雷神火弹竟已抛到他们中间，蒙古兵一向勇猛著称，但此时再也顾不了什么，四散而逃，只恨爹娘少给他们生了两条腿。

一声惊天动地的爆炸声，硝烟四起，散发出浓重的火药味，蒙古兵被炸得血肉横飞，胳膊、大腿、人头在空中飞得老高。

等硝烟散尽，柳天赐等人从地上爬起来的时候，郭震东、巴颜图和红发上人已不见踪影了，剩余的蒙古兵四散而逃。

柳天赐将怀里的绿鹦交给聂宋琴，纵上房顶，四下察看，哪里有郭震东三人的身影，满街只有受了惊吓得百姓到处乱撞，奔走相告，郭震东三人乘混乱逃走，柳天赐心里好不懊恼。

八个人站在狼籍满地、残垣断壁的赌场，个个灰头灰脸，要不是玉女煞这一手，大家恐怕都要遇难，想起来还心惊不已。

白素娟无声地抱着燕紫辉，默默地走到已挖好的坑边，将燕紫辉埋了。

不老童圣在一旁抓耳挠头的，他知道自己这次闯祸不小，满脸委屈，伤心不已。

大同镇的男女老少得知白秦川的女儿白素娟回来了，无不欢欣，柳天赐、白素娟等人走到大街上，百姓们竟然燃起了鞭炮，到处洋溢喜悦的气氛。

郭震东鱼肉乡里，横行霸道，人们早就怀念过去的白秦川，但又敢怒不敢言，如今终于可以出一口气了，于是，全都扶老携幼出来庆祝。

十几年了，白素娟流落在外，吃了许多苦，重归故里，虽然大仇没报，但心里也得到了许多慰藉，还有许多她叫得出名字的老人邻里，情不自禁，热泪横流。

在一片欢呼声中，“震东镖局”的牌被愤怒的人们砸碎，挂上了“大同镖局”的牌子。

镖局门口两座雄伟的石狮经历岁月的风雨，依然那么威严，宽大的厅院两边还是摆着两排刀枪剑戟十八般兵器。白素娟将镖局看了一遍，推开原来父母亲的房间，见房间的摆设依然如同儿时的摆设，一点也没改变，拿起父亲白秦川给她带的小马褂和珠子等小饰品，白素娟仿佛看到了父亲那慈爱而又威严的脸。

她呆呆地坐着，蓦地感到有人将双手搭在自己的肩上，她情不自禁地全身一颤，凭感觉她知道是柳天赐站在自己身后。

柳天赐轻轻叫道：“姐姐!”

白素娟回头秋波流转，珠泪盈然，回看了柳天赐一眼，哽咽地说不出话来。

像白素娟这样在江湖上游刃有余的精灵，善于主动出击，隐身而退，风情万种，媚态千娇的女人，对三流九教、奇男异士的心理可谓了然于胸，洞若观火，她可以对你浅浅细笑，含情脉脉，推杯把盏，但她不会轻易对谁萌动真情，她情如潮海，而又心如止水，一般的人，是不会触动她心灵深处的空间，但如果她一旦爱上一个人，那爱就会是全身心的，如潮水一般汹涌。

是的，她爱上了柳天赐。

柳天赐是唯一牵动她情愫的男人，唯一使她真情涌动的人，所以她在天香山庄才舍命相救，所以她才为他朝思暮想，魂牵梦绕。

也说不出什么原因，只是与柳天赐初次相识，柳天赐那充满了矛盾、复杂、困惑的眼神，让她内心一阵悸动，柳天赐放荡不羁，而又互相矛盾、正邪不健的神情如长在她紧紧封闭的心扉里的小草，悄悄的疯长，最后完全占据了她的芳心。

现在柳天赐就在她的身边，白素娟不由倒在柳天赐的怀里痛哭起来。

突然，一枚暗器破窗而入，带着劲风，柳天赐反手一抄，将暗器抄在手中，原来是一个纸团，柳天赐准备追出去，白素娟拉了他一下，小声道："那人已走远了，看来对我们似乎没有敌意，先看看再说。"

摊开纸团一看，只见上面写着："郭震东已逃向九江的九龙帮，双煞想偷你的九龙珠，已被我处理了，好好照看绿鹦！"

两人一惊，果见双煞倒在柳天赐的卧室窗户前的血泊中。

原来柳天赐去看白素娟，金玉双煞不知，以为柳天赐在房里，就扒在窗户上向里面吹迷魂烟，突然被人一剑抹了脖子。

柳天赐惊道："会是谁呢？"

白素娟道："除了无影怪，天下谁还会这般来无影去无踪，瞒得过你的耳目。"

柳天赐奇道："无影怪?！绿鹦妹子说她还在蒙古军营里！"

白素娟道："我也只是猜猜，不过，这并不是要紧的，这消息似乎是正确的，郭震东逃往九龙帮与那阮星霸会合，完全是可能的，并且他们还应有更大的图谋。"

柳天赐道："就是天涯海角，我也要杀了他的！"

白素娟一阵激动，两人正在说话当儿，玉霞真人急急向这边走来，说道："咦，你们两人怎么在这里？"

白素娟沉吟道："可发生了什么事？"

玉霞真人道："不老童圣出来追一个人，就不见了。"

白素娟笑道："他是那性格，可能和无影怪又比轻功去了，再说他做错了事，怕大家批评他，干脆靴底抹油，溜了！"

玉霞真人奇道："无影怪来了？"

白素娟将纸条递给玉霞真人，并将刚才的事说了一遍，玉霞真人点点头道："嗯，应该是无影怪，姑娘那下一步我们该怎么做？"

白素娟道："我正想请教一下道长呢！"

玉霞真人哈哈一笑道："姑娘聪慧过人，心中已然有定数吧，这样吧，上官雄八月十五要召开武林大会，我先到武当准备一下……"

白素娟道："这样也好，为了武林安危，单凭天赐一人的力量也不是不行的，先等绿鹦妹子伤养好，我们再启道江南。"

……

第二天玉霞真人就辞别了柳天赐四人，前往武当。

经过十来天，绿鹦的伤已养好，白素娟将大同镖局整理得井井有条，将镖局里的事全交给手下人打理，然后和柳天赐、聂宋琴、绿鹦四人前往九江。

二月时分，塞北还是山瘦水寒，而江南却已呈现绿绿生机，树林开始发新芽，不久四人已到了九江地面。

故地重游，四人上了浔阳楼，去年柳天赐、白素娟和上官红在浔阳楼上又说又笑，仿佛就在昨日，当日白象堂堂主吴浩曾在这里豪饮。想起吴浩，而如今红儿不在自己身旁，不知死亡门三使者是不是将她带到美姬谷去了。

柳天赐正在沉思，白素娟碰了他一下，他侧头一看，只见三楼楼梯口坐着四个人，其中两个居然是"断魂刀"葛友奎和"人面屠夫"朴易知，其余的两人一个身穿白色长衫，脸如冠玉，像个富家公子，另一位是个庄稼人打扮的驼背老头，四个人正在喝着闷酒。

柳天赐小声问道："另外两人是谁？"

白素娟道："那公子是常山人，江湖人称'常山白脸'毕青，另外驼背的叫'回春手'赵飞鸿。"

聂宋琴朝那白衫公子望去，果真脸色白皙，似乎从未经过风吹日晒，嫩得滴出水来，一个男子长着这么一张脸，真是难得，不由扑哧笑出来了。

四个人无声地喝着酒，似乎有什么不高兴的事，朴易知喝了一大口酒，笑眯眯地道，"那女疯子来无影去无踪，将九龙帮弄得人人紧张兮兮。"

"人面屠夫"朴易知总是像一个弥来佛，但一笑就给人笑里藏刀的感觉。

葛友奎接道："今晚阮帮主要召集大伙商量对策，估计今晚那女疯子又会来的。"

柳天赐心里一惊，这些人都是九龙帮的人，不知他们说的女疯子是谁。

驼子赵飞鸿哼了一声，道："要不是顾忌阮公子在她手里，还怕那女疯子来。"

柳天赐和白素娟对望一眼，均暗道："神偷怪"带着阮楚才到了九龙帮。

"常山白脸"毕青道："听说那女疯子与九龙帮极有渊源，二十年前还是江湖上人见人爱的大美女，我昨晚见她，如此苍老，是不是江湖传闻有误？"

朴易知笑道："神偷怪是九龙帮前任帮主的女儿，以前的确是一个大美人，并且品行端正，在江湖上颇得人们称道，后来不知出了什么变故，性情大变，成了一个偷儿。"

这事韩丐天也提到过，不过神偷怪一个重病缠身，经常哼哼咳咳的老婆子二十年前却是江湖上的美人，的确有点使人难以置信。

毕青嘿嘿一笑道：“是不是为情所伤?”

朴易知脸上带笑道：“这其中过节我也不大清楚，据传闻似乎是这么回事，说黄朝栋风流倜傥，生性风流，负了神偷怪，才这样。”

毕青的白脸微微一红，眼神里满是神往的光芒。

赵飞鸿直了直背，提高声音说道：“哼，女人是祸水，越是漂亮的女人越是如此，我们不谈这些，来喝酒!”说着，一个人领先将一碗酒干了。

毕青端起碗，侧头一瞄，不由人整个定住了，眼光停在柳天赐这边，再也收不回去，白素娟、绿鹦和聂宋琴无一不是绝色美女，三个美女集在一桌，耀眼夺目。白素娟知道毕青自命风流多情，在对付女孩上自负得很，于是朝他启齿一笑，那毕青更是神魂颠倒，傻傻地望着她，白素娟朝他眨了眨眼睛，又是一笑，那毕青酒没喝，口水都流出来了，绿鹦和聂宋琴吃吃而笑。

柳天赐心想听他们说话，不知那郭震东到九龙帮来了没有，又怕葛友奎和朴易知认出自己，所以低着头。

葛友奎说道：“对，来，喝酒!”伸直脖子，咕咕地将一碗酒给喝下去了，一抹胡子上的酒珠又道：“听说山西大同镖局的总镖头郭震东也到了九龙帮，不知怎么搞的，阮帮主对他甚为客气，迎进送出，一个镖头，傲慢得很。”

朴易知也将一碗酒干了，笑道：“这人可大有来头，跟着他们的两个人可是密宗高手。”

三人将酒喝完，见毕青没有反应，都一齐顺着他直勾勾的眼光向这边一看，见一个绝色少女朝毕青嫣然而笑。

第三十三章　混入虎穴

突然，葛友奎和朴易知都跳起来，像是大白天看见鬼一般，齐声叫道："白庄主!"两人认出笑颜如花的白素娟就是去年在江边的白庄主。

赵飞鸿是个老江湖，见葛、朴二人惊叫而起，就知道情况有变，赶忙腾地站起来，从腰里抽出软鞭，只有毕青端坐不动，直勾勾地张大嘴巴望着白素娟。

葛友奎一拍桌子，毕青才回过神来，一见形势，知道碰上了敌人，从怀里掏出钢扇，笑道："你们认识这美娘子，这样好，我去叫那美娘子过来陪咱们喝上几杯。"说着自顾自向柳天赐这边走来。

白素娟笑道："酒我可不大会喝，这样吧，就叫这位妹子陪你们喝好了。"

绿鹦道："喝酒我可是求之不得。"说着，离席向毕青走去。

毕青一愣，看了绿鹦一眼，随即笑道："一样，一样……"话还没说完，突然感到绿影一晃，绿衣少女二指向自己胸前点来。

毕青疾退两步，绿鹦两指变掌，在他眼前虚晃一下，等毕青举肩挡格，手掌故意迟迟缩回，毕青见有便宜可占，钢扇变守为攻，嘻嘻一笑道："娘子还是个会家子。"说着，钢扇直削过去。

绿鹦左掌诱过毕青，右掌横击，正中毕青腰部，毕青大哼一声，痛得蹲了下去。

毕青钢扇一削，本没有伤绿鹦之意，因为绿鹦俊目流盼，樱唇含笑，说不尽的妩媚可喜，谁知这么一个娇滴滴的少女，一掌之力如此了得。

三人见绿衣少女笑吟吟的一招之间就将毕青给打趴下，俱都一怔。

去年葛、朴二人在江边被柳天赐突袭，而不知厉害，一声叱喝："并肩上啊！"三人手操兵刃向绿鹦围来。

赵飞鸿手一摔，瓷碗向绿鹦迎胸飞来，叫道："姑娘，我请你喝一碗。"

绿鹦头一低，那瓷碗呼啸而过，柳天赐头也不回，等瓷碗飞到身前丈许，袖子一卷将瓷碗卷住拉回，顺手往后一掷，瓷碗划了一道弧线，越过绿鹦头顶，径向赵飞鸿撞去，葛友奎连忙用鬼头刀一挡，"叭"的一声，瓷片四飞，只觉得腕上奇痛，刀几乎拿捏不住。

四人都是久历江湖，从柳天赐一出手，就知最厉害的人还是坐着没动的人，赵飞鸿身子跃起，"叭"的一鞭向柳天赐头顶砸去，柳天赐依然坐着没动，待鞭子将要砸下，突然，右手一伸将鞭梢抓住一扯，赵飞鸿身子飞起，撞在墙壁上，劲力一贯，将墙壁撞了个大窟窿，当场气绝。

葛友奎和朴易知一个拿刀，一个持剑分自左右抢上，柳天赐将马鞭反带，马鞭一卷，竟将葛、朴二人捆住。

柳天赐一抖手腕，准备将三人从窗户扔到长江去，白素娟忙叫道："慢！"柳天赐手一顿，葛、朴二人重重地摔在地上。

白素娟笑道："这次我们要旧戏重演了。"

绿鹦奇道："怎么个旧戏重演？"旋即又马上明白，因为去年在九龙帮里，她见过了易了容的葛友奎和朴易知，觉得甚是好玩，高兴叫道："好，我来扮这驼背的。"

柳天赐笑道："真聪明！"绿鹦见柳天赐夸自己甚是高兴，嗔道："你扮暴牙鬼倒蛮合适，只是今天没有暴牙鬼。"

柳天赐道："那今天我就扮一回常山白脸。"说着将四人的外衣脱下，白素娟易起容来，可谓拿手好戏，要不了多长时间，就将四人化装易容而成，然后将四个人点了穴扔到长江里。

楼下的人听到上面打得乒乓作响，纷纷操着兵刃冲了上来，因为这浔阳酒楼是九龙帮办的。

白素娟黑着脸对为首的人喝道："妈的，慌什么，几个小毛贼，已被我等扔到长江里喂王八去了。"

为首的大汉一见"葛友奎"，忙点头哈腰道："小毛贼想在太岁头上动土，真是不知好歹，葛爷你真英明神武。"

白素娟哼了一声，道："晚上帮主还要开会，你们注意一点，如果有什么异常就得报上去。"说完手一招道："我们走！"四人扬长而去。

春风拂脸，月色宜人，四人走在江边，神情为之一爽，特别是聂宋琴，久居蒙古大漠，第一次来到江南水乡，看到的和听到、感受到的无不是美丽和新鲜。

薄暮时分，九龙帮已是灯火通明，一队队排刀手在城郊来回巡视，可见戒备之森严，四人刚走到辕门口，守卫就喝道："什么人？"

白素娟咳了一声，昂头而进，那守卫见是葛友奎、朴易知他们这才赔笑道："你们回来了？"

白素娟黑着脸沉声道："会开始没有？"

守卫道："还刚刚开始呢。"

白素娟一点头，心想这九龙帮这么大，我可不知道在哪里开会，但如果问人就露馅了，心里正思索，迎面走来一人，拍着白素娟的肩膀，大叫道："断魂刀，我可找到你了。"

四人吓了一跳，这人嗓门特大，一拍白素娟的肩膀，白素娟感到隐隐生痛。白素娟江湖人称"万事通"，对江湖上稍有成名的人可谓知根知底，她识得这人是东北黑道一霸，人称"三斧头"万魁，心黑手辣，但生性豁达，其实他使的兵器是一对铜锤，而不是斧头，只是因为他和别人交手，头三下是致命的，三下没打败别人，他就输了，所以别人称他为“三斧头”，白素娟心想，这万魁身居东北，却被阮星霸召到这里，可见九龙帮收罗了不少的黑道高手，今晚可得小心应付。

万魁见白素娟愣着，放低了声音，但仍像炸雷一般说道：“是这样的，兄弟我近段时间手气不太顺，手头比较紧，你答应借些银子给我花的。”

葛友奎在五年前劫了一次镖，据说数目比较大，所以显得特别阔气，白素娟笑了笑，从怀里掏出一封银子，递给他道：“给你的。”

万魁大声道：“你真好！”抓着白素娟的双肩又摇又晃，咧着大嘴呵呵傻笑，白素娟感到自己的骨头都快被捏碎了。

白素娟道：“阮帮主不是找我们有事商量吗？你不去？”

万魁一拍脑袋道：“对，我们这就去。”说着带着四人，踏着石阶甬道，直奔后寨而去，神情甚是高兴。

九龙寨经过二十七代帮主，自几百年前发展到今天已有很大的规模，号称中原水中第一大帮，九龙山依山傍水，背靠一座嵯峨青峰，螺旋而上，说是一座水寨，其实是一座偌大的城堡水寨，内外处处种有千年古松，万年龙柏，密林修篁间，时值三月，百花待放，树吐新芽，风景甚是优美。

柳天赐去年第一次到九龙帮，只是匆忙到了九龙堂，没想到九龙帮这么大，而且建筑这般有匠心，宛如皇宫，跟着万魁一直走向后寨，留心每一处，见怪石夹缝中有着无数陷阱，其间大路小路，密如蛛网，错综复杂，盘旋纵横，恰似摆下了一座迷魂阵，不知其中奥妙之人，误入阵中，即便不死，也休想再走得出来。

这些迷宫其实都是为了抗击江湖各门各派的人来偷袭九龙帮夺九龙珠而设的。

穿门过洞，跨桥飞涧，大约走了个把时辰，仍未到，灯光从树影中投落下来，照着蛇似的石板小路，愈发显得清幽，一阵淡淡的花香袭来，爽人心肺，然而柳天赐却感觉到，在这花香醉人的地方，处处布满了杀机。

不一会儿，五人进了竹林，这竹林很大，但不是柳天赐那晚和绿鹗逃到的竹林，柳天赐打量地下，见地下插着一排的尖刀，林中有一座院落，四周花石围墙，高约丈许，朱漆门楼前一座拱桥，桥下浮水潺潺，进了院门，院内花坛、假山周围，造有各式各样的房舍，飞檐翘角，碧瓦红墙，甚是壮观。

柳天赐心想：这难道是皇帝的御花园，比起丽春院不知要阔绰几百倍。

穿过两层殿堂，来到最后边，忽听一阵震耳欲聋的涛鸣，轰然作响，似滚滚雷声，柳天赐循声望去，只见两座峭壁拔地而起，如刀削斧劈，高约千仞，两峰相隔数丈，中间原是一线深渊，渊底原是万丈寒潭，古怪的是两峰夹持间，悬空架有一座大屋，那大屋厚木作底，松柏为墙，花墙草顶，四周由几根粗银链拉住，牢牢嵌在两侧石壁上，草堂悬于空中，山风刮来，摇摇晃晃。

万魁停下脚步，说道："到了！"柳天赐心里大是好奇，心想：那阮星霸怎会在这么一个悬空的草庐召集大家议事呢？这是搞什么鬼？连个桥都没有，怎么进去？

万魁的话刚说完，没在乎四人的惊疑，率先提气上纵，踩上光滑的铁链，稳步而行，朝悬空庐走去。

柳天赐心想：这浑人身形高大，但轻功却了得，原来是踏链过去的，以绿鹗的轻功，过这铁链倒没什么，可聂宋琴和白素娟却是不能。

柳天赐双手各提聂宋琴和白素娟腰间的软巾，提了起来，迈步踏上链桥，绿鹗紧跟万魁后面，几人行在链桥，如走平地，健步平稳。

来到涧心，柳天赐耳听脚下惊涛拍岸，声如狮吼，低头下望，只见涧底白浪飞旋，雪花喷溅，仿佛置身浮云之上，如闲庭信步，精神为之豪迈和清爽。

突然间，三人脚踩的那条链被巨风摇起，忽悠悠的飘荡起来，三人像荡秋千一般凌空拂摇。

突然聂宋琴大叫一声，直朝涧底摔去，柳天赐大惊，连忙探身翻臂，抓住聂宋琴的腿腕、左手一松，白素娟又翻落下去，柳天赐忙又用左手一捞将白素娟抓住，探声抓人，他左脚勾在链上。

此时情景可谓凶险至极，聂宋琴和白素娟两人全凭柳天赐一个挂在铁链上，那铁链仍在摇荡不止，时间一久或稍有不慎，两人将会掉下万劫不复的深渊，聂宋琴和白素娟两人的体重足有两百斤，而柳天赐身子悬空，纵有盖世神功，也无法翻卷上去，他只得咬紧牙关，将全身功力运到双脚上，死死勾住铁链不放。

聂宋琴本来是想试试柳天赐对自己的情意，原来，聂宋琴见白素娟和绿鹦在柳天赐身边开心得又说又笑，虽柳天赐并没忽视她，但她心里总有一个疙瘩，于是就故意松掉腰间的软带，掉了下去，此时见柳天赐救了自己，心里初步感到高兴，大声叫道："天赐，你放了我，分量就会减轻，便可以救素娟姐了。"

柳天赐哪里知道她的心理，说道："什么话，我柳天赐怎么扔下你不管，就是死我们也要死在一起。"

聂宋琴心中一热，险些淌下泪来，暗想：我虽贵为公主，但在大帐里哪有丝毫生机，和柳天赐相处时日虽然不长，但我已感到患难生死，刻骨铭心的幸福，柳天赐身边尽管有那么多绝色美女，但他对我的这片真情……我原本还想帮父皇，真是傻……想到这里，不禁心中凄楚，鼻子一酸，泪水夺眶而出。

柳天赐听到下面传来的啜泣声，以为聂宋琴吓得哭了，问道："聂小姐，你没事吧？"

聂宋琴摇摇头道："没……没有，我心中好高兴。"

柳天赐不解，暗道："这时候怎么个高兴，这女孩子真是古怪。"

正在他心急如焚之时，忽觉有什么东西在自己左脚腕侧的"昆仑"穴上一撞，双脚如中电击，再也支持不住，双腿一松，三人如同断翅的鸟儿，飘悠悠朝涧底坠去。

眼见三人便坠入万丈寒潭，陡然间，两道白光似长空裂闪，自悬空庐中电射而出，直朝三人射去，顿时将三人拦腰缠住，随即，白光凌空倒卷，倏地一缩，弹回悬空庐。

三人直坠而下，以为再无生还之机，聂宋琴叫道："天赐，我喜欢你……"

蓦地三人落到悬空庐，脚踏实地，这才知道已获救了。

屋外，夜风拂来，悬空庐便左右频摇，弄得墙壁上黑影闪来扭去，悬空庐下万丈寒潭中波涛翻卷，浪拍岩壁，声似狮吼虎啸，更使这悬空庐内阴森可怖。

可奇怪的是悬空庐里除了五人之外，再没别人，柳天赐甚为惊异，万魁问道："葛大哥，你们没事吧，要不是帮主救了你们，可就惨了。"

白素娟笑道："帮主呢？"聂宋琴在一边羞得红着脸低着头。

万魁道："待会就可以见到。"

话音落地，忽然间，那悬空庐摇荡起来，紧接着，便听哗哗唧唧一阵铁链声响，悬在空中的屋子，竟然飞快地滑动起来。

悬空庐接进崖壁，竟无声无息，滑动停止后，才知草庐已钻进山峰的肚子，忽见面前倏地闪亮起一片雪光，原来几人已进入了一条燧洞，这燧洞乃是一条天然石洞，洞儿幽深，或高或低，或宽或窄，曲曲折折，盘旋弯曲的石壁上布满夜明珠，洞中遍布机关陷阱，不知底细的人，寸步难行。

洞壁上的怪石险象狰狞，形态各异，或如猛兽蜷伏，或似恶鬼拦路，张牙舞爪，拿捏作势，在雪光照映下更显得威猛险恶，令人怵目惊心。

深一脚浅一脚地不知走了多远，忽然间一阵爽风裹着花香扑面吹来，顿觉胸间豁然畅朗甚是舒服，柳天赐纵目一望，原来不知不觉间已出了暗洞，到了峰顶。

再看这座山峰险峻至极，恰似鬼斧神工开凿的一根擎天玉柱，峰周围是滑不留手的绝壁，山峰顶端不大，只有数丈方圆，却极为平坦，一片鲜花掩映着一座偌大的石屋，石屋正中悬挂着一块大匾，大匾上刻着三个镏金大字——九龙堂。

柳天赐这才恍然大悟，“原来我们是从山肚子里钻过来的，那悬空庐只不过是这里的一道门户，这地方不但隐秘异常，外人绝对难以发觉，即便有人知道这个所在，想到来此，也必经过那条山洞，除此以外无路可通，倘若没有里边的人开关接应，任你有穿墙凿壁之能，也休想踏进此地一步。”

万魁道：“我们进去吧！”

大厅里灯火通明，阮星霸还是那么福气，只是脸上有些疲惫，坐在大厅上方中间的虎皮椅上，他两边各站着四个十四五岁的黄衫女孩子，每人手里提着一盏碧纱灯。

柳天赐四人随着万魁朝阮星霸一拱手，阮星霸一点头，五人在左边坐下。

白素娟打量大厅，大厅坐满了两排人，对面的一排坐着的全是头戴斗笠，身披蓑衣的赤脚渔夫，这几个人虽高矮胖瘦不一，却人人骨骼强健，气度非凡，一望便知均身负绝顶武功，白素娟知道，这些人都是九龙帮的分舵主。

而自己这一边的都是脸上刀疤累累、凶神恶煞的大汉，这些人都是江湖上臭名昭著的黑道人物，心想：九龙帮自阮星霸篡夺了帮主之位后，完全听命于成吉思汗，他将这些人物全都召来，难道仅仅是为了对付神偷怪，事情似乎还不这么简单！

阮星霸咳了一声，说道：“大家都来了，今天我将大家召集到这里，是有件事要与大伙商量一下。”

顿了一顿，他望了众人一眼，大厅里寂然无声，他又道：“大家都知道，我们九龙堂和‘日月神教’联盟，现在日月神教被上官雄抢去，我们可不能坐视不管。”

对面一个清瘦长髯的老头站起来说道：“帮主，现在我们九龙堂人才济济，何惧那上官雄！”

阮星霸道：“现在还不是时机，那上官雄现在统领武林各大门派，势力正旺，定于八月中秋在鄱阳湖的鸟岛召开武林大会，到时我们再去捧场，我自有安排。”

厅下众人纷纷议论，顿时一阵乱哄哄地，忽然间，屋外夜空中倏地响起一阵哭声，那哭声初时似冤妇哭坟，哀哀切切，悲悲咽咽，随之声调陡转，有如幽冥鬼嚎，尖厉凄绝，摄人魂魄。

悲啼声时而远在天边，时而近在耳旁，厅内人一听都惊起，有人惊叫道：“神偷怪！”

柳天赐心想：这神偷怪好快的身法！

大厅里一阵骚动，众人抽出兵器，全身戒备注视门口，突然一个十分娇嫩的声音说道：“阮星霸，我今天给你带来一个礼物！”

话一说完，一物径向大厅飞来，一个矮胖子反手一抄接住一物，一看不由大叫一声：“一只死人手！”

阮星霸脸色大变，忙道：“让我看看！”矮胖子递上了那只手，阮星霸一看，是只白皙的男人手，上面还鲜血淋漓，身子不由摇了摇，几欲昏倒，嘴里喃喃道：“儿子，儿子……”

柳天赐心里一惊，想道：那神偷怪也的确残忍，将阮楚才的手给斩了。

舵主们也是群情激奋，摩拳擦掌地大呼小叫：“那疯婆子好大的胆子，竟敢到总坛来撒野。”

“哼！咱们没找她去算账，她自己倒送上门来了。”

“她这一次是耗子舔猫鼻子，自来送死。”

“杀了疯婆子，为公子报仇。”

……

众人正在大声叫嚷之时，忽然门口一暗，从外头走进一个弓着背的妇人，柳天赐一扫，正是神偷怪。

柳天赐心想：这神偷怪也太托大了，这九龙堂高手如云，你孤身一人进来，大家群起而攻之，就算你有通天的本事，也不能突围出去。

刚才还在高声叫骂的众人，陡见神偷怪旁若无人、大大方方地走了进来，反倒一怔，全都退后一步，大厅里一下子静了下来。

神偷怪站在大厅前猛咳一阵，用眼光环视了众人一眼，说道：“怎么，你们刚才还要将我这老婆子碎尸万段，现在怎么不动手了！”

阮星霸双目喷火，咬牙冷哼一声道：“疯婆子，你将我儿子放在哪里?”

神偷怪颤颤巍巍道：“哦，就是你那熊包儿子，我会亲手交给你的，不过你得告诉我黄朝栋在哪里，不然……”

阮星霸道：“我已说过黄朝栋已死了……不然你会怎样……”

神偷怪哈哈大笑，声音甚是凄切，说道：“死了，年底我还听人告诉我他还活着，只是被你关了起来，好，你不说，是吧，我今天已将你儿子左手给送来了，明天将是他的右手，后天是他的左脚……总之我会一点一点的送给你。”

阮星霸脸色苍白，嘿嘿冷笑道：“哼，你自寻死路，今天就算你插翅也逃不掉。”

神偷怪哈哈一笑道：“就凭你们这些脓包?”她用眼光扫视了大厅一眼，又凄怨道：“要不是他生性风流，哼，九龙帮也轮不到你在这里张牙舞爪。”

柳天赐心想：去年年底不就是我告诉她黄朝栋还活着的吗？我也是在竹园禁地听阮星霸和太乙真人说的，现在阮星霸说黄朝栋已死了，难道这其间有什么重大的隐秘？神偷怪与黄朝栋关系绝非一般，这其间过节，不知素娟她知道么？

阮星霸冷笑道："那我倒要看看你这疯婆子有什么能耐，你想和黄朝栋那老匹夫重归于好，当年他抛弃了你，你又何必把热脸送过去，死皮赖脸，在江湖上名声这么坏的女人……"

神偷怪冷冷地站着，身子微颤，显然阮星霸的话深深地刺痛了她早已受伤的心。

阮星霸对身边两人使了一个眼色，两名舵主似两只出林的豹子，自两个不同的方位飞袭而出。

神偷怪弯曲的背徒然弹直，冷冷一笑，待两人攻近身前，只听见砰啪两声，两名舵主各自立脚不住，往后连退数步，险些跌倒在地。

满堂的高手看见两舵主拳掌落在神偷怪的脸上和胸肋间，神偷怪并没还手，便将两大高手震了出去，顿时惊呆了，好一会儿无人出声。

刚才那矮胖子知道神偷怪既名列"一尊三圣四怪六魔"之列，决不是寻常之辈，所以拍出的一掌只是试探，并未潜运内力，他怎么也没有料到，神偷怪对自己的招式不看不理，铁掌拍在她的脸腮上，便似拍在烧红的铁板上一般，烫得他激灵灵打了一个哆嗦，忙撤身后跃，站稳身后，只觉右掌胀痛难忍，提起手掌一看又红又肿，仿佛中了毒一般，吓得脸色如土，再也不敢向前。

而那高大舵主，练的少林金刚伏魔拳法，素以拳力强猛称雄江南，他性情粗鲁，脾气火爆，逢敌出手，不遗余力，对神偷怪所施的一招"金风捣臼"，已使足了十成分量，这一拳非同小可，力量足有千斤，便是一块岩石，也能被他打得粉碎，万没料到铁拳击在神偷怪的胸肋上，便如打在棉花堆上，自己所发出的千斤巨力，竟如泥牛入海，他情知不妙，正想抽身撤退，但已然来不及了，神偷怪一直身子，胸肋微一鼓荡，巨力反震，高大汉子身不由己，往后跌去，强行拿桩站稳后，只觉自己发拳的那只手，痛疼钻心，手已齐腕断折，不由骇住了。

阮星霸见自己的两名舵主受挫，心中大怒，低吼一声，以雷霆之势扑向神偷怪。他知道，如果今天没机会除掉对方，只怕以后再也没有这样的机会了！

神偷怪脸色凝重，双手上翻，四掌相接，轰然一声暴响，震得九龙堂颤了颤，神偷怪身形不稳，蹬蹬退了几步，扑嗵跌坐在地，同时阮星霸胖得发福的身子亦被神偷怪震得凌空飞起，直撞向屋顶。

“哎呀……”满堂人惊得大叫起来。

阮星霸身子在空中一扫，双掌在屋梁上一按，使了一个千斤坠，往下一沉，扑通跳落下来，身子晃了两晃，跌坐在地，只觉得气血翻滚，张口喷出一滩鲜血。

众人见帮主受伤，呼啦一声，将神偷怪团团围住。

神偷怪放眼望去，只见四下里刀光剑影，冷哼一声，跨出一步，立时各有几人仗剑挡住，神偷怪身形一转，“呛啷啷”的一响，刀剑立断，几人手里名剩半截断刀断剑，忙向旁跃开。

神偷怪手里已多了一把长剑，出手如电，身法快捷，跟着“啊啊”两声惨叫，两名邪派高手被剑力带到，一伤腿，一断腿，滚落在地。

柳天赐四人站在外围，只喊不打，只见神偷怪在十几名高手中间身形飘动，快似鬼魅，长剑上下翻飞，左右飘摇，瞻之在前，忽焉在后，瞻之左右，忽焉左右，漫天剑影似落英纷飞。

神偷怪心知这些人个个身手不弱，如果死拼硬打，真的是出不去，于是就展开轻功，蹿来跃去地与众人周旋。

但时间一长，神偷怪就有点支持不住，叫道：“今天就到此为止，明天我送阮楚才的右手来，再和你们玩。”

说着身形一晃，就要朝大门口冲去，阮星霸惊呼一声，道：“快封门，莫叫这疯婆子逃了。”

大堂内十几名高手闻声倒纵，飞身退至门旁，刀剑齐摇，顿时排成一堵人墙，将九龙堂的大门封个密不透风。

柳天赐心里发急，这么多高手堵住大门，就算是我也冲不出去，你神偷怪不是拿自己往石头上撞。

就在这一转念之间，神偷怪发出一声清啸，也不转身，只将双脚一蹬，身子往后倒仰，笔直如箭朝阮星霸射去，却是一副同归于尽的架式。阮星霸骇然，他可不想和这疯女人一起死，只得让开身子，神偷怪却并不停留，而是加快速度自阮星霸身边擦过，向九龙堂的后山墙上射去。

九龙堂后墙门无窗，墙外便是万丈深渊，要想出去，必走前门，别无他路，所以阮星霸为防神偷怪逃脱，才命众全力以赴，拼命守住前面的门窗，只要把前面的门窗封住，再捉住她便似瓮中捉鳖般容易，不料神偷怪大反常规，故意往前冲，然后出其不意朝后墙撞去，阮星霸等人猝不及防，一时间竟呆怔住了。

“轰——”，后墙暴起一团烟雾，刹时间，石屑四溅，沙尘弥漫，那厚厚的山墙竟被神偷怪用头撞了一个大洞。

九龙堂四周的墙壁是用山石砌成，历经几百年的风雨，丝毫没有破损，坚固如铁，而神偷怪以头撞壁，这手功夫足令神鬼皆惊。

眼见神偷怪穿墙而去，瞬间便消失得无影无踪，满堂人这才醒过神来，阮星霸脸色气得发紫，说道：“疯婆子害怕了，自己跳崖自尽，明天，大家分头找找，就是掘地三尺也要将阮楚才找到。”

众人轰然答应一声，柳天赐心想：这神偷怪怎么会跃下万丈悬崖，这绝壁高约千仞，丝毫没有落脚之处，跳下去，绝无生还可能，可从她的神态间并没有什么异样之像，一时不明所以。

大家顺原路返回，柳天赐四人走在最后，白素娟经过聂宋琴身边小声道：“宋琴妹妹，这次你可不能捣鬼，不然的话，这次我们就不可能那么幸运了。”

聂宋琴一愣，脸色窘红，心想：她怎么知道我的心意。

阮星霸邀请来的邪道高手每人住一间房，柳天赐怎么也睡不着，一个人穿好衣服，认清路径，向竹园禁地摸去。

上次他和绿鹦误打误撞，冲进竹园禁地，这次只身潜来，可谓轻车熟路，不一会儿，就到了那片竹林，心知这片竹林处处机关重重，所以格外小心，到了那片豪宅，柳天赐小心翼翼地向里探望。

奇怪的是里面灯火大亮，可一个人都没有，不知阮星霸到哪里去了，从地上捡起一枚石子，往里面一扔，片刻过后，还是没有什么动静。

柳天赐穿窗而过，阮星霸这房间布置得甚是豪华，房间里摆放了一盆盆瑶草琪花，紫檀木雕花门窗，朱漆柱上盘龙飞凤，花梁上高悬着几盏宫灯，把屋子映得浑如白昼，房间里摆着一张紫光锃亮的大案，案上摆着赤金香炉，炉中飘荡着袅袅香烟，浓香盈室，令人熏熏欲醉。案旁放着木雕花椅，椅上铺着大红花毯坐垫，座案中置满了各种各样的奇珍古玩，珠翠玉器，都是世间罕见价值连城之宝，房子靠壁摆着一张挂有红罗幔帐的软床，床上叠着绣有金丝彩线盘龙飞凤的锦被。

除此外，地上还铺着厚厚的大红地毯，临门两侧的墙上，悬挂着各种兵刃，灯光和兵刃的冷光，各种珠宝的辉光相映交织，弄得人眼花缭乱。

柳天赐越看越称奇，这九龙帮处处这般华丽，帮主的房间弄得跟皇帝老儿的龙庭一般，这些宝物不知从哪里弄来的。

四处打量，见案上放着一摞绢帛，上面还写着字，忙凑近一看，只见上面写着：“八月十五，火炮一百五十门，战舰十艘……”

下面写的都是兵力部置的装备，心道：这是什么鬼，九龙帮要行军打仗，这些玩意儿威力可不小……

正在沉思间，忽听到外面传来脚步声，连忙身子一跃，藏到大床后面，谁知一阵声响，地面忽然裂开，大床缓缓朝下沉。

柳天赐一惊，以为又中了什么机关，躺在床上动也不敢动，过了好一会儿，大床停止不动，打量周围，见自己随着大床，沉降于一座石室之中。

石室甚是宽大，四周石壁平滑如镜，且无门无窗，连条缝隙也难见到，墙壁上挂满了各种各样的兵刃，靠墙处，摆着一具水晶石棺，隐约可见棺内躺着一个人，棺前横陈着一条紫檀木香案，案上排着十几只木匣，数十只粗如手臂的巨烛，忽闪闪吞吐着火舌，光焰四射，将这石屋辉映得浑如白昼。

看到这情景，柳天赐只觉得阵阵寒气透体，不由得心悸神跳，这是什么地方，难道就是神偷怪所说的，痴癫大师驯兽的那间密室，可这又是人工开凿的密室，心想：既来之则安之，说不定有什么意外的发现。

定了定神，柳天赐起身下床，走到那具水棺前，揉目细看。

不看则已，一看顿时呆住了，只见那透明的水晶棺中，侧身卧着一个美貌裸女，她全身上下一丝不挂，美妙的胴体一览无余，五根纤指托着香腮，脂凝般的脸蛋上，蛾眉如两弯新月，一双美目似两泓清潭，定定地看着柳天赐，一点樱唇似初绽的花蕊，微微带笑，那姿态神情，颇似春闺梦初醒，尚沉浸在那美妙的梦境里一般。

柳天赐虽然从小在妓院里长大，但还从未看到一个少女赤身裸体，一丝不挂，心中禁不住撞鹿，血脉贲张，暗自叹道：若论美貌，这少女可比红儿和素娟还要胜上几分，不知是谁，为何要躺在石棺里！

壮胆问道：“喂，姐姐，你是谁？一个人躺在这里做什么？连被子也不盖，不冷么？”

连问几声，那女子一动也不动，只是两眼瞪得大大的，定定地看着柳天赐不开口，柳天赐心想：这肯定是阮星霸抓来的少女，供其践踏淫侮，要不然怎么藏在这个密室里。阮星霸的房间装饰得那般华丽，一定是个老色鬼，这少女被他点了穴道，关进石棺里。

心念一动，便柔声对那石棺中的女人说道：“姐姐，你不要怕，我打开石棺救你出去好不好?”

少女仍含笑不语。

柳天赐说干就干，伸手便来开棺，不过，这水晶石棺乃是用一整块玉雕成，棺盖又被封死，无隙无缝，触手冰冷溜滑，无法用力，费了全身之力，那石棺只是纹丝不动。

柳天赐更是肯定自己的猜想，骂道:“阮星霸这样不是将这美貌姐姐活活憋死不成!”他心头火起，退后一步，挥掌向那石棺拍去，“轰哗”震天撼地一声巨响，石室中碎石纷飞，水雾弥漫，同时飞扑的水浪将他浇了一个落汤鸡。

重逾千斤的水晶石棺，已被柳天赐一掌拍得粉碎，石室中河水横流，碎石遍地，那美貌少女仰脸躺在一洼水中，一动也不动，便似睡着一般。

柳天赐走上前，蹲下身来，凝神细看一下，见那少女艳若春花，一双俏目睁得老大，眼珠儿似两颗黑色的玛瑙石，晶莹闪亮，胴体柔嫩无瑕，吹弹得破，上面凝着一层透明的水珠儿，完全像刚出浴卧身歇息的模样。

柳天赐虽然和上官红有夫妻之实，已懂得男女之事，但像今天这样近身打量一个一丝不挂的少女还是头一次，心里虽说没有一丝的杂念，但也禁不住面红耳热，心跳不止。

他生怕惊醒了这个睡美人，伸手小心翼翼地去摸她的玉臂，但觉得触手冰凉，顿时吓了一跳，伸出手掌在她脸前晃了晃，那眼珠儿似假的一般，凝住不动，再探她鼻息，方知这少女早已死去，是个尸体。

心中大奇，只见她肤色红润，双眼含波，怎么会是一个死人呢?难道是阮星霸那老色鬼害死的，可她全身一丝伤痕也没有。柳天赐将死美人抱起来放在床上，拉过被子给她盖上，这才松了一口气。

再看香案上的十几个木匣子，不知里面装的是什么，伸手捧起一只木匣，木匣甚是沉重，举到烛火仔细看了看，这木匣做得颇为精巧，外面粘裹着一层厚厚的软锦，四角镶嵌丰白金饰伢，心想：里面是什么宝贝，光这盒子就这般名贵。

打开一看，一股浓烈的血腥气自匣中扑出，熏得柳天赐差点呕吐，里面竟装着一颗血淋淋的人头，禁不住倒吸一口冷气，啊呀大叫一声，撒手扔匣。

那人头是个须眉男子，看模样三十余岁，头顶长发披垂，两腮虬须戟张，一双豹眼瞪得老大，脸上肌肉扭曲，神情甚是恐怖，脖颈上的血尚未凝固，触手还有余温，似乎才割下来不久。

柳天赐只觉得全身毛发直立，寒气攻心，心道：这阮星霸怎这般心黑手辣，将人头割下装在匣子里，难道十几个匣子中装的都是人头？

鼓起勇气将十个木匣子依次打开，果然不出所料，木匣中所放之物，尽是男人头颅，数了数，共有二十六颗，其中有老有少，有秃头和尚，有长发道人，有面目英俊的书生，亦有面目狰狞的粗豪大汉，但柳天赐一个也不认得。

所有的人头，都经过药水浸泡后，不腐烂，且人人面色栩栩如生，神情各异，有的神态安详，有的恐惧万端，有的怒目横眉，有的凛然生威。

柳天赐虽见多识广，但像这般惨烈的情景，禁不住心跳如鼓，从这些人的面相看，似乎都是武林中人。与阮星霸作对，被阮星霸杀了的人，肯定是好人，阮星霸为何要将他们头割下来，用药水泡着，真是百思不得其解。

心想：这些武林正道人物肯定都是阮星霸的心头恨，阮星霸杀了他们，还不解恨，将人头供起来，让自己看看，与其让阮星霸羞辱，不如我毁了它们。

想到这里，一掌挥过，那些木匣被他强大的劲风击向四处横飞。

风平浪静之后，身边轰隆一声巨响，光滑平整的石壁竟裂开一条大缝，柳天赐大奇，这石室里面还有通道，原来这些木匣子都是开门的机关。

石缝越裂越大，里面露出一条黑洞洞的巷道，柳天赐迟疑了一下，钻进了巷道口。

甬道宽约三尺，高约丈余，虽黑暗难以见物，柳天赐艺高人胆大，径直往前走，走了约大半个时辰，仍未见尽头，且越来越窄，走了一会儿，来到一座圆形洞窟中，便已到了尽头。

柳天赐停了下来细看，只见洞窟四周圆壁上，有数十个洞洞，环形排列，大小模样相同，难分难辨。

柳天赐想抽身撤回，竟连原来走的洞也分不清是哪个，只得胡乱拣了一个洞口，岂料，没走出多远，又进了与刚才相同的一个石窟。

第三十四章　洞天秘境

原来，这洞中密布大大小小无数个石窟，便似排列着无数个蜂窝一般，洞洞相连，石窟里阴风刺骨，寒气逼人，石壁上长着厚厚的苔藓，就像铺挂了千百张绒毯，触手处湿漉漉的，滑腻腻的。

柳天赐知道这是一个迷宫，不敢再乱闯，忽然间，身旁的一个洞窟内，传来几声呻吟，柳天赐闻声吓了一跳，既而大喜，这石窟里除了自己还有别人。

小心翼翼地，柳天赐循声钻到一个石窟里，微弱的呻吟声，在石室里听得特别清晰，只见发出呻吟声的石窟里有一点昏光，石壁上点着一盏昏灯，灯火如豆，飘忽不定，昏光下隐约见靠着石壁躺卧着一个人。

柳天赐上前问道："你是谁，怎么在这里？"

连问几遍，那人动也不动，亦未出声答话，心道：莫非是个死人？可刚才那呻吟声是从哪里传来的？柳天赐不死心，摘下灯来，凑近前去，探头一望，禁不住大叫一声："吴浩堂主！"

靠壁而卧的人，正是去年在浔阳楼上豪饮，后被骗到九龙帮被抓的日月神教白象堂的堂主吴浩。

灯光下，吴浩斜身而卧，身上衣衫破烂，头上发丝蓬乱，裸露的肌肤上，遍布条条伤痕，鲜血涌流，将他染得似个血葫芦一般。

柳天赐见状，惊喜参半，急忙将灯放好，扑将过去，抱住吴浩，呼唤道："吴堂主，吴堂主，你怎么了？是不是阮星霸那小子将你打得成这样子？又怎会躺在这里？"

他记得他和绿鹦逃出九龙帮的石牢，那时吴浩堂主还关在石牢里，怎会关在这里，并被折磨成这样子？他一向敬重吴浩是条血性汉子，不由流出泪来。

吴浩两眼垂闭，牙关紧咬，只是不答。

柳天赐欲为吴浩揩去脸上血污，手指刚触及到吴浩脸上，便像被蜂蜇了一般，倏地抽回，他只觉得吴浩的脸似铁匠炉中被烧红的铁板，滚滚烫手，再摸他的手臂，又觉得冰凉，心儿怦怦直跳，暗道：我和绿鹦逃走，吴大哥不知受了阮星霸多少酷刑拷打，幸好今天偶然遇见，要不然，谁知道被关在这里！

见一条刚猛爽直的硬汉被折磨成这个样子，柳天赐忍不住流泪道："吴大哥，你被阮星霸害死，我一定要为你报仇，只是现在我也困在这石窟内，再说我还得查清阮星霸的阴谋和郭震东的下落。"

正当他哭着诉说时，突然听到石窟间有人呵呵笑了几声，接着一个苍老而又浑厚的声音说道："少侠且莫悲伤，吴堂主并未命绝。"

柳天赐吓了一跳，这石窟中还有别人，从说话人的语气来听，并没有恶意，转身回望将石窟四壁搜寻了个遍，也未见有人影，沉了一下，大声问道："喂，是谁在跟我说话？"

空旷的石窟只听到声音的回响和自己的心跳，良久，那苍老的声音说道："老朽玉面龙王，请少侠过来说话。"

柳天赐一怔，心道：玉面龙王，怎从未听人说过！问道："你在哪儿？我怎么看不见你？"

"我就在你身旁洞窟中，你过来，我有话和你说。"

顿了顿，那声音叹了一口气又道："少侠且莫动怒，不是老朽架子大，故意失礼，实因我身子有些不便，才不得不请少侠移驾。"

柳天赐提着气，迈步走进那说话的石窟，这间石室与关吴浩的那间石室不一样，比那些石室大约数倍，四周石壁上布满了石匣，每个石匣上都贴有便笺，上面写着密密麻麻的小字，石室中间有一宽大的石案，上面摆满了各种各样、大大小小的坛坛罐罐，地上放着药锄、药铲、药臼等各种用具和一筐筐草药，浓烈的药味混杂着霉湿气弥漫全室，令人透不过气来。

除此之外，紧靠石壁还放着一张宽大石床，床上置一石儿，儿上摆着文房四宝和一盏油灯，灯火昏黄，火舌吞吐摇曳，映得四壁暗影幢幢，石床上，盘膝而坐一个华发老人。

奇怪的是那老人身材瘦小却像一个七八岁的孩童，肌肤滑润晶莹，脸额上一丝皱纹全无，满头白发似高崖悬瀑，披垂身后，一蓬银髯似雪岭飞丝，飘曳过腹。

他整个身高不过三尺，发须却四尺有余，身穿着白衫，凝坐不动，便似一个玉雕雪浪一般，全身除了一双眼睛，无处不白，两眼像两个深陷进去的黑洞。

那老人面对着柳天赐，嘴角抽动了一下，笑了笑道："老朽多有得罪，还请少侠见谅。"

柳天赐见他容貌稀奇古怪，初时尚心跳神慌，待见他并无歹意，才稳住神，恭敬说道："晚辈柳天赐见过前辈，前辈可是传说中的炼丹神仙。"

"柳少侠尽可放心，老朽并非是什么神，与你一样，是个凡夫俗子，而且还是个难以视物的瞎子！"

柳天赐定神细看，果见老人的眼里只是两个黑洞，并无眼珠，心想：这人也真够凄惨，一个人关在暗无天日的石窟里，还是个瞎子，不觉有些可怜他，不知他在这石窟里干什么！

"请问柳少侠果真是日月神教的么？"那老人问道。

柳天赐点了点头，又摇摇头，说道："说是也是，不是也不是。"

那老人一呆问道："柳少侠此话何意？"

柳天赐就把事情的前因后果，如何被假向天鹏封为日月神教的教主，讲了一遍，老人一阵默然，说道：“想不到江湖上发生了这么多事，看来这可是一场大的武林浩劫，唉，二十年了……”

柳天赐吓了一跳，说道：“前辈在这里呆了二十年……”

老人面色神伤地点了点头，柳天赐道：“那前辈怎么不走出去？”

老人苦笑了一笑，撩起白衫，说道：“少侠请看。”

柳天赐凑过头去，定眼一看，顿时倒吸了口凉气，天啊，老人的下身，齐大腿处已被斩断，光秃秃的只系两截白骨，叫人看了触目惊心，愤愤道：“谁对前辈这般残忍？”

老人道：“自作孽！”

柳天赐道：“前辈可有什么错？”

老人道：“罪咎难逃，这也许是佛家所讲的因果报应，这石窟迷宫是我修的，路径我也了如指掌，即便我双腿被人斩断，但凭我多年的修为，若要脱离此处，也绝非难事。”

柳天赐心想：这老人虽眼瞎腿断，但人还是蛮乐观的，自己寻自己开心。

老人见柳天赐沉吟不语，就笑了笑，突然间双肩一抖，拔身而起，两臂如翅，凌空一跃，像鸟儿飞将起来，只见他疾似鹰隼，又似一道银色闪电，在石室中来往穿梭，凌空翻卷，上下飞腾，就算是天下轻功独步的无影怪和神偷怪也难以做到，叫人看得咋舌，叹为观止。

那老人展示了神功，倏地双掌往那石壁上一按，弹回石床上，盘坐下来，面不改色，气不涌，脸上神情颇为得意。

柳天赐目睹老人的神功，佩服得五体投地，深感武学一路，学无止境，这才相信老人所言不虚，好奇道：“那你为何不走？”

老人伸手抓起一团黑线，举到灯前，说道：“这是天龙索，我被它锁住，只能在石室里运动自如，但要离开是不行的。”

柳天赐见那黑线细如油丝，乌光闪亮，非金非铁，走到近前细看，果然见那黑线穿透了老人的琵琶骨，一头没入他身后的石壁中，奇道：“就是这根细钱将你困住？”

老人点点头道：“这天龙索乃是用天山冰蚕吐的丝与金线制成，柔似棉，硬如钢，便是削铁如泥的宝刀也斩它不断。”

柳天赐道：“是谁对前辈如此惨忍？前辈告诉我，我一定替前辈报仇。”

老人面色大善，点了点头，把手一招，说道：“柳少侠，你附耳过来，我告诉你。”

柳天赐毫不犹豫凑过头去，陡然间，那老人右手箕张，五根鸡爪似的铁指，倏地扣住了柳天赐肩头大穴，将他提了起来。

这一陡变太突然，使人防不胜防，柳天赐大惊，在毫无戒备的情况下要穴被制，惊问道：“前辈，你这是干什么？”

老人将他提上石床，放在自己面前，左手中指点住他的“神庭穴”，厉声说道：“娃儿，你到底是谁派来的？”

柳天赐不禁也怒了，大声道：“没有人派我来！”

“好小子，不给你一点苦头吃，你是不会说出实话的，我今天让你尝尝老夫天玄冰指，看看你的骨头究竟有多硬。”说着运起玄功，左手中指微微颤抖，一股阴寒无比的内力，从柳天赐的“神庭穴”透入他的小腹。

柳天赐只感到一股极阴极寒的真气，由“神庭穴”进入身体，随着血液，传入他周身经脉，整个人只觉得像掉进了冰窟一般，血管似乎要冻僵，石室的苔藓结了一层薄冰。

柳天赐大惊，忙运起龙尊内力与之相抗，这玄冰功如此厉害，龙尊内力纯厚无比，渐渐地那老人发生的太阴奇寒，已被柳天赐身上的龙尊内力驱散消溶。

时间长了，柳天赐不但没感到痛楚，反而觉得全身暖洋洋的，甚是舒服，人有些疲倦，过了一会儿，竟慢慢合上双眼，酣然入梦，轻轻地打起呼噜来。

老人听到鼾声，顿感大奇，玄冰指是他当年仗以成名的绝技，便是名噪江湖的内家顶绝高手中了他的魔指，也会奇寒彻骨，用不了多久应变成一具僵尸，所以，当年他横行江湖之时，不知有多少人毙于他的指下，江湖上提起玄冰指，无不胆寒色变。

可今天，他虽不想伤害柳天赐，只是想试探一下他的武功根底，没想到自己功力已发到半成，小娃竟浑然不觉，自己至阴至寒的真气仿佛流入了一个火的海洋中一般。

不知睡了多久，柳天赐醒转过来，睁眼一看，只见洞内灯光昏黄，那老人坐在石床上，一动也不动，柳天赐伸了一个懒腰，打了两个哈欠，只觉得体内气血充盈，精神百倍，喊了一声："哈，好舒服!"

那老人正在低头沉思，闻声转过头来，笑了笑道："你醒了么?"

柳天赐见老人刚才还要杀自己，转眼又对自己笑眯眯的客气，心中不明所以，心想：这人怎这般古怪，没好气的答道："醒了!"

那老人道："柳少侠生气了，事关重大，我不得不多加提防，现在，我已知柳少侠体内正气浩然，决非他们派来套我算计我的奸邪小人，如果老夫没看错的话，柳少侠的内功可谓登峰造极，就算当年的龙尊也超不过你的，哈哈，中原武林应该有望了。"

柳天赐觉得老人高深莫测且古怪异常，时哭时笑，时而大笑，叫人莫名其妙，老人似乎满心欢喜，神色之间全是说不出的欢愉，哈哈大笑后，沉声道："柳少侠，老朽有一事相托，不知你可肯相助?"

柳天赐道："我柳天赐出得了这个石窟，一定会带上前辈的。"

那老人摇了摇头道："老朽已形同朽木，早已无出去的想法，只是心意未断……"

老人说着突然顿住话头，沉声问道："柳少侠，你可知这儿是什么地方?"

柳天赐道："九龙帮竹园禁地密室。"

老人道："柳少侠年纪轻轻，却负有绝世神功，如果不是机根聪慧和机缘太重，是绝不能有这般造化，可以说是一个武学奇迹，我有事相托，是因为只有你才有这个能力，不过，我得先将我从前讲与你听，让你对我有个了解。"

老人调整了一下自己的姿势，才缓缓说道："我叫黄朝栋，是九龙帮第十七代帮主，江湖人称我为玉面龙王。"

老人似乎知道柳天赐在想什么，苦笑了一下，道："你莫看我现在这等模样，年轻时，我的确长得魁梧英俊，风流潇洒，是江南第一的美男子！"

老人沉了一下道："不怕柳少侠笑话，说来惭愧，我年轻时，只因长得英俊潇洒，风流倜傥，被人誉为江南第一美男子，且武功精纯，名声远震，颇受风流女子喜爱，我亦因此而自负，整天飘飘然，到处留情，终日沉缅于酒色犬马之中。"

老人的话带着深深的追悔，又道："我虽与不少美貌女子有过往来，但那也只不过是贪一时之欢，做个露水夫妻，古人话色字头上一把刀，只怪我当时没这么想，反而为得到绝色少女的青睐，主动投怀送抱，而感到洋洋自得，我究竟和多少女子合欢过，也难以记清，然而，我一生真正娶过的妻子，算来仅三个女子！"

老人叹了一口气，幽然神往道："我的第一个结发妻子就是江湖上人人憎恶而又闻风丧胆的神偷怪齐碧柔！"

柳天赐惊道："神偷怪齐碧柔，是你结发妻子？"

老人点点头道："碧柔原本是一个忠厚善良、温柔贤慧的好女子，她不但长得国色天香，而且武功也出神入化，是我前代齐帮主的女儿，我们俩是同门师兄妹，自幼青梅竹马，天天在一起，初谙世事，便两情相许，后来由于我的武功在九龙帮最高，被齐帮主任命为第十七代帮主，同时我和碧柔结成连理，成了夫妻。

"后来，我们夫妇联袂江湖，白马红衫青霜剑，纵横江南，广结武友，所到之处，无不使人艳羡。”

柳天赐也有些羡慕，忍不住问道：“那后来你们怎么分手了？”

老人出了一口长气，说道：“都怪我，碧柔与我结发情深似海，我与她结了连理后，风流依旧，还与外面的女子有交往，碧柔知道后劝了我几次，见我仍不思悔改，便只好睁一只眼闭一只眼，就这样我和叶姑娘的情意已是到了刻骨铭心，不能自拔之境，便是一日分开，我也会痛苦得要死，从此不再理会教务，成天跑到妓院和叶姑娘在一起耳鬓厮磨，过了一段露水夫妻的生活。

“终于有一天，碧柔师妹将我俩当场抓了，碧柔挥剑要杀了叶姑娘，说她毁了自己不说，还将九龙帮的几百代基业给毁了。

“叶姑娘反而比我镇定，对碧柔师妹说道：‘齐姐姐，我知道你恨我并看不起我，不过，奴家虽然自幼陷身青楼，但我并不是不知廉耻之辈，只是被人所迫，奴家一个弱女子，无力抗争罢了。这些年来，我虽身在青楼，却从未自甘下贱，未曾让他人染指，所以，为了保住清白女儿身，我吃尽了苦头，如今幸遇黄大哥，将我视为知己，我才以身相许，我爱黄大哥胜过爱我的生命。如今事已至此，望姐姐网开一面，成全小妹，答应将我留在黄大哥身边，奴家甘愿为姐姐端茶倒水，铺床叠被，终生服侍姐姐和黄大哥，以报黄大哥对我的知遇之恩。

“男女之事是自私，决不能容进一粒沙子，碧柔打了齐姑娘一个耳光，骂道：‘无耻！’就走了，我心痛得不得了，这事我没一丝一毫怪碧柔，她是爱我的，怎会让第二个女人分夺她的爱呢?

“怪只怪我自己，回到九龙帮，依然就像掉了魂一般，这才发现自己已难自拔，堕入情网。碧柔见我失魂落魄的样子，深感绝望，就这样我夫妻俩成天吵吵闹闹，碧柔师妹一反常态，脾气大变，恶狠狠地说：‘除非我碧柔死了，你黄朝栋休想将那婊子娶过来。’

“一面是我的结发妻子，一面是我的红颜知己，当然都不想舍弃，我黄朝栋自出道以来，做事从不拖泥带水，但这一件事，使我心乱如麻。

“于是我又偷偷地去会齐姑娘，叶姑娘见我人都消瘦了，心中颇为不忍，安慰我道：‘黄大哥，只怪我命不好，不过能和你相交一场，就不负我来人间一世，已是莫大福分，怎敢还有别的奢望？我虽是青楼女子，却也知人间礼仪，决不会让你因我坏了你们夫妻名分，既然齐姐姐容不下我，我们就分手吧。从此后我叶青莲为了感念哥哥对我的知遇之恩，退出青楼，再不和任何男子交往，终身为你守节。今生我不能与你相守，恐是天意，我也不敢强求，只盼老天念我一片痴情，来生让我再和你重续尘缘。”

柳天赐听了也是大受感动，说不清谁对谁错，但叶姑娘也是为情所累，唉，如果是自己，恐怕还更糟。

“我当时大受感动，便抓住她的手说会死也不与她分开，谁知道这时候师妹正好赶到听到我们所说的……”

“当时碧柔师妹气得脸色苍白，全身颤抖，站立不稳，几欲摔倒，我大惊，急忙纵身上前，将她扶住，叶姑娘也慌了神，也走过来扶住碧柔师妹。

“过了好一会儿，碧柔师妹才停住颤抖，渐渐安定下来，她睁开双眼，一见到叶姑娘顿时脸色胀红如血，眼中凶焰暴闪，双手一抖，将我和叶姑娘推开，冷笑一声，咬牙对叶姑娘说道：‘臭婊子，世上只有你这样不要脸的狐狸精，才使男人们忘了本，变成无情无义的色鬼，我今天要杀了你，免得你再去勾引别人。’她说完便出手。”

“她的武功也不在我之下，这一掌拍去，就是一个寻常高手也会毙命，而叶姑娘是个手无缚鸡之力的弱女子，竟被吓得呆立当场，不知躲闪。

“事出突然，一时间我也懵住了，碧柔师妹这一掌劲力沉雄，势若奔雷，疾如惊飚，叶姑娘若中掌，定会骨碎筋折，六脏易位，焉有命在？

“情急之下，我来不及多想，拧身一晃，便已挡在叶姑娘身前，只听砰地一声巨响，碧柔师妹那一掌狠狠拍在我胸口上。

“当时除了此法，我再也想不到两全其美的法子来，我只想为叶姑娘挡了这一掌，并没有想对碧柔师妹还招出手之意。

“可是，我自练了九龙神功，身上的内力一遇外力侵袭，自然形成反震，当碧柔师妹玉掌拍中我胸口，一股强大的反力击出，咯咯一声，碧柔师妹的手腕震断，同时，她的身子也被反弹一丈开外，砰的撞在墙上。”

柳天赐心道：内功达到上乘，遇力即反，但这还不是化境，内功达到精妙，应是随心所欲，随意念而发，暗暗为黄朝栋担心，说道：“这下可不好了！”

黄朝栋道：“我一见师妹受伤，急忙上前将她扶住，师妹脸色苍白如纸，张口吐出一摊淤血，她用力将我推开，指着我绝望地道：‘你……为了一个臭婊子，竟如此待我，你好狠心……你……你好狠心……啊……’我忙道：‘师妹，我……是无意的。’

“碧柔师妹冷笑一声，陡然伸手拔出腰间长剑，递将过来，愤愤说道：‘师兄，如果你对小妹我情意未变，你就用这把剑将姓叶的小贱人杀了！

“我一惊，哪里敢伸手接剑，退后两步道：‘师妹，你……这是……何苦呢？……’

“碧柔冷哼一声道：‘男人没一个好东西。’说完右臂上扬，只见剑花闪烁，已将她自己一头黑发削割下来，我一怔，忙呼道：‘师妹，你这是……做什么？’

“碧柔师妹突然嘿嘿冷笑道：‘黄朝栋，你身为大丈夫，吃在碗里看到锅里，有贼心就应有贼胆，这样含含糊糊不怕人笑话吗？从现在起，我齐碧柔与你断绝夫妻之情，从此以后，我们形同陌路人！’说完，将断发往我面前一摔，拧腰倒纵，飞身穿墙而出，我大叫一声：

‘师妹，你别走……’随之出屋，只见一道青影捷如飞鸟，跃上屋脊，眨眼间便消失在茫茫夜色中。”

说到此处，黄朝栋脸色凝重，沉沉叹了一口气。

柳天赐心里一阵痛楚，说道：“黄前辈，齐前辈她只是一时之气，她会回到你身边的，是吗？”

黄朝栋木然摇摇头道：“当时，我也是这么想，我们夫妻多年，情深义厚，碧柔师妹负气出走，过一段时间会回到我身边的，也就没怎么放在心上，就连夜将叶姑娘带到九龙帮。

“九龙帮的弟兄们，对我气走妻子、纳妓宠妾一事，十分不满，特别对叶姑娘，人人都含怒意，但九龙帮历尽几百年，是江南水上最大的帮派，祖宗传下的规矩极严，我是一帮之主，弟兄们虽不满，但也不敢欺师犯上，横加指责。

“那时我与叶姑娘新婚燕尔，正在神魂颠倒，除了和叶姑娘欢好，再没有什么重要的事让我放在心上。”

柳天赐道：“你这就有点出格了，齐前辈刚气走，你就醉倒在温柔乡里，身为一帮之主，实不应该。”

黄朝栋叹了口气道：“我又何尝不知，人分为两种，一种是理性，一种是感性，我是一个感性的人，做事凭感情，不考虑后果，幸好叶姑娘心细目灵，劝我莫贪欢，以免误了帮中大事，一旦在帮中失去威望，将来不但一事无成，而且还有灾祸降临，同时还要我将碧柔师妹找回来，只要碧柔容她留在九龙帮，她甘愿为婢。

“我听得进她的话，便派众舵主带领弟兄们分头去找。”

柳天赐暗道：这叶姑娘倒很识大体，问道：“最后找到没有？”

黄朝栋摇头道：“我原以为碧柔师妹只不是一时气恼，暂时离我而去，即使不主动归来，也不会走远，不料，帮中弟兄踏遍江湖，竟连她的踪影也未找到。”

“碧柔师妹定是伤心透了，便躲了起来，终生不再见我。”

柳天赐说道："今天晚上还看到她。"

黄朝栋点点头道："我知道，这些都是后来的事。"

柳天赐安慰他道："齐前辈既然不肯原谅你，你也就不要自讨苦吃。"

黄朝栋道："是啊，两个人若情缘未绝，便是远隔万里，终生不见，也能心心相印，便如同日夜厮守一般，一旦义尽情绝，便终日相随，同床共眠，也是貌合神离，不会有什么快活。碧柔师妹既然已和我断发绝情，我若强行把她找回，反而会更增加她的痛苦，以后我就停止了找她。"

柳天赐道："过去的都已过去了，往事没法追悔，你就和叶姑娘开开心心地在一起，将九龙帮振兴强大也不错。"

黄朝栋道："话是这般说，但碧柔毕竟是我多年的结发夫妻，一日夫妻百日恩，百日夫妻似海深，是我伤了她的心，把她气走，我心里总感欠她的，便是叶姑娘，为了此事也深为内疚，终日里闷闷不乐。"

柳天赐道："可你这样下去也不是一个办法。"

黄朝栋道："经过一段时间的沉沦，我痛定思痛，便一改往日风流性情，再不和任何别的女子交往，将一颗心放在叶姑娘的身上，除此之外，便专心处理教务。

"叶姑娘看到我的变化，也是大为高兴，她虽不会武功，但天性聪慧，宽厚善良，且文才出众，琴棋书画，无一不精，精明强干，她帮我处理教务，做任何事都井井有条，而且对帮中弟兄胜过亲兄妹，时间不长，便得到弟兄们的爱戴，逐渐消除了对她的成见。

"九龙帮历经几百年到我这一辈，已是第十七代，经历过衰败，可以说，在我的那段时间是最鼎盛的时期，势力如日中天，与向天鹏兄弟的日月神教、韩大哥的丐帮成为中原武林三大帮派，同为武林正道，内惩邪恶，外抗鞑子，在武林中是有口皆碑的。

“正当我们兴旺鼎盛时，江湖中突起风波，出了一件轰动天下武林的怪事。”

柳天赐好奇地问道：“什么怪事？”

黄朝栋道：“江湖上出现了一个貌美如花的大盗，她来无影去无踪，且武功出神入化，将各门派的武功秘笈都偷走，并出手伤人，连少林寺的《易筋经》都让她给偷走，偷走还不说，她将这些武功奇宝都撕了，这个门派散一些，那门派散一些，就这样各大门派误解，互相残杀，弄得江湖风波骤起，各门各派之间争斗不休。

“我初闻此事，也百思不得其解，后来那女飞盗将事情越闹越大，终于激起武林公愤，各大门派派出大批高手，联手围歼她，孰料那女飞盗武功精绝，且神出鬼没，群侠始终没拿住她。

“后来，他们不知从哪里得到消息，说女飞盗与我有关系，便一齐到九龙帮，找我兴师问罪。”

柳天赐紧张道：“黄前辈，女飞盗和你有何关系？”

黄朝栋道：“江湖群侠说，那女飞盗便是我妻子齐碧柔。”

柳天赐急道：“果真是她么？”

黄朝栋道：“从女飞盗的身手来看，的确是她，只有她才能去各大门派中偷秘笈如出入无人之境，可碧柔师妹原是忠厚之人，一向以江湖大局为重，怎么做这等事呢？可群侠一口咬定女飞盗就是我妻子，我也无法争辩，只好亲自出马，去探个究竟。”

柳天赐大为紧张，问道：“你找到女飞盗没有？”

黄朝栋点了点头道：“我离开九龙帮一个月后，在太庙山的孤女峰上与女飞盗碰了面，见面之后，我才知道群侠所说的并非虚言，那将江湖弄得一锅粥的女飞盗，果然便是为我负气出走的妻子齐碧柔！

“原来，自从我那次情急之下，为了救叶姑娘，无意间误伤了她之后，便把她的心伤透了，她不但恨我无情无义，还认定世间没一个好男人，都是贪花好色之徒，因此，她性情大变，憎恨所有的人，并挑起武林纷争，变成一个杀人不眨眼的女魔头，并且手段极其毒辣。同时，她也让江湖武林知道，九龙帮帮主的妻子是一个歹毒凶残的女人，叫我丢尽脸面，让他们都来找我算账。”

柳天赐不由觉得骇然，这跟美姬倒有异曲同工之妙，问道：“那你怎么办？”

黄朝栋道：“听了她的话，我不由倒吸了一口冷气，全身毛发悚然，我这时才知道，江湖中的这场腥风血雨的确是因我而起，十年时间，怎会让人改变这么大？当时，我就苦苦求她就此罢手，莫再作这逆人之道的事，并劝她跟我回九龙帮，破镜重圆，而后由我代她向江湖武林同道谢罪，我相信大家会给我这份薄面！

“碧柔师妹冷笑道：‘看你薄面，你以为你是谁，只不过是个无情无义的小人，早在十年前，我们之间的情缘便已断绝，一蓬干柴烈火，早被大雨浇灭，变成一堆死灰，死灰焉能复燃？黄朝栋，你当年的结发妻子因你的无情无义早就死了。现在的齐碧柔，与你没丝毫关系，她不是个善良贤淑的九龙帮主夫人，而是一个丝毫不知廉耻、风骚无比、令天下武林闻风丧胆的女魔头！’

“听了她的话，我心中难过极了，苦苦哀求她，尽管我苦口婆心好言相劝，她始终脸色凝霜，不为所动，最后，她才冷笑道：‘既然你有所忏悔之意，要与我重续旧缘，我可以答应你，不过，你得马上去将叶青莲那小贱人杀了，把她的头提来，我便跟你回去。’”

柳天赐道：“你怎么说的？”

黄朝栋道：“叶姑娘是我最爱的人，我怎会亲手杀了她呢？我自然无法答应。”

正在左右为难之际，忽听碧柔厉声喝道：‘好哇，黄朝栋，原来你故意在与我说话，拖延时间，暗中却带人来捉我，你好狠心呀！’

“我大吃一惊，忙道：‘碧柔，我黄朝栋以前做了对不起你的事，已追悔莫及，怎会再做不起你的事呢？’碧柔冷笑一声道：‘哼，到现

在你还在我面前花言巧语，你回身看看你带来的人。’

“我急扭身一看，果见后面站着一群手持兵戎的群豪，为首的是少林住持方丈能洪大师和华山派掌门人渔通，其他的则是各大门派的掌门和成名高手。”

柳天赐也是大惊，说道：“他们怎么到太庙山的呢？”

黄朝栋已完全沉浸在他的往事之中，说道：“原来，我离开了九龙帮，江湖群侠竟在我背后暗暗跟踪而来，虽然我对此事毫无知觉，但事已至此，我便有千百张口，亦难解释清楚。但庆幸的是那日她逃走了！

“半年以后，江湖传来消息，碧柔师妹那夜逃出孤女峰后，在天山梦姥山巅，被能洪大师和渔通率群侠围住，一场血战，身负重伤，最后纵身跳入万丈深渊。

“得到此消息，我心中悲伤欲绝，叶姑娘见我终日闷闷不郁，愁苦万状，心中也很不安，她劝我以帮中大业为重，切莫为碧柔师妹之死伤心过度，弄坏了身子。

“为了宽我心怀，每日处理完帮中事务，她便伴我下棋，或为我吹箫弄笛，抚琴吟曲。

“可不久，叶姑娘因操劳过度，一下子病倒了，我派人到处寻访名医，为她治病，岂料她得的竟是绝症，用尽了世间的灵丹妙药，最后还是离我而去，与世长辞。

“叶姑娘病故，对我更是雪上加霜，我仿佛似塌了半边天一般，悲痛得几次晕倒，醒来后恨不得追随她的灵魂共赴黄泉，帮内的弟兄想起叶姑娘往日的好处与功德，亦大为伤怀，无不痛苦流泪。”

柳天赐听到这里，也一阵伤感。

黄朝栋一怔，问道：“你怎么啦？”

黄朝栋没理会柳天赐的叹息，突然问道：“柳少侠，你来时可经那间摆有一座水晶棺的石室？”

柳天赐心中一动，问道："怎么，那水晶棺里躺着的就是……就是叶姑娘么?"

黄朝栋没注意到柳天赐语气的变化，点头道："不错，那就是我的叶姑娘。"

柳天赐一阵慌乱，心道：刚才我不知道，将水晶棺给砸了，这要不要给他说呢?

正当柳天赐惊疑不定时，忽听黄朝栋问道："柳少侠，你说叶姑娘美不美?"

柳天赐连忙答道："美……"想了想又问道："黄前辈，算来，叶前辈已故好几年，可怎么像活着一样?"

黄朝栋自豪道："嗯，我不能让她离开我，她只是睡着了而已，为了天天看到她，我花重金在西域购了一块大水晶石，又请巧手艺人，造了那座水晶棺，采买天下数百种药物，溶炼成一种千年不腐的仙浴汤置于棺中，这样，叶姑娘的肌肤不但不会腐烂，而且能保鲜驻颜，永不衰老，便似生前一模一样。"

柳天赐叹道："世间真有这么神奇的药物么?"

黄朝栋道："当然，光有药物是不够的，我还专门请人设计了这石窟，洞窟相连，盘旋错落，每个洞窟连通长江水眼，阴寒之气从水眼里透出，使这里阴冷刺骨，我造这阴寒洞，除了防腐，还为了防止他人进来，偷窥叶姑娘的遗容玉体。"

"若有人误入此处，终生休想走得出去，用不了几日，就会冻饿而死。"

柳天赐道："那水晶棺应该放在这里，怎么在前面的石室里?"

黄朝栋叹了一口气，道："是被人搬过去的。"

柳天赐道："谁?!"

黄朝栋道："是一个毒如蛇蝎的女人！也就是我的第三个妻子欧阳雪。"

柳天赐道："欧阳雪是你在叶姑娘死后娶的么?"

黄朝栋道："对!"

柳天赐不满道："黄前辈，你那么喜爱叶姑娘，为何又娶了别人呢?!"

黄朝栋脸露悲愤之色，神色惘然，语气充满极大的悲苦道："这一失足成千古恨，这事还得从头说起。

"叶姑娘死后，我悲伤欲绝，痛不欲生，无心管帮中之事，终日在这里陪着叶姑娘的玉体饮酒消愁，陪她说话。"

柳天赐心想：这黄前辈真是一个感情中人，情痴，人死如灯灭，怎会陪你说话，听起来傻傻的，但却甚感人。

黄朝栋接着道："不仅如此，我还幻想为叶姑娘配制还魂丹药，我不理帮中事务，沉浸在炼丹之中，派人去遍了天下沉山古林，采遍了奇花异草，炼成百种药物，也未能使叶姑娘开口说话。"

柳天赐看了看石室里面的药筐，道："这些都是你派人采集的么?"

黄朝栋点点头，说道："何止这些，几年中，我学古代的神农氏尝百草，吃进肚中的草有千种万种，多次中毒，几欲身死，见药三分毒，因尝尽天下奇毒，我头发渐渐脱落，身子也渐渐萎缩，由一个英俊潇洒的男儿，变成了一个丑陋不堪的怪物，江南第一美男子，变成江南第一丑物。

"我救不活叶姑娘，自己又变成这等丑模样，从此心灰意冷，帮中弟兄见我意志消沉，身子渐渐衰弱，都很着急担心，不知哪位兄弟想出了一个主意，要为我再娶一个妻子，或许能让我渐渐忘了叶姑娘，重振精神。"

柳天赐道："嗯，这主意不错!"

黄朝栋道："凭九龙帮的实力，可谓要什么有什么，弟兄们为了帮我物色美女，可谓盛况空前，一点也不亚于皇帝选妃，前后有近百个，人人长得如花似玉，秀美绝伦。

“可这些如云的美女，我一个也选不上，弟兄们为我选尽了江南秀色，见我仍不满意，即知我对叶姑娘用情太深，于是又想到一个主意。”

柳天赐接道：“找一个和叶姑娘一模一样的女子。”

黄朝栋颔首道：“可世间万物，皆有所别，便是花草树木、鱼虫禽兽，也难找出一模一样的来，何况是人呢？”

柳天赐点头道：“那也是。”

黄朝栋道：“可我九龙帮是水上第一大帮，世间再难的事，还没有做不到办不成的，弟兄们为了使我重振雄风，煞费苦心，一方面派人到各地明查暗访，一方面为叶姑娘画像，四处张贴，许诺重金，在中原各地公开为我选妻。

“这办法果然奏效，两个月后，果然便有人前来献美。”

柳天赐好奇道：“这人是谁？”

黄朝栋道：“这人就是鹰爪门的帮主阮星霸。”

柳天赐一惊，道：“阮星霸，也就是现在九龙帮的帮主么？”

黄朝栋道：“对，就是他，鹰爪门原是九江对面茶山一个极小的帮派，不知怎么回事，几年之间，势力大增，发展了水上势力，早有兄弟说鹰爪门与我九龙帮在长江上抢饭碗，我无心理会帮务，再说鹰爪门势力大增，但与我九龙帮相比，还是太小，我也没怎么在意，没想到他来献美。”

柳天赐怒道：“那阮星霸早就是成吉思汗派到中原的内线，和郭震东一个发展陆地势力，一个发展水上势力。”

黄朝栋道：“这些是我以后才知道的，阮星霸极为狡猾，做事隐秘得很，当时没人知道，铁木真是他的后台。

“阮星霸笑道：‘黄帮主，初闻黄夫人已逝，兄弟心中难过，看了你的榜告，正好我有一表妹欧阳雪，虽不能和夫人相比，但却极为相似，特献与黄帮主。’

“我一见那欧阳雪，当时不由怔住了，世上哪有这等奇事，这欧阳雪的脸形、眉目、身材、高矮、胖瘦，均和叶姑娘一模一样，简直是一个模子印出来的，不仅如此，那欧阳雪还绝顶聪明，吟诗作画，吹拉弹唱，无所不能，可谓色艺双绝，温柔多情，在气质上也不比叶姑娘差，简直是叶姑娘再世，我满心欢喜，当场就答应了。

“帮内各舵主见我终于找到了一个可心的妻子，都万分高兴，当夜大摆酒宴，为我和欧阳雪操办婚礼。

“在举办婚礼当晚，阮星霸便提出要求，要将他的鹰爪门归并到九龙帮，成为九龙帮的一个分舵，当时我高兴，便一口答应，万没料到，只因我贪恋美色，失去查访，便由此种下祸根。”

第三十五章　九龙帮主

说到此处，黄朝栋停了下来，那张丑脸上凝住了悔愧和悲愤的神色。

柳天赐心想：天下哪有这么巧的事，单单你阮星霸的表妹与叶姑娘长得一模一样，肯定是阮星霸煞费苦心在哪里物色来的，这其间肯定有重大的图谋，至于将鹰爪门归属九龙帮是阮星霸的老把式，去年他不是将九龙帮归属日月神教吗，不知这些为九龙帮带来多大的灾难！

黄朝栋定了定神，继续讲道："我和欧阳雪成亲后，洞房之夜，便知她已不是处女之身，心中好不懊恼，但我也不是当年的'神州一剑'黄朝栋，不但年龄上比欧阳雪大了许多，模样也变得丑陋不堪，再说欧阳雪酷像叶姑娘，能给我带来精神上的慰藉，我也不那么在乎了。

"欧阳雪天性聪明伶俐，风流善解人意，对我极尽温柔之情。从此我再也没到石窟，成天和欧阳雪在一起谈文论武，饮酒作乐，好不快活，而那阮星霸深得我的宠信，在帮中地位青云直上，没多久，便成了九龙帮七大分舵的总舵主。"

"帮中弟兄颇有微词，但也只能忍气吞声，因为我再也听不进良言苦口，只听欧阳雪一个人的话，我就像吃了迷药，中了魔一般，阮星霸在九龙帮的权势仅在我一个人之下，我见他精明强干，能言善辩，机谋百出，听欧阳雪的话，索性将帮中大大小小的事物全部交给他处理，而我自己则落个清闲自在。

“俗话说得好，‘欢悦嫌日短，愁苦恨夜长’，我与欧阳雪沉湎酒色之中，不知不觉便过了三个月，这三个月的时间，阮星霸暗中培养自己的势力，将六个忠于我的舵主全都害死，换了他的人，就这样九龙帮完全被阮星霸给控制了，而这一切我一点也不知道，还蒙在鼓里，直到有一天我才……”

柳天赐见黄朝栋顿下了话头，急道：“又发生了什么事？”

黄朝栋道：“欧阳雪有了身孕了。”

柳天赐不解道：“欧阳雪是你的妻子，有了身孕这有什么不妥吗？”

黄朝栋道：“当然不妥，由于我年轻时太过纵欲，伤了肾经，留下隐疾，不能生育，故我和碧柔师妹、叶姑娘成婚多年，却未有一子半女的，这我心里明了，我决不会使欧阳雪怀孕的。

“我当时大怒，便追问孩子的来历，开始欧阳雪一口咬定生下来的男孩是我的，我说出自己丧失了生育能力实情，她才说出让我震惊的真相。”

柳天赐心提了起来，问道：“是谁的孩子？”

黄朝栋苦笑道：“欧阳雪见无法隐瞒就说出她根本不是阮星霸的表妹，而是阮星霸的妻子！”

柳天赐道：“这阮星霸为了达到自己的目的，却将自己的老婆拱手给你，这可真是心黑到家。”

黄朝栋道：“我知道事情真相，这才知道上当了，连夜将阮星霸召来，阮星霸一点也不惊慌，嘿嘿冷笑道：‘我已是大汗手下的人，为了得到九龙帮，我们已准备了好几年，那叶青莲的事，就是我买通了你的贴身丫头，每天在她饮食里下一点毒，这种毒使中毒的人根本没中毒的迹象，现在就轮到你了。’

“我如五雷轰顶，心肺欲炸，怒吼一声，挺剑向阮星霸刺去。

“阮星霸有恃无恐，也挺鞭相迎，阮星霸武功居然不在我之下，我与他翻翻滚滚拆了五十余招，竟打了一个平手。

“我怒气攻心，展开平生绝学与阮星霸生死相斗，又过了十几招，我一剑指到他的胸口，阮星霸脸如死灰，正准备一剑剖开他的胸膛。

“突然间，我觉得背心的‘灵台穴’一麻，已被人抓住，要穴被制，我全身难动，身后的欧阳雪冷笑道：‘黄朝栋，我已受够了你，今天是你的死日，也是我的自由之日。’”

柳天赐不由感到骇然，这才是真正的人心险恶，一个温柔多情的妻子，竟然一点都不爱他，装了几个月，真是不可思议。

黄朝栋道：“若在平日里，便是十个八个高手围攻我，也休想占我便宜，那夜，我被自己气昏死了，全部精神放在阮星霸身上，没在意自己身后有一个毒如蛇蝎一般的女人，故着了道。

“欧阳雪正欲置我于死地，挥掌向我头顶拍落之时，突然她发出一声惨叫，我闭目待死，听到惨叫声，睁开眼睛一看，见欧阳雪倒在血泊里，已经气绝。

“阮星霸见自己心爱的女人突然袭击后被人用飞刀射死，也感骇然，从窗外飘进一个驼背的老妇人。”

柳天赐脱口道：“神偷怪!”

黄朝栋道：“老妇人好俊的轻功，看似不疾不徐从窗户走进来，可用的却是极为上乘的内功，我正在惊疑，老妇人抬起头，冲我盈盈一笑，娇声道：‘黄师哥，你好么?’

“这声音太熟悉了，我当即一怔，迟疑地问道：‘你是……碧柔师妹么?’老妇人咯咯一笑，道：‘真是岁月不饶人，黄师哥，我俩都已风烛残年，亏你还记得我。’

“我揉揉眼睛，心中不由一酸，想当年江湖第一美女齐碧柔，如今却这模样，说道：‘碧柔师妹，你不是坠岩了吗? 怎么……’

“老妇人愤愤道：‘当年我被能洪等人逼得在天山跳崖并没有死，被悬崖底一株古树挂住，侥幸得了活命，从此我便在天山杜麓结草为庐，独自隐居起来，二十余年来，我以飞禽为伴，野兽比邻，饮冰雪，食果根，尝尽了寂寞凄清之苦……’说着已是珠泪盈然。

“阮星霸见突然闯进一个老妇人将他心上人杀死，并与我认识，大骇之下，乘碧柔师妹与我说话当儿，一鞭向碧柔师妹扫去，我大叫：‘师妹小心！’

“碧柔师妹冷笑一声，陡地飞身而起，身起快如鬼魅，阮星霸钢鞭落地，眨眼间已被碧柔师妹点了穴道，我欣喜道：‘师妹，你武功已大进了。’

“碧柔师妹悠悠叹了口气道：‘二十年来，我忍辱负重，受尽人间百苦，在天山苦练武功，终于有所小成，这次出山，要找能洪和渔通等人一决雌雄，将那些围歼我的人赶尽杀绝，方消我心中这口恶气。’

“我心中一抖，禁不住打了一个寒颤，碧柔师妹心中的仇恨并没因岁月的流逝而消磨，越想越怕，沉重地道：‘碧柔，这些年你确吃了不少苦，然而都是因我而起，你要报仇雪耻，就杀我一人好了。’

“碧柔看了看我道：‘师兄，当年你不念结发之情，被小贱人臭婊子美貌所惑，我一怒之下，与你割发断义，离你而去。那时，我确是恨透了你，为了报复你，我为乱江湖，为的是叫天下武林与你作对，在太庙山孤女峰能洪和渔通带人围攻我，你不但不关心我的生死，反而回护他人，更使我伤心至极，恨你到骨头里。二十年来，我在天山发奋练功，立誓，回到中原，第一个要杀的就是你！’

“我心冷如冰，长叹一声道：‘碧柔，我黄朝栋有负于你，才得天的报应，使我落得如此下场，如今，我已变成如此模样，生不如死，死在他人之手，我心不甘，死在你手中，我则无怨，你动手吧！’说完，我将眼一闭，引颈待死。

“可并没动静，却听到碧柔师妹的啜泣声，说道：‘师兄，就算你再负我，但毕竟我俩自幼青梅竹马，又同床共枕十余年的夫妻，此刻你要我杀你，我怎么下得了手？在天山我孤独一人，时常挂念你，很

想来看看你，但每次都恨不得一刀杀了你，但我知道这一切都是因为我爱你。’

“我心中一动，不相信地问道：‘碧柔，你……真的不恨我么？’

“碧柔点了点头道：‘我恨的只是叶青莲那小婊子，是她使你鬼迷心窍，将你从我心中夺走，所以，当我得知她已经死了，便日夜兼程，马不停蹄地赶来找你。’

“我禁不住潸然泪下，说道：‘碧柔，你真的不离开我了吗？’

“碧柔缓步走上前来，拉住我的手，柔声道：‘师哥，只要你从此以后一心一意待我，莫再为美色所惑，去寻花问柳，小妹也就洗心革面终生服侍夫君之侧，绝不离开你一步，从此后，你我夫妻共掌九龙帮，干一番大事业，以慰父辈在天之灵。’

“我当时激动万分，真想将碧柔抱在怀中痛哭一场，但想到眼下的处境，心头不禁一沉，苦笑道：‘碧柔，一切都过去了，九龙帮已不复存在了。’

“碧柔大惊，急道：‘九龙帮怎么样了？’我将事情的前因后果简略地跟她说了，碧柔双眼喷火，转头回望阮星霸切齿道：‘狗男女，我杀了你！’

“就在这时，突然嗖嗖嗖！从窗外飞扑六个人来，这六个人都是阮星霸的亲信，也是现在九龙帮的分舵舵主，七个人将我和碧柔团团围住。

“碧柔师妹毫无惧色，经过二十年的潜心苦练，她的武功的确已是今非昔比，身形疾晃，银鞭横扫，七大高手围攻他一人，还没落下风，突然阮星霸从地上捡起一柄单刀，猛地将我双腿斩落，我大叫一声，倒在血泊中。

“原来，我和碧柔说话近一个时辰，阮星霸已将穴道冲开，而我完全没有防备，碧柔听到我的叫声，回头一看，见我双腿被斩，心疼得泪如泉涌，心神大乱，像一头发了疯的狮子，银鞭倒卷，门户大开，直向阮星霸砸去，立即跃出两人为阮星霸奋力格挡，将碧柔师妹的软鞭缠住，同时又有两大高手分左右向碧柔师妹刺去。

“我忍住巨痛，纵身一跃，为碧柔挡住了一剑一刀，大叫道：‘师妹，快逃！’跟着就扑通一声掉在地上，昏死过去，碧柔师妹以为我死了，就绝望的悲啸一声，冲天而起，从窗户逃走。

“后来，老天竟还让我这废人苟活在这人世，阮星霸将我关在这石窟中，又用神仙索穿透了我的琵琶骨，锁在这里。”

柳天赐听得心惊不已，愤愤道：“那阮星霸好狠毒！”又奇道：“那阮星霸怎么不杀了你呢？”

黄朝栋道：“是为了那本《灵蛇秘笈》！”

柳天赐一怔道：“就是和九龙珠有关的？”

黄朝栋道：“你怎么知道？”

柳天赐道：“是齐老前辈告诉我的。”于是就将在蒙古大营邂逅神偷怪的事讲了一遍，黄朝栋听了大喜，突然在床上向柳天赐叩了几个头。

“柳少侠，这九龙珠现在可在你手上？”

柳天赐道：“对，是齐前辈给我的，当时我还一直担心齐前辈对我有歹心。”

黄朝栋道：“碧柔师妹本质不坏，轻易不会对人有歹心的，这说明她用心深远。唉，苍天有眼，那阮星霸将九龙珠献给了成吉思汗，大概是由于他看到九龙珠并不是什么武功秘笈，九龙珠如没被用上就只不过是一颗奇宝而已，现在终于回来了。”

黄朝栋顿了一顿，突然一沉道：“柳少侠，老朽现在有一事向你相求，你答应不答应。”

柳天赐毫不迟疑道：“黄前辈对我倾心而谈，我已是感激，人敬我一尺，我敬人一丈，有什么事，只要我柳天赐能办得到的，决不会皱一下眉头。”

“好！”黄朝栋神情一振，说道：“柳少侠，你过来！”

柳天赐凑过身去，黄朝栋脸色凝重，侧耳听了听，判断出石窟外确无别人窥听，才松口气，用极低的声音说道：“九龙帮九龙宫的后花园内，有一口枯井，井底有一甬道，直通后山的灵蛇洞，洞内的石壁上有历代帮主和龙尊美姬留下的武功宝典，你答应我一定要习得万龙九式，然后振兴九龙帮。

“那灵蛇洞极为秘密，除了帮主之外，无人知道，你进洞去，一定千万小心，莫被他人发现。”

柳天赐道：“难得黄前辈如此信任我，我一定不会辜负你的期望。”

黄朝栋将入洞之法，详细讲了一遍，柳天赐用心记住。

黄朝栋松了一口气说道：“为了守住这个秘密，阮星霸使用各种酷刑，我都一直守口如瓶没说出来。”

柳天赐心知这淡淡的一句话，实则包含了无穷的痛苦，问道：“你呢……”

黄朝栋摇摇头道：“我的双眼是我自己剜的！”

柳天赐简直不相信自己的耳朵，道：“你怎会这样？”

黄朝栋苦涩一笑道：“阮星霸处心积虑，夺得九龙帮帮主之后，又将我用神仙索困在这石窟中，每日给我送一次吃食和饮水，叫我不死罢了，就是为了从我口中得到那灵蛇洞的入口。

“我心如死水，面对他的酷刑，幸而有叶姑娘的灵柩伴着我，阮星霸见我不说出，就又心生一条毒计。”

讲到这里，黄朝栋突然停住，一张丑脸痛苦得变了形，两只眼睛似两座幽深的洞穴，浑浊的泪水从洞中淌了下来。

柳天赐道：“阮星霸使了什么毒计？”

黄朝栋脸色难看至极，犹豫了好一会儿，才道：“世间最珍贵的莫过于男女之间的情义，然而最令人不忍目睹的悲惨的事亦因男女之情发生，世间最雄奇壮美的是男人，最没出息最下流肮脏的也是男人，最无耻的是男人!”

对黄朝栋的感慨，柳天赐若有所悟，又似懂非懂，他凝视黄朝栋，平生第一次思索别人话中的含义。

黄朝栋继续说道：“阮星霸知道我深爱叶姑娘，见威逼利诱、严刑拷打对我毫无作用，就在叶姑娘身上下主意，将九龙帮的弟兄召到石室，侮辱她……”说到此，他面如死灰，声音哽咽，全身颤抖，似乎再也难以忍受痛苦的煎熬。

柳天赐肺都气炸了，咬牙喝道：“阮星霸，你简直不是人!”

黄朝栋道：“叶姑娘是我一生最钦慕深爱的女人，为了我，死后还要受此奇耻大辱，我心中简直比刀绞还痛，可我又无能为力，又不忍看到那些禽兽不如的人在她身上大发兽行，一怒之下，便伸手挖掉了我的眼珠子……”

柳天赐听得血脉贲张，黄朝栋一下子说完了这些，人反倒轻松了许多，靠在石壁上，悠悠说道：“九龙帮历经几百年，历代祖师为了九龙帮抛洒热血，在所不惜，只有我因贪花恋色，使九龙帮落于贼手，毁于一旦，我这是报应，报应啊!”

柳天赐道：“阮星霸为何将吴浩大哥也关在这里?”

黄朝栋道：“吴堂主是近一个月才被关到这里的，大概是阮楚才事情败露后，怕你找来。”

柳天赐问道：“阮楚才就是阮星霸和欧阳雪的儿子?”

黄朝栋点点头，道：“成吉思汗为了控制阮星霸，将他的原配夫人和大儿子扣在蒙古大营，这欧阳雪是阮星霸从妓院里找到的，阮楚才生下后，为了掩人耳目，被送到外地养大的，从小没受到父母的关爱。”

柳天赐若有所思，心想：怪不得阮楚才突然良知激发，没有害向子薇，他的身世原来也颇为不幸。

黄朝栋道：“吴堂主才真正是一条汉子，自送进石窟，每日大骂不止，才被阮楚才折磨成这样子，武功全废。”

柳天赐心里一阵酸痛，忽然想起一事，吞吞吐吐地对黄朝栋说道：“黄前辈，我有一件事……对……你不……住！”

黄朝栋一怔，道：“什么事？”

柳天赐道：“刚才我无意到这里，见到了叶姑娘的水晶棺，一时好奇，就把它打烂了……”

黄朝栋一惊，突然探手抓住柳天赐的衣襟，低声道：“你说的是真的？”

柳天赐见他丑脸肌肉扭曲，心中害怕，说道：“是真的，不过，当时我并不知棺中的美人是叶前辈，也不知她死了，还以为是阮星霸从哪里抓来的，否则，我怎会……”

黄朝栋想了想，手一松，叹了口气道：“柳少侠，你应将叶姑娘的玉体连同水晶棺一同毁掉才是。”

听黄朝栋的口气，似乎并未责怪自己，柳天赐心才稍安，却又不解问道：“黄前辈，这是为何？”

黄朝栋道：“我费尽心机，欲保住叶姑娘的玉体，使她仙容永驻，与我今生长相伴，没想到到头来，却因我使她的尸体遭人凌辱，倒不如当年她初逝时，我忍痛把她埋葬了。柳少侠你打烂了水晶棺，我不但不怪你，反而从内心里感激你。”

柳天赐这才放心，说道：“黄前辈，待一会儿我回去时，再将叶前辈的玉体葬了。”

黄朝栋道：“那倒也没必要，水晶棺一破，叶姑娘的玉体离开药水浸泡，不消几日，便化为泥水了。现在，我告诉你如何出去。”说着他神色凄然，歇了歇才将出洞的路径与柳天赐说了一遍。

柳天赐道：“我们一起出去吧。”

黄朝栋凄然一笑道：“我生不如死，苟活到现在，就对我是一种折磨，柳少侠，你不要管我……”

柳天赐正要说话，黄朝栋突然一愣，说道："有人来了。"

柳天赐一听，果然有几个杂乱的脚步声向里面走来，黄朝栋急道："快走！"

柳天赐道："我们一起走。"

黄朝栋突然探手抓住身后的那根神仙索，往石床的栏杆上挽了挽，而又深吸了一口气，双手往石床上一撑，猛地飞身跃起，"咯"的一声，黄朝栋已挣脱神仙索的羁绊，在空中翻了个空心跟斗，飘然落在石床下。

柳天赐见黄朝栋肩头的琵琶骨已被神仙索勒断，顿时鲜血浸透衣襟，痛得他额头冒出一层冷汗。

挣脱了神仙索的黄朝栋，突然间，双臂外张，两掌内拔，闪电般往回一拍，"砰"的一声响，黄朝栋一张口，呼地喷出一支血箭，刹时间，血箭四溅，化成漫天红雨，将石壁染红了一大片，石窟里，血腥扑鼻，令人闻了禁不住欲呕。

柳天赐看到这一切，惊得张大嘴巴，说道："黄前辈，你……这是要作……什么？"

黄朝栋仍张口喷血不止，直到几乎将体内鲜血喷尽，方才止住，只见他精神萎顿，一张丑脸苍白如纸，呼呼喘了几口气，强装笑容地说道："待会儿我就会追随我的叶姑娘而去，柳少侠，你一定要记住我的话。"

柳天赐神情悲痛，过了一会儿，黄朝栋镇定地说道："我黄朝栋一生做了不少错事，可谓罪孽深重，死亦不足补偿，我本该早就自尽，以谢九龙帮列祖列宗，今日让我遇到柳少侠，只要柳少侠练得灵蛇神功，除尽恶贼，我就可放心离开尘世了。"

柳天赐神色黯然，心头一酸，险些落下泪来，说道："黄前辈，你放心，我柳天赐一定能做到的。"

黄朝栋欣慰一笑，突然尽力纵跃而起，飞身另外一个洞口，并大声叫道：“恶贼，你往哪里逃！”

柳天赐一愣，随即马上明白，黄前辈这是为了引开阮星霸等人。

果然听到有人叫道：“帮主，在那边！”一阵急骤的脚步声向另一边追去。

柳天赐好不凄然，扭头向外走去，按黄朝栋所教，不费力就出了石窟。

出了石窟，柳天赐这才知道自己在洞中呆了一夜，外面花香袭人，鸟儿欢畅，已是正午。

见柳天赐突然回来，白素娟、绿鹗和聂宋琴非常高兴，原来，今天一早，绿鹗叫柳天赐，见无人应声，推门进去，见房内空无一人，白素娟见被子已冷，才知道柳天赐昨夜一夜未归，三人心里很是着急，不知柳天赐上哪儿去了。绿鹗心直口快，说道：“黑虎哥，你到哪儿去了，把人家给急死了。”

白素娟一笑道：“把人家急死了，还不是你！”

绿鹗脸一红，啐道：“你们不着急啊？”

柳天赐微微一笑，道：“没事！”语意索然。

白素娟道：“天赐，你昨晚一夜未睡，你看到了什么？”

柳天赐心想：我要不要将石窟的事告诉她们，唉，暂时还是不告诉她们的好。淡淡一笑，说道：“昨晚我到九龙寨到处走走，没发现什么！”

聂宋琴道：“郭震东已到了九龙寨，我们一定要找到他。”

白素娟道：“不急，天赐，你也累了，先去吃饭吧，然后再好好睡一觉。”

吃罢饭，柳天赐和衣躺在床上，醒来时，天已黑了，悄悄爬起身来，溜出屋子，听了听，屋外没什么动静，便蹑手蹑脚悄悄溜出去，直奔后园。

没走几步，忽然一只玉手拉住了他，柳天赐大骇，准备反手一掌，只听一人附在自己耳边娇声道："天赐，是我！"

柳天赐回头一看，见是白素娟，白素娟已换了女儿装，一身白色素衣，在淡淡的月光下，更显得妩媚动人，柳天赐奇道："素娟，你怎么没睡？"

白素娟狡黠一笑，道："睡不着，你要到哪里去，我跟你一起去。"

柳天赐道："原来你知道？"

白素娟微微一笑，道："你以为我白素娟这么好唬弄的呀，走吧！"说着握住柳天赐的手。

柳天赐心神一荡，只觉得白素娟的玉手柔软如绵，一点头道："走吧！"

两人踏着溶溶的月色，穿过几层院子，便到了九龙宫的后园。

柳天赐内功太高，带着白素娟如夜中的两只飞鸟，落地无声无息，虽说九龙帮防守严密，但没被人发现。

九龙宫的后园不大，仅有两三亩方圆，却也小巧玲珑，典雅别致，园内布局精巧，四周有游廊，中间是一座假山，山上置一凉亭，假山周围是花圃，圃内栽落各种奇花，花墙两侧，苍松翠柏撑起遮天绿伞，鲜花修竹围起一圈翠裙，松柏掩映之中，还有一座造型奇巧的戏楼。

这九龙宫的后园原是历代帮主居住之地，当年，黄朝栋和齐碧柔、叶青莲乃至欧阳雪都曾在宫中居住，自欧阳雪事败露后，阮星霸作了九龙帮的帮主，就搬到竹园禁地，守住关押黄朝栋的石窟，因此，这偌大的后园便成了一座废宫，这些年来，疏于管理，已渐显荒芜了。

后园虽无人防卫把守，却和竹园一起是九龙帮的幽宫禁地，平日里决无人敢私入此地，此时已是半夜，万簌俱寂，偶尔听到几声虫鸣，沉寂中多了几分凄楚，白素娟小声说道："天赐，你到这里来做什么？"

柳天赐就将石室中的事简略的与白素娟说了一遍，白素娟听了，惊得骇然不已，她被江湖人称为"万事通"，江湖上各门各派的秘事无所不知，可就这一件事她却一无所知，大为兴奋，说道："你可全记住了么?"

柳天赐道："当然!"按黄朝栋所说的方向走，两人牵手来到后园东北角一株古樟树下，黄朝栋曾说，樟树下有一枯井，井上有石台和辘轳，灵蛇洞的洞口便在这枯井的井底处，可柳天赐在左近寻觅了两圈儿，未见有何异样之处，心中渐渐着急起来。

白素娟道："你会不会记错了?"

柳天赐道："不会，我清楚记得黄前辈是这么说的。"

白素娟思索了一下，忽然说道："天赐，你找一根长长的棍子来。"

柳天赐知道白素娟心机多，没多问，便到园中找到一根铁钎。

白素娟道："这后园多年没人住，那枯井定是被封死了，你用铁钎插插看。"

柳天赐心中一动，拿着铁钎在樟树周围钎来钎去，地下的土乃多年的落叶腐后化泥，甚是松软，铁钎插上去毫不费力。

插了一会儿，忽然碰到极坚硬之物，便再插不下去，柳天赐心中一喜，说道："就在这里。"扔掉铁钎，伏身拔去荒草，挖将起来，白素娟也跟着刨土，不到半顿饭工夫，两人便扒出一个二尺深的坑来，除去浮土，仔细摸摸下面便是一块平滑冰凉的石板。

白素娟在石板上敲了敲，咚咚有声，说道："下面是空的。"

柳天赐毫不费力将石板掀开，石板下显露一个圆形的井口来，一股浓烈的腐臭气味自井中扑来，熏得两人几欲作呕。

两人坐在井边等了一会儿，井内空气流通，腐味儿渐散，柳天赐才趴在井口往下看了看，井内黑洞洞的深不见底，月光投射到井中，只见隐隐有一亮点儿，伸手摸了摸，井臂溜滑，无可攀抓之处，一股刺骨的寒气从井底吹来，柳天赐禁不住打了个冷战，说道："找是找到了，可怎么下去?"

白素娟道："最简单的法子就是你抱着我跳下去。"

柳天赐脸一红，忙道：“那怎么行？”

白素娟嗔道：“有什么不行？在大同你就赢了我，我是你的人，有何不可？”

柳天赐道：“你不怕？！”

白素娟道：“和你在一起，有什么怕的！快，别婆婆妈妈的。”

柳天赐将白素娟抱起，纵身跳了下去，入井后，两人身子悬空，急速下坠，“砰”的一声，水花四溅，两人落在井底。

枯井虽深，井中之水仅有一丈，井底俱是烂泥腐叶，厚约数尺，柳天赐脚陷进烂泥里，用手将白素娟高高举在头顶上。

柳天赐上身在水中，但他吞了化水神丹，水在他周围形成了一个隔层，丝毫不感到气闷，并呼吸自如，能开口说话，他腾出左手，到井壁上乱摸，想找到灵蛇洞暗门的机关。

不料，将井壁摸了个遍，什么也没摸到，奇道：“黄前辈明明讲机关在井底石壁，怎么摸它不到？”

白素娟在上面扑哧一笑，道：“这井内积下这么深的淤泥，泥下才是原来的洞底，你在上面摸来摸去，自然摸它不到。”

柳天赐用泥手一拍脑袋，说道：“对呀！”可又道：“我弯下身去，你咋办？”

白素娟道：“你就放下我，一时半刻我还能挺得住，再说，我们非得通过这井底！”

柳天赐放下白素娟，再将双手插进泥中摸了一会儿，果然摸到一个鸡蛋大小的钮，抓住石钮，先往右转三转，再往左转五围，往外一拉，暗门应声而开，伸手探了探，泥中石壁上果然有一个圆形的洞口。

洞口不大，仅容一人钻过，柳天赐牵着白素娟的手钻进洞口，一出井壁，稀泥便自行将洞口封死，井水便渗不过来，两人从头到脚糊满了厚厚的泥浆，臭味儿钻入鼻孔，那滋味不大好受，但此时两人顾不了那么多，便爬起身来，想看看四周的情景，怎奈洞中漆黑如墨，什么都看不到，伸手往两侧摸了摸，所触之处都是凉冰滑硬的石壁，中间是一条窄窄的夹道，柳天赐道：“这定是通往灵蛇洞的暗道。”

两人挨着朝前摸去，暗道极长，弯弯曲曲，时上时下，高低错落，盘旋回转，便像一座大山肚里的肠子，中间且有不少暗门机关，陷阱暗箭。

若不知其中的法门，必死无疑，好在黄朝栋与柳天赐讲得极为详尽，柳天赐行在前面小心翼翼把夹道中的暗门机关除去，两人才安然无恙地通行，但也着实费了不少的力气。

两人深一脚，浅一脚，连过重关，走了约一个多时辰，才到灵蛇洞，按黄朝栋的交待，柳天赐先在洞口右下角的一块大石之上，摸着了火刀火石和一根蜡烛，打火点燃蜡烛，眼前一亮，两人精神大振，白素娟欢呼一声。

烛光下，只见夹道尽头迎面矗立着一座石门，那石门宽约五尺，高约两丈，重逾万斤，石门是用一整块大石雕磨而成，光滑晶莹，石门上刻有四个凸起的篆体大字：灵蛇神洞。石门的四边，都深深嵌入石槽之内，且天衣无缝，若不识开启之法，任你绝顶武功，也无法将门打开。

柳天赐在石门左上角的石壁上找到一把尖尖的石笋，用力一搬，那石笋便脱落下来，石壁上便隐现出一个碗口大的暗孔，将手伸进暗孔中一摸，摸到一枚铜环，用力一拉，只听到轰隆隆一阵巨响，那重逾万钧的石门轧轧上升，最后停在洞顶。

两人相视一眼，举着烛火，小心翼翼地走进洞内。

灵蛇洞并非天然石洞，而是由人工精心修造的一座洞府，洞内极宽敞，有十几间房子大小，洞顶高约两丈。

进门中有一条细小夹道，穿过夹道，迎面便是一座圆形大厅，石厅中心，有一稍大的圆形水池，池中端卧着一条雕刻得神情毕现的龙，四周还设有八个小水池，池中的水分青、红、紫、绿、蓝、白、黑、黄等八色，每座水池边上都立有一根石柱，柱上各挂一盏不同颜色的碧纱灯笼。

柳天赐先用烛光依次将灯笼点燃，霎时间洞内亮如白昼，五彩灯光映着八色池水，波光闪闪，交映成辉，煞是好看，人在其间，仿佛进了一个神奇迷离的神仙洞府。

柳天赐和白素娟两人静静地站着，被眼前瑰丽的景色惊呆了，心儿扑通扑通直跳。

两人安静地看着眼前的一切，突然同时哈哈大笑，笑弯了腰，白素娟笑得眼泪都出来了，两人笑作一团，原来两人眼中的对方，头、脸、脚、手身上都糊满了臭泥。

两人笑累了，彼此捶打着对方，幸福快乐极了，似乎都累了，仰坐在石厅的地面上，石厅的四周石壁光洁润滑，上面挂满了各种各样的兵器，还分布着十几间暗室，石室中有石床、石椅、石灶、石碗等用具，还备有许多米面、腊肉等食物。

柳天赐笑道："准备得这么齐备，我俩在这里住上一年半载也没问题!"

白素娟心中欢喜至极，说道："走，我们到里面看看。"

离开大厅，走进中间的那座石室，石室里并排着八只石棺，每只棺前都供有石雕灵牌，除此以外，别无他物。

听黄朝栋说这石棺中都是九龙帮的历代先祖，当年痴癫祖师留下九龙珠，九龙帮的先祖们只道九龙珠上的神功只需破解一招半式，便可威震江湖，天下无敌，于是其中有八位先祖沉浸在神功中，从此终老石室，他们为自己造了石棺，在石室里备用。

后来，黄朝栋因有叶姑娘陪伴身侧，就忽视了神功的练习，到后来又被欧阳雪所迷，欧阳雪要黄朝栋用九龙珠给她做一个凤冠，黄朝栋居然鬼使神差地听了欧阳雪的话，将九龙珠取出，缀在欧阳雪的凤冠上，阮星霸将九龙珠献给了成吉思汗。

幸好黄朝栋没告诉她灵蛇神洞的所在，才保了自己的性命。

柳天赐摸了摸石棺，想将棺盖掀开，岂料那棺盖不但厚重无比，且嵌在棺身上的石槽之内，封闭甚严，石棺造得极为精巧，打磨得平滑如镜，无处下手，纵有千斤神力，也妄想将棺盖打开。

柳天赐端了一下那灵牌，突然轰隆一声巨响，灵牌后面的石棺棺盖掀起，竟自开了，两人吓了一跳，白素娟道："原来灵牌是开启棺材的机关。"

柳天赐端着烛火，凑到棺前，探头看了看，白素娟突然掩面尖叫一声，原来石棺中，盘膝坐着一人，那人身穿大花袍，身形枯瘦如柴，白须白发，焦黄的一张瘦脸扭曲得变了形，嘴儿张得老大，露着森森白牙，两只深陷进去的眼睛，似两个深不见底的黑洞，那模样似人非人，似鬼非鬼，神情极为恐怖。

白素娟惊恐道："鬼，鬼……"

柳天赐揽过她，拍了拍她的后背道："不是鬼，而是死人，别怕！"

原来，九龙帮的帮主都是深负绝顶武功之人，谁不贪恋神功，于是他们中有八位在入洞练功之前，先选出接任帮主执掌九龙帮，然后入洞练功，这灵神神功何等深奥，他们穷尽一生，直到老死在石棺中。

柳天赐移动灵牌，猛然间，灵蛇洞中一声巨响，震得两人心神狂跳，刚进洞的大石门居然掉了下来，深深地嵌入地下的石槽之内，连个缝隙也无。

这石门高约两丈，厚有二尺，且又是一整块巨石凿成，不知有几万斤重，任你是金刚降世，也休想将它打开。

原来，柳天赐想关掉石棺，可那机关和石门的机关连在一起，两人见回路已断，心中叫苦不迭。

两人再拍动灵牌，除了能打开石棺盖，可那石门却纹丝不动，找不到开启石门的机关，两人都泄了气。

白素娟突然红着脸道："天赐，你不是说要和我在这里住上一年半载的么？现在你不高兴了，不快活么？”

柳天赐历险无数，本没有什么，经白素娟一说，才知道自己其实是为素娟难过，说道：“我倒没什么，你一个如花似玉的女孩，和我终老在这石室中，有些对你不住。”

白素娟笑道：“傻子，我白素娟能和你共处一室，就算是阴曹地府，我也愿意。”

柳天赐心头一热，道：“嗯，你说得不错，只要我们在一起能快活几日，便即刻死也值得。”说着探下身，在她脸上吻了一吻。

白素娟俏脸微红，挣脱柳天赐的怀抱，说道：“天赐，我去为你做饭吃。”

石室中储有不少食物，且干柴炊具一应俱全，两个人大喜，素娟忙着引火做饭。

吃完饭，白素娟又用石盆打来水，两人将头发和脸清洗干净，白素娟又为柳天赐脱下外衣，洗了，借着灯火，两人说了一些儿时的往事，幸福无限，仿佛忘了关在这不能出去的石室中，而是在天堂一般。

白素娟忽然说道：“天赐，黄前辈说龙尊和美姬将九龙神功的练功心法都刻在石壁上，我们去找找看。”

柳天赐道：“我们就是为找这个才进来的，现在我俩又出不去，练那神功，就算天下无敌，又有什么用呢？”

白素娟道：“反正我俩现在也闲着无事，你练功，我做吃的，不是挺好的么？”

柳天赐心想也对，两人在中间的石室墙上找到刻满字的石壁，这些字都是用手指刻划在石壁上的，字力遒劲，一笔一划如刀刻斧凿，铁划银钩，且语意艰涩难懂，白素娟凝神读了几句，禁不住心头一沉，秀眉紧锁。

柳天赐觉白素娟神色有异，问道：“素娟，这上面说些什么？”

白素娟叹了口气说道：“龙尊写的这段话是说练九龙神功，必须先受尽世间所有痛苦，九死一生，才能悟出。”

柳天赐听后，突然哈哈大笑道：“那龙尊自小和他母亲过，对九龙帮主憎恨，还亲手杀了他父亲，像他这样的人，就用这些狗屁不通的话来吓唬九龙帮的那些帮主，不让他们练神功。素娟，上面还写了什么?”

白素娟看了一会儿道：“他还说欲练神功，全靠自己的悟性和机遇，没有什么捷径和方法。”

柳天赐想了想道：“他龙尊是人，我柳天赐也是人，他能悟得出来，我为何悟不出来？还写什么来着?”

白素娟念道：“九龙神功，无师自通，各人所悟，自有不同。”

柳天赐道：“这是什么意思?”

白素娟道：“龙尊自己也承认九龙神功，但必须是自己悟出，并且各人的悟性不同，所悟出的东西也不同。”

柳天赐道：“嗯，这还差不多，那龙尊和美姬的武功相当，都是倾盖武林，一个是龙尊剑法，以佛魔为剑气，而美姬剑法，则以情为剑气，两人的武功都是来自九龙珠，可又各不相同，且互为补充，相得益彰，真是奇特，还写有什么?”

白素娟道：“没了，下面就是龙尊两字!”

柳天赐失望道：“黄前辈将这灵蛇神洞告诉我，并说石壁上的字可助我练成神功，原来什么也没有!”

白素娟也感失望，突然叫道：“嗯，这边还有几行小字。”

柳天赐转过头去，在另一面的石壁上刻有几行娟秀的字迹，柳天赐道：“上面怎么说的，看是不是什么练功的法门，那美姬和龙尊一向争强好斗，说不定龙尊不告诉我们，而美姬告诉。”

白素娟看了看，道：“这是一段偈语，我念给你听。”轻轻咳嗽了一下，便朗声念道：

“九龙神功，学成出洞，百人所悟，曲路归宗。美姬留。”

念完了，白素娟会心一笑道：“这美姬的确争强好胜，偏和龙尊唱反调，不过，我觉得也蛮有道理，天下武功，达到一定的境界，最后都是万路归宗，所谓万变不离其宗。”

柳天赐小声念道：“九龙神功，学成出洞，九龙神功，学成出洞。”

突然像想到了什么，大叫道：“素娟，这话的意思是不是说，若练成九龙神功，便能打破洞门，走出这灵蛇神洞呢?”

白素娟一拍脑袋，笑道：“对呀，美姬是这么说的!”

两人似乎看到了希望，人在绝望中，哪怕一句不经意的话，也能唤起人心中对美好未来的希望。

两人都很高兴。

第三十六章　九龙神功

柳天赐从怀里掏出九龙珠细看起来，可上面非隶非篆，非行非草，曲曲弯弯，勾勾点点，密密麻麻的小字，一个也不认得，只好递给白素娟认。

白素娟认真细看，竟也不认得，说道："这上面的字古怪得紧，我也不认识。"

柳天赐笑道："怕什么，反正有吃有睡，慢慢来，我们就照着图儿练就是了。"

九龙珠上的九条龙有的作引颈向天状，有的缩头，有的探爪，有的摇尾，有的腾云驾雾……各种各样的姿势稀奇百怪，令人匪夷所思。

白素娟看着一条龙形图凝神沉思片刻，忽觉全身内气上涌，四处乱窜，顿时有些头晕目眩，吓得赶紧闭上眼睛，说道："不行，不行，这九龙神功邪得很，练不得……"

柳天赐吓了一跳，问道："怎么啦？"

白素娟闭目呆了一会儿，才觉气归经脉，神思方定，睁开眼，对柳天赐道："这九龙神功似有些魔法，我只默想了一下，便即气血乱冲，险些走火，看来，不弄通这些文字的意思，是如何也不能练的。"

柳天赐说道："凭你冰雪聪明也看不懂字里的意思，那龙尊和美姬难道看得懂，他们不也是悟出神功来的？来，让我试试。"

白素娟摇摇头道："不行，万一你走了火可怎么办？"

柳天赐豪气一生道："大不了是个死，有什么了不起！"

白素娟瞪了他一眼，道："人家是为了你好，你却动不动便死呀死的，岂不叫我伤心。"

柳天赐道："反正咱俩出不了这洞，早晚也是死，怕什么！"

白素娟眼睛一红，叹口气幽幽说道："你练过内功，应知那走火入魔的滋味，比死还难受百倍千倍，咱俩虽终究难免一死，但绝不让你受那万劫不复之苦。天赐，你听姐姐一句话，在这里能活一日，姐姐便要你快活一日，千万莫练这九龙怪功！"说着，心头一酸，珠泪夺眶而出。

柳天赐心中大受感动，忙伸手为白素娟揩去脸上的泪水，说道："好，我听你的不练了！"说完伸了个懒腰，打了两个呵欠，说道："素娟，我有些困了。"

白素娟道："好，我们睡一会儿。"

两人都有些无情无绪，便倒在那石床上，睡了起来。

柳天赐自小生在妓院，环境使他放荡不羁，无忧无虑，后来踏足江湖，见得多了生离死别，人情冷暖，就慢慢变得成熟起来，但人的本质不会改变，他是个性情中人，从未有过什么心事，然而此时不知怎地，躺在石床上，却翻来覆去怎么也睡不着，乱七八糟的往事纷沓而来，如潮涌心头，想到红儿、师父、黄朝栋、素娟、绿鹦……

转头看了看身边的白素娟，见她已酣然入梦，腮边挂着泪痕，睡梦中还在轻轻叹息，她似乎有些冷，躺在石床上，缩成一团，那模样实在让人怜爱，柳天赐取来晾干的衣服，轻轻盖在她的身上。

在石室里一个人瞪大眼睛，不由觉得索然无味，忽然心中一动，心想：那九龙神功，素娟只看一眼，就头晕目眩，这般厉害，趁素娟睡着，我倒要看看有什么古怪，于是又掏出九龙珠，仔细看了看，而后便伏下身来，四肢着地，学着上面一条四脚爬地的龙样，昂着头。

练了一会儿，觉得四肢酸麻，而体内却毫无感觉，柳天赐心道：

这样练功，是不是有些乱来！

其实柳天赐不知道这九龙神功的确奇奥无比，他本来就凝集了龙尊内力精华，内功已是出神入化，如若寻常高手，早就走火入魔了。

柳天赐愈想愈泄气，爬起身来，又看了一幅龙图，只见那条龙收爪缩腿，盘成一团，不由学着那龙样，也将头弯下，手脚抱在一起，心中想道："这样倒有点像婴儿出世！"

意念刚至，陡觉胸间甚是憋闷，有些呼吸不畅，紧接着全身四处气血忽地倒泄，从四面八方涌向肚腹，一瞬间，通身气血全部聚于丹田，形成一个大球。

柳天赐骇然，想站起身来，谁知，手脚软绵绵的无半点力气，非但收不回来，反而越抱越紧，紧接着，便见自己的肚子越来越鼓，胀得疼痛难忍，胸口似被人堵住，一口气也吐不出来，忍不住大叫一声，便抱头在地上翻滚起来，全身大汗淋漓。

喊叫声惊醒了白素娟，她从石床上翻身爬起，惊怔地揉了揉睡眼，突见柳天赐身子古怪团成一个球，正在地上来回翻滚，顿时吓了一跳，跳下石床，惊问道："天赐，你……这是怎么啦……"

柳天赐额头大汗，一边滚动一边叫道："哎哟……素娟，我腹内胀得紧……疼死我了……"

白素娟见他痛不欲生，也慌了神，脸色一变，惊问道："天赐，你偷练了九龙神功?"

柳天赐在东赢山上，由于体内真气太多，无处发泄，只好在山中乱叫狂跑，可此时他只觉得无比难受，从未有过的难受，他已无力再回答，不住地点头。

白素娟急道："唉，这是练功走火，叫你不要练这劳什子魔功，你不听，这……怎么办哩。"说着，又急出眼泪来。

白素娟在江湖上无人不知，但武功却平平，知走火入魔十分痛苦，说道："天赐，你忍着点，你试着运气看看怎么样！"

经白素娟一提，柳天赐心想：我怎么只知难受，不知运气，连忙运起龙尊内力，岂料，刚一运气，突然像在天香山庄一般，被不老童圣逼得佛魔两道真气冲撞，这次体内没有魔气，但有无数股正气左冲右撞，翻滚不休，痛得柳天赐大吼一声，又不住地翻滚起来。

柳天赐大惊，忙停止运气，腹痛果然轻了些，白素娟见柳天赐无比痛楚的模样，心疼不已，但又不知如何是好，便蹲下身来，想把柳天赐抱在胸前的手脚搬回，哪知费了好大劲儿，柳天赐的手脚如同长在一起一般。

白素娟无计可施，心如刀割，泪水夺眶而出，伸手在柳天赐肚腹上缓缓揉动。

揉了一会儿，柳天赐便觉痛楚稍减，他喘息道："姐姐，想到我柳天赐许多大事未做，就先死在这洞里，连你的大仇也未帮你报，我死去，你一个人在这里怎么办?"

白素娟垂泪道："你今日死了，我马上便自杀，我俩一同到阴间去，鬼魂也不分离。"

柳天赐大受感动，说道："姐姐，你不必这样，我柳天赐今生有你和红儿、绿鹦这么好的红颜知己，就是死了也心满意足，你莫伤心。"

白素娟听了这番话，更是柔肠寸断，泪水似断线的珠儿，扑簌簌落在柳天赐的脸上。

突然间，柳天赐腹中剧痛又攻将上来，这一次比前几次来得更是猛烈，痛得他神昏志迷，大叫一声，来回翻滚，白素娟使尽全力，竟按他不住。

此刻，柳天赐已什么都不知道，翻滚得越来越快，像一个皮球，渐渐滚到了石厅中间的水池边，仍收止不住，白素娟大惊，心神慌乱，正想上前将他拉住，可迟了一步。

只听"扑通"一声响，水花四溅，柳天赐已滚入那白色的水池之中。

白池中的水色银白，且浓稠如糊状，在灯光下闪着柔光。

柳天赐滚入池中，便沉于池底，消失得无影无踪，待池水回复平静，白素娟这才意识到发生了什么，奔到池边，从石壁上挂的兵器中摘下一根丈余长的长矛，探入池中往下插了插，竟然够不到底。

白素娟头脑一片空白，一颗心仿佛被洪水冲走，掉入万丈深渊的大海，她呆呆地立在池边，眼珠儿也不动一下，好像变成了一具石雕蜡像，长矛滑落，掉入池中。

过了足足半个时辰，那池水中始终未见半点儿动静，白素娟心如死灰，想到刚才还说说笑笑的柳天赐一会儿就消失了，没有他，她一个人存活在这石室中，又有什么意思，她一撩额头秀发，将牙一咬，便要朝池中跳下。

突然，池中水哗啦一响，把白素娟吓了一跳，她站稳身子，凝神一望，只见池水中嘟嘟冒出一串气泡儿，水花一翻，从水中钻出一个人。

天啊，钻出的竟是消失了的柳天赐。

柳天赐钻出水面，对白素娟叫道："姐姐，你快拉我一把。"

白素娟木然站着不动，柳天赐奇道："素娟，你咋啦？"

白素娟好半天才回过神来，揉了揉眼睛，说道："天赐，真……真的……是你么？"

柳天赐哈哈一笑道："哈哈，不是我是谁？快，拉我一把。"

白素娟又惊又喜，见柳天赐开口说话，这才高兴得喜泪纵横，忙伸手过去，将柳天赐拉了上来，问道："天赐，看你样子，似乎腹痛好了，是吗？"

柳天赐说道："素娟，这池水有些古怪，我痛得要命，掉入池中后，便坠入水底，当即昏迷过去，等我醒来之后，发觉全身痛楚全消，四周白蒙蒙的什么也看不见，奇怪的是这水能贴近我的肌肤，被它一泡，有说不出的舒服，飘飘然如入仙境一般。”

白素娟再看柳天赐，见他肌肤晶莹如玉，一双眼神光四溢，连说话的声音都变得洪亮动听多了，仿佛换了一个人一般，心中暗暗称奇，心想：这池水如何能解走火入魔之苦？莫非这是修炼九龙神功的一种法门儿？……

白素娟所猜不错，当年，九龙帮先祖为了探悟九龙神功，穷尽几代人，他们只知按字和按图死练，而不知九个池子是用来做什么，只有龙尊和美姬才悟出。

这洞中的九个水池，暗含九宫八卦之形，池中之水由各种药物配制而成，其功效神妙无比，不但能化解走火入魔之苦，助人元神倍增。

白素娟喜道：“你刚才落入白水池中，经池水一泡，不但消解了你走火入魔之苦，而且使你返本归原，就像重新脱生一般。”

柳天赐也感到自己的变化，迷惑不解，说道：“难道是神水不成？”

白素娟道：“既然这样，你就再试一次吧！”

柳天赐道：“龙尊所说的九死一生之苦，难道就是指这不成？”

白素娟点了点头。

柳天赐道：“只要能活着出洞，我柳天赐能出洞报仇，挽救武林，就算死上它几次又算什么！”

说完，四肢相抱，按刚才的法子重试一遍。

这一次与初练时感觉大不相同，只觉周身气血充盈，舒泰无比，再无走火入魔之感，心中不由一喜，对白素娟说道：“姐姐，我好舒服，感觉自己的肚脐在吸气。”

白素娟大喜，叫道：“天赐，你已练成了胎息功，快起来吧。”

柳天赐信心大增，从怀里掏出九龙珠，见一龙在珠中四爪飞天，摆头作呼气状，不假思索，按图上龙的神态，张牙舞爪，摆头练了起来。

刚刚吸了口气，便觉全身骨头咯吱吱一阵乱响，便像有人用一把钝刀，在他骨头上乱刮一般，疼得他刷的浸出一身冷汗，此刻他再想收功，已是收止不住，四肢伸缩不停抽搐一般，便已全身骨节脱落，瘫软在地。

白素娟紧张问道："天赐，怎么样?"

柳天赐伏地一动也不动，身子像完全散了架一般，微弱道："姐姐，我……我的……骨头都断了……" 话未说完，又是一阵钻心刮骨的疼痛攻将上来，忍不住大叫一声，昏了过去。

白素娟这次心中有数，并不慌乱，将柳天赐抱了起来，放入那换骨洗髓池中。

池水呈金黄色，柳天赐被那池水一泡，不到一盏茶功夫，便悠悠醒转，他只觉那水同样能浸入他的肌肤，并且沁凉入骨，痛楚立减，接着浑身骨缝儿有暖气流动，每一根骨头渐渐变软，自行气动起来，随着吱吱几声响，碎骨重新续接成形。

柳天赐伸臂蹬腿，已然运转自如，且每一个骨节都比原来灵活不知多少倍，心中顿时喜不自胜。

泡了有半顿饭的工夫，柳天赐感到身上已毫无痛楚之感，这才爬起来。

白素娟道："天赐，你伸臂踢腿看看。"

柳天赐依言而行，先将两臂试着轮了轮，只觉两臂关节像按上了滚珠儿，润滑自如，前臂后转，灵动如蛇。

再将双腿前后踢了踢，也是前可过顶，后可及肩，将腰后弓，头可弯在腰下，腰背迭在一起，左施右转，无不舒展灵活，要软有软，要硬有硬。

两人兴趣盎然，见这种练法果真奏效。又见另一条龙，是条火龙，腾云腾雾，口吐火球，柳天赐依式练了一会，非但吐不出火球，反而觉体内有无数个火球在上下翻滚乱转，霎时间，烧得他口干舌燥，面红耳赤，两只眼睛都变成了炉火的火炭一般，不由大喊："哎啊，烧死我了，烧死我了……”双手不住乱抓乱舞，顿时把眼一翻，便又昏过去。

白素娟更是不慌，如法炮制，将柳天赐抱入红色的池水中，过了一会儿，池水便咕嘟嘟泛起水泡，池面上蒸腾起霭霭的烟雾，似锅水煮沸了一般。

然而柳天赐身在沸水池中，却觉体内灼热不住地涌泄而出，过了一会儿，便已将三阳真火聚成两枚鸭蛋大小的火球，吞纳丹田，此刻他只感到神清气爽，遍体生凉。

柳天赐从池中爬了起来，再作那火龙的吐火状，张口用力一喷，“呼”的一声，一股罡气喷在石壁上，那石壁竟被烧焦了一大片。

白素娟站在旁边，被一股热浪一冲，顿时头晕目眩，不由得目瞪口呆，过了好一会儿，才脱口高兴叫道：“好厉害功夫！”小脸通红，拍手欢跳，神态可爱至极。

柳天赐在白素娟指点下继续往下练，又在黑水池中解去玄阴毒，在黄水池中充盈了气血，在绿水池中除去风尘。

他每度一次玄关，便要受尽人间最痛楚的煎熬，昏死过去一次，正合九转轮回，九死一生的大劫数，经过这番脱胎换骨，易筋洗髓，化阳去阴的磨洗，从后天返先天，他已出尘脱俗，比以前的柳天赐又进了一步。

他的武功本已空前绝后，登峰造极，经过这番洗练，他体内的经脉已逆转换位，阴阳化一，水火并济，真元归宿，神完气足，从机能上他已发生了巨大的改变。

九龙神功非常深奥，龙尊只练到第八层，而柳天赐现在已达到第八层，他想练出第九层，那才是真正的龙者至尊，他不吃不喝，亦不觉饿渴，不睡觉不歇息，也不觉得疲累乏困。

洞内不见天日，难分昼夜，柳天赐和白素娟也不知在洞内呆了多少时日，白素娟见柳天赐再也不会走火入魔，便放了心，倒在石床上酣然入睡。

柳天赐每练一条龙的变化，便得到一层感悟，越来越起劲。

不知练了多久，柳天赐已将九龙珠上九龙的变化全部练完，他只觉得体内真气不住地鼓荡，全身似乎有使不完的力气，无处发泄，他忍不住提气纵声长啸，那啸音似天雷坠地，又似虎啸龙吟，在灵蛇神洞内暴响，滚滚不息，只震得洞壁都在晃动，地面瑟瑟发抖。

白素娟被啸声惊醒，爬起身来，只见柳天赐面色红润，太阳穴深深地凸出，两眼精光暴闪，神采奕奕，周身似有一层淡淡的清气环绕滚荡，便知他已练成神功，心中大喜，说道：“天赐，恭喜你练成了九龙神功。”

柳天赐道：“姐姐，可累了你，不知我们在这洞中呆了多久？绿鹗和宋琴妹子不知在外面怎么样？”

白素娟道：“山中无甲子，寒暑不知年，我们大概在这里住了三个月了。”

柳天赐吓了一跳，道：“不会吧，难道真是洞中方一日，世上几千年。”

白素娟笑道：“我做了一个简易的漏更，虽不大准确，但也算差不离。”

柳天赐知白素娟心灵手巧，说道：“照这么说，不是快到了八月中秋了，上官雄在鄱阳湖召开天下武林大会，还有郭震东没找到，真是急人。”

白素娟道：“你现在神功已成，你试试能否将那石门打开。”

柳天赐右手抬起，伸出五指朝那石壁闪空虚点，只听嗤嗤一阵轻响，石壁上腾起五缕白烟，待烟尘散去，两人凝神一看，那石壁上赫然现出五个手指粗细却又极深的小洞。

白素娟呆怔了一会儿，才醒过神来，笑道：“天赐，你这点石成洞的功夫，比大理的随形剑气还厉害百倍。”

柳天赐若有所悟道："武功一路真的是万曲归宗，大理段氏的随形剑气也有它的独到之处，这不能说谁低谁高。"

白素娟道："不管怎么说，你的武功现在只怕已高出龙尊之上，乃是武林中真正的龙尊了。"

柳天赐也很高兴，一招"隔山打牛掌"往面前的水池中虚空一拍，水面纹丝不动，却听到一阵海啸声，过了一会儿，那池水竟翻海倒江从底部激起两丈多高的大浪，水浪撞到洞顶，哗地飞溅下来，四处流淌，十分壮观！

柳天赐见自己的"隔山打牛掌"如此雄浑，顿时高兴得忘乎所以，不住跳脚大叫道："成了！成了！"

不料，他这一跳，虽然未用力，但已收止不住，身子便似腾云驾雾一般，直朝空中飞去，"砰"的一声爆响，石屑粉飞，他的头撞到洞顶的石头上，竟然将岩石撞裂开数道缝隙，他弹落回地以后，伸手摸了摸脑袋，丝毫无损，竟半点疼痛都没有。

白素娟没想到九龙神功威力如此惊天动地，笑道："天赐，你已练成了金刚不坏之躯，周身有罡气护体，刀枪不入，百邪不侵。"

柳天赐道："姐姐，快收拾一下，我们出去。"

两人收拾停当，便起身到洞口，柳天赐叫白素娟让开些，而后在门前站定，暗提一口真气，双掌运力朝门上拍去，只听轰的一声巨响，摇天撼地，那重逾万钧的大石门被震得裂开数条大缝，柳天赐再拍一掌，石门便轰塌下来，顿时石粉飞扬，碎石滚滚，像发了地震一般。

石门已破，待石屑散尽，柳天赐和白素娟钻出了灵蛇神洞，摸黑穿过夹道，曲曲折折来到洞口，依旧从那井底的淤泥中钻出，而后浮出水面。

柳天赐抬头看了看，黑洞洞的，外面已是深夜，月朗星稀，真是坐井观天。

柳天赐道："姐姐，我背着你上去。"

白素娟依言趴在柳天赐的背上，柳天赐提气一纵，拔起三丈余高，等上升之势一缓，他双臂一展，两掌在井壁一拍，再次提气上纵，就这样连纵几下，便已到了井口。

新鲜的空气扑鼻而来，两人深深地吸了一口气，井口周围，杂草丛生，大樟树枝繁叶茂，丹桂飘香，的确已是八月了，柳天赐和白素娟在井底生活了三个多月。

柳天赐正要甩开大步赶回住处，白素娟一拉他的耳朵道："虽然你神功已成，但还是小心为妙，快，将我放下来，我为你易容!"

柳天赐经三个月，九浸九泡，已恢复了本来面目，凭记忆，白素娟为柳天赐化了装，易了容，虽不大像"常山白脸"，但不细看，还是难辨真假。

白素娟扑哧一笑，又为自己易了容，成了一个凶神恶煞的葛友奎，替柳天赐贴身藏好打狗棒和龙尊剑，一切妥当，两人双双离开后园，出了九龙宫，直奔前寨。

回到住处，见绿鹦和聂宋琴的房子已空无一人，白素娟见被子叠得整齐，说道："绿鹦和宋琴妹子已久不在这里住了。"

柳天赐道："你怎么知道?"

白素娟道："现在八月初，不盖被子，应睡凉席，而绿鹦和宋琴妹子的床上都放着棉被。"

柳天赐一摸桌子，桌面有一层灰，急道："那她俩到哪里去了?"

白素娟道："我俩去找万魁问问。"

柳天赐说道："你等一下!"说完身影一闪就消失了，不一会儿，又回来，手里提着被点了穴道的万魁。

柳天赐将万魁放在地上，低声说道："万魁，我问你那绿鹦和宋琴妹子哪里去了?"

万魁正在睡梦中，突然腾云驾雾飞到这里，面前站着一高一矮的两个人，以为是见鬼了，茫然摇了摇头。

白素娟笑道："他不知道你的绿鹦和宋琴妹子是谁!"

柳天赐又问道："那'人面屠夫'朴易知和'回春手'赵飞鸿到哪里去了?"

万魁已完全清醒过来，见面前站的是"常山白脸"和"断魂刀"葛友奎，哭笑道："葛老兄，你从哪里冒出来的，我万魁可不是要赖的人，欠人家的银子没有不还。"

白素娟一挥手，不耐烦道："我已说过，那银子是送给你的，不用你还的，问你，我们两个朋友哪里去了?"

万魁忙道："你们是说朴易知和'回春手'赵飞鸿?"

"他们俩可闯大祸了!"

两人心里一惊，柳天赐急道："闯了什么大祸?"

万魁道："三月前，你们俩突然失踪后，大家议论纷纷，以为你们两个又合伙劫镖，捞了大油水后，然后去过什么神仙日子去了，你们两个朋友可急了，不知什么原因，他俩竟双双偷闯竹园禁地，被阮帮主抓住了，关在悬空庐。"

两人心中暗暗叫苦，柳天赐一人前往灵蛇洞以为马上就可以回转，没想到在洞中住了三个余月，所以没对他们三人说，绿鹦和聂宋琴怎不着急?她们肯定以为自己和素娟偷闯禁地被阮星霸抓了，竹园禁地绿鹦熟，两人被抓，肯定身份暴露了，可奇怪的是万魁却浑然不知。

白素娟想想说道："让他走罢!"

柳天赐解了万魁的穴道，万魁扭了扭脖子，不解道："你们这是搞什么鬼，葛老兄，你们俩是不是真的发了?"

白素娟道："嗯，油水不大，万魁，今晚的事你可不要对任何人讲，以后有你的好处。"

万魁点点头，喜道："我知道!"

万魁一走，白素娟道："眼下，绿鹦和宋琴妹子被抓，我们身份应已暴露，可阮星霸没有在九龙帮点破，这里定有文章。"

柳天赐道：“这叫放长线钓大鱼。”

白素娟点头道：“不错，这阮星霸为人极为狡猾。”

柳天赐道：“下一步，我们该怎么做？”

白素娟道：“我们应主动出击，给阮星霸一个措手不及。”

两人出了房，随手关上门，向悬空庐而去，九龙帮里喽罗来回走动，增加了不少的人手，虽是夜深，但到处都分外忙碌，到处刀枪明晃，灯火高悬，还有人在装卸一尊大火炮。

柳天赐的轻功现在已是无声而动，驭风而行，根本没人发觉，心想：这模样似乎有大的行动。

正在胡思乱想之际，忽见悬空庐中灯光熄灭，接着窗门一开，一条肥胖的黑影向庐中飞出，飘落链桥上。

柳天赐一见有人，急忙闪身躲到崖边一块巨石后，两人瞪大眼睛，凝神观望。

黑影虽胖，但轻功甚高，巧如飞燕，在链桥上滑行，转眼便已登岸。

月色下，只见那人身穿土财主的衣服，腰间捆着一条钢鞭，赫然是阮星霸。

两人正要来找阮星霸，没想到阮星霸半夜跑出来，不由大惊，从他谨慎的神态，知道定有什么大事。

阮星霸登岸后，略停了停，张目向四周看了看，神色诡秘，然后伏腰疾行，直朝九龙山掠去。

柳天赐和白素娟心息相通，先看他去搞什么鬼，从巨石后钻出，背着白素娟，展开轻功，无声无息地跟在阮星霸身后。

阮星霸时伏时行，似一缕轻烟，在九宫山飘行，翻墙跃壁，如履平地。

三人一前一后，逶迤而行，工夫不大，便来到九龙山的绝顶上，阮星霸在崖边停住脚突然双腿一蹲，飞身纵下崖去，瞬间消失得无影无踪。

柳天赐和白素娟吓了一跳，没想到阮星霸有这一招，半夜跑到九龙山峰顶跳崖自尽，这可真是稀奇古怪。

柳天赐驮着白素娟蹿到崖边，探头一看，只见那崖壁似刀削斧劈一般，直上直下，平滑如镜，下面黑沉沉的深不见底，只隐隐传来夜鸟凌空鸣叫之声。

柳天赐心想：这万丈悬崖，别说是阮星霸，就算我练成了九龙神功，跳下去，也粉身碎骨，那阮星霸跳崖自尽，有什么事这般想不开，难道是神偷怪杀了他和欧阳雪生的儿子阮楚才伤心所至。

转念一想，那阮星霸心黑手辣，似乎不是这等人，即便是跳崖自尽，也不必半夜偷偷摸摸的来跳，这事可真蹊跷。

疑念一生，柳天赐放下白素娟，伏下身来，趴在崖边，探出半个身子，瞪大能夜间视物的锐眼，凝神细望。

月光明朗，隐约可见玉带似的大江缓缓东流，而九龙山的绝壁宛如一柄倒悬的长剑，自天而降，直直插入大地，探手摸摸，石冷壁滑，像精工巧匠精心打磨过一般，绝无可落脚的地方，心里愈感奇怪，那阮星霸跳到哪里去了？

白素娟小声道：“天赐，可看到什么？”

柳天赐道：“没有！”

正在两人百思不得其解、不明所以之时，忽然间，一阵夜风吹来，柳天赐面色一喜，她感到眼前忽然有什么东西荡悠一下，定神再看，这次他发现了秘密。

原来，在他伏身之处的下方三尺左右的崖壁上，悬着两根粗如手指的细索，两条细索相距尺余，中间有物相连，分明是一道索梯。

索梯上方嵌于石壁，直垂崖底，无人动摇时，便像两条藤蔓，紧紧贴在石壁上，不易发觉，此时被夜风一吹，索梯轻软，荡动起来，才被他发现。

阮星霸肯定是顺着索梯下到崖底，半夜三更到崖底干什么，这愈发激起了柳天赐和白素娟的好奇心，背起白素娟，柳天赐道：“姐姐你抱紧我，闭上眼睛。”

说完纵身往下一跳，白素娟只感到耳边风声呼呼，腾云驾雾，身子往下急坠，柳天赐在索梯上点了点，便落到崖底。

崖底是鄱阳湖的一角，沿着湖边小径，柳天赐见到一条小溪。

再回望九龙山，如倒悬的长剑直插云霄，秋月高悬，疏星闪闪，心中惊悸犹在，真不敢相信自己是从上面飞下来的。

四周都是巍巍青峰，直耸入云，不见有路可通山外，小溪宽不过数丈，在山谷中像条青蛇，缓缓而行。

溪边怪石横卧，杂花生树，溪面上烟霭弥漫，山风飘荡，古怪的是，时已仲秋，夜冷风寒，山外已见寒意，霜深露重，而这山谷中，仍是春光无限，溪水触手尚温，一边草绿花红，青松含黛，绿柏盈盈，草丛间，虫飞蛙鸣，清波里，游鱼戏水，谁会想到这崖底之下，有这么一个人间仙境，世外桃源，两人踏着月光顺流而下，去找寻阮星霸。

正走前，忽听前面有人朗声念道：

“暮霭沉沉楚天阔，多情自古伤离别，更哪堪，冷落清秋节。今宵酒醒何处，杨柳岸，晓风残月。此去经年，应是良辰好景虚设，便纵有千种风情，更与何人说……”

白素娟一怔，这是南宋词人柳三变的《雨霖霖》，词调幽伤，听声音是一个男人的声音，循声望去，只见前面不远处，岸旁的一株古柳，泊着一叶扁舟。

舟旁，一块偌大的青石，探入溪水中，青石上，凝身端坐一人，只见他身披蓑衣，头戴竹笠，双手扶着一根青竹钓竿，正在垂丝夜钓，好悠闲的人。

因那人背对两人，所以，两人只能望见他的背影，看不见他的面容，但他的声音，白素娟特别耳熟，一时想不起来。

正想间，忽听那钓鱼人说道：“你来了么？怎地还不快来见我，藏藏躲躲干什么？”

柳天赐和白素娟心中大惊，探头往四周看了看，除两人外，并未见其他人影，心道：这钓鱼人内功太高，看见了我们不成，可他说你，而不是你们。

白素娟却想：天赐练成胎息功，不可能被人察觉，他也许察觉了我的声息，才说你的。

不知是该现身，还是不动，正犹豫间，忽听远处隐隐传来一阵“呲呲”的声响，似乎有人正朝溪边走来。

“呲呲”之声响过，便见一道肥胖身影从山石后飘忽而出，两人定睛一看，顿时吓了一跳，险些脱口叫出来。

月影下，来人正是刚才跳崖不见的阮星霸！

阮星霸走到钓鱼人身后，一躬身拜道：“九龙帮阮星霸拜见郭大人。”

“郭大人?!”白素娟身子一颤，一个念头闪现在自己的脑海，说话的人就是从山西逃到九江的郭震东，这声音她印象太深了，就是烧成灰，她也认得，只是当时一下子没反应过来。

白素娟的猜想没错，钓鱼人就是郭震东，郭震东自元宵节被柳天赐大败后，带着巴颜图和红发上人仓皇逃到蒙古大都。

成吉思汗将他训斥了一顿，让他下江南，到九龙帮，因为成吉思汗得知上官雄要在鄱阳湖的鸟岛召开武林大会，派郭震东到江南，将中原武林人物一网打尽，为此成吉思汗还调了百门火炮，十艘战船。

为了不打草惊蛇，郭震东此次行动极为隐秘，一到九龙帮，就住在这一秘处，这九龙山的后崖四面都是险峰绝壁，只有一条水下通道可达外界，故无人知道这个秘密所在，便是九龙帮的人，除了阮星霸一人以外，也无人能进入这里。

明日就是八月中秋节，郭震东马上就要采取行动，瓦解中原武林，今夜，他在溪边垂钓，便是专等阮星霸前来告之筹备情况。

郭震东一见阮星霸来到了，便急于想知道阮星霸的准备情况，但他身份是统领大人，故意拿架子，装作不慌不忙的样子，仍端坐在青石板上，头也不回地问道："阮帮主，你怎地这般时候才来？"

阮星霸恭敬道："小的因有小事缠身，故此来迟，让郭大人久等，还请见谅！"

郭震东沉了一下，又问道："准备得怎么样？"

阮星霸道："小的已按大人吩咐，一切准备妥当了。"

郭震东"嗯"了一声道："阮帮主，这次只许成功，不许失败，大汗极为重视，要不然你和我一家老小都会完的，为确保万无一失，明天，你得亲自查一遍，火药上足没有，捻子正常不正常，一定要亲自过问。"

阮星霸额头渗出一层冷汗，答道："大人放心，这次保管万无一失。"

郭震东哈哈大笑，道："哈哈，这次我要他们一个也逃不掉，葬身鄱阳湖。"

阮星霸卖乖道："大人神机妙算，定然马到成功。"

郭震东道："你附耳过来，有些细节我得与你讲清楚。"

阮星霸凑到郭震东身边，郭震东低声说了些什么，阮星霸不住地点头。

突然，一声水响，郭震东大喝一声："谁！"身子凌空向柳天赐这边飞起，一掌拍了过来。

原来，白素娟看到郭震东，心神激动，一不小心，失了脚，将一块石头踢到溪中。

柳天赐将白素娟一拉，向旁边闪开，郭震东这一掌震得花竹乱飞，阮星霸也从后面赶到，一见两人，嘿嘿冷笑说道："果然是你们两人。"

郭震东不识“常山白脸”和葛友奎，向阮星霸道：“这两人是谁，怎么知道这地方?”

阮星霸道：“这两人我不知道是谁，但他和‘无影怪’的女儿绿鹦和公主是一道的。”

郭震东一愣，脸色大变，阮星霸向两人喝斥道：“你们是什么人?为何要混进我们九龙帮?”

白素娟一声冷笑，伸手一抹，恢复本来面目，说道：“我是白素娟，郭震东你认得我吧?”

郭震东咬牙，脸色阴沉道：“哼，你们果真来了，来得好!”

仇人相见，分外眼红，白素娟一声娇叱，将手中的断头刀向郭震东劈去，白素娟没什么内功，但心中带恨，这一刀劈出，劲道极大。

阮星霸钢鞭一卷，将白素娟的刀缠住，左手一掌拍去。

突然，阮星霸大叫一声，肥胖的身躯像一只断线风筝，直飞一丈多远，才扑嗵栽得下来，摔在溪边的草地上。

柳天赐全身未动，就将阮星霸震飞出去，自己也感到骇然，他原本只想为白素娟挡了这一掌。

郭震东大惊，更肯定这个肤色白皙、经过易了容的青年就是柳天赐。

阮星霸的武功虽不能与“一尊三圣四怪六魔”相提并论，但也是一等一的高手，柳天赐身未动，完全用体内真气将他震飞，这身功力，可谓惊世骇俗，怎叫郭震东不惊。

郭震东冷笑一声，欺身而上，双掌向柳天赐一拍，柳天赐单掌一迎，“砰”的一声大震，两人凝住不动。

第三十七章　中秋大会

突然，柳天赐感到一股极为细小的内力沿自己的手臂而上，自己的内力虽然强大，但对方的内力聚于一线，就像一口针插进来，柳天赐一愣，知道郭震东使出的是吐功大法，连忙变掌为指，从指间吐出剑气与郭震东的吐功大法比拼。

郭震东身子一颤，大叫一声，向后倒纵，抱起阮星霸，飞身逃走。

柳天赐背起白素娟，向前追。这山谷虽不大，但地形极为复杂。

谷中怪石嶙峋，草深树密，郭震东抱着阮星霸连蹿带蹦，像一只受了惊的兔子，他对这一带的地形似极为熟悉，左插右拐，眨眼间便消失在小溪右侧的一座山峰。

柳天赐追到山峰下，不见郭震东的身影，寻遍草丛石洞，也未见他身影，心道：这里无路可通山外，难道郭震东长了翅膀，飞走了不成?

白素娟伏在柳天赐背上，游目一匝，说道："天赐，那边。"

柳天赐循着她手指望去，果见那山崖下有一块光滑如镜的大石，石上还隐约刻着字。

白素娟道："姓郭的恶贼肯定藏在里面。"

柳天赐走过去一看，原来是一块石门，石门高约丈许，厚有尺余，比起灵蛇神洞的石门略小。

柳天赐想也不想，举掌向石门拍去，"砰"的一声，石门被一掌震得粉碎。

柳天赐艺高人胆大，毫不迟疑，背着白素娟冲了进去。

石门内是一个偌大的山洞，这洞是天然的溶洞，里面极为空旷，可一个人影也没有，正在惊诧间，忽听背后传来一声冷笑，接着有人怪声怪气地说道：“小子，天堂有路你不走，地狱无门偏进来，嘿嘿！”

柳天赐闻声一惊，停步转身，见昏暗的钟乳石侧并排站着十几个人，这十几个人个个相貌稀奇，神态威猛。

白素娟附在柳天赐耳边道：“巴颜图身边的三个老头是东海三蛟，红发上人身边两个一胖一瘦的老者是冰火二老。”

这些魔头在十年前被武林正道联手撵到东海上和大漠以北，过了几年，这些魔头全被成吉思汗召到帐下，郭震东要将中原武林一网打尽，成吉思汗就派了这些高手跟随南下。

到了九龙帮后，郭震东就将群魔安排在这山谷中养精蓄锐。

时隔十年，这些魔头再入中原，都磨拳擦掌欲和武林正道大干一场，谁知到了九龙帮成天光睡大觉，此刻听说来了送上门的强敌，顿时人人兴奋，将柳天赐围在中间。

这些人中间，只有巴颜图和红发上人识得柳天赐的厉害，但他俩不说话。

其他的人以为将统领大人“追魂剑”郭震东打伤的人，必定是武林中绝顶高手，而且还不止一人，说不定就是韩丐天和玉霞真人。

不料在群魔面前的却是一个皮肤白皙的青年，背上还背着一个娇美无比的女子，顿时都感到高兴，同时也大惑不解。

冰火二老中的冰老哈哈大笑道：“我以为来的是些什么了不起的人物，原来是一个背着新媳妇的愣头青，哈哈……”

火老道：“郭统领乃武林第一高手，吐功大法天下无双，怎会败在你手下？”

群魔哈哈大笑，只有巴颜图和红发上人凝望着柳天赐，没有发笑。

柳天赐没理会群魔，冷声道：“郭震东和阮星霸呢?”

东海三蛟中的独眼蛟将独眼一翻，厉声喝道：“郭统领的名字是你叫的吗？你是什么东西!”

柳天赐道：“我是你干爹爹。”

独眼蛟大吼一声道：“你敢骂老子。”

身子往前一纵，探掌便朝柳天赐头上抓落。

柳天赐将身子微晃，避过独眼蛟一抓。

所谓行家一出手，便知有没有，从柳天赐的身法，群魔一齐“咦”了一声。

独眼蛟一抓落空，勃然大怒，准备再上，火老身子一晃，蹿上前来，说道：“让我来料理他。”

这火老身子肥胖，大腹便便，腰间吊着一只大红葫芦。

白素娟在柳天赐耳边小声道：“这人是冰火老二中的火老，他腰间的红葫芦里面装着霹雷神火豆，是一门极厉害的暗器，那是他的命根子。”

柳天赐微微一笑，道：“大饭桶，我要抢你腰间的红葫芦!”

火老一愣，喝道：“你敢在虎口上拔牙!”口中说着话，早已展动身形，探手来抓柳天赐的前胸。

柳天赐背着白素娟不动，待火老蹿到跟前，突然身子一晃，人已跃到一边。

火老一抓不中，笑骂道：“你他妈的，逃得倒是蛮快。”

柳天赐嘻嘻一笑道：“这玩意儿，可以做两只大瓢。”

群魔见柳天赐把手一伸，掌中托着一个大大的红葫芦。

火老一见到火葫芦，脸色陡变，那葫芦乃是他一生使用的独门暗器，内装霹雷神火豆，与高手较斗，全靠它取胜，葫芦是他的法宝，火老十分珍爱，总是将它悬在腰上，不知怎地一下子就到了柳天赐的手中，不仅他没知觉，就是在旁边的群魔，也没看到柳天赐是怎样出手的。

火老急道："千万别！"

柳天赐捧着大葫芦，摇了摇，笑道："我还当什么宝贝，给我装尿还差不多，大饭桶还给你吧！"

火老一怔，连忙伸手接了过来，挂在腰上说道："小兄弟，多谢你。"

柳天赐道："这次你可放好了，千万别丢了！"

火老道："你放心，绝不会再丢的。"

话还没说完，柳天赐右手从背后一探，伸将出来，手中托出一个大葫芦，笑嘻嘻对火老道："大饭桶你看我这葫芦比你那个怎么样？"

火老大惊，说道："呀，原来你也有葫芦，咦，你这葫芦怎地和我的一模一样？"

柳天赐道："那有什么稀奇，你那葫芦是我这葫芦下的崽子，我葫芦是爹，你的葫芦是儿，儿子和爹自然一样。"

火老把头一摇，说道："我不相信，这么一样！"

柳天赐忍不住笑道："你不信，便把你的葫芦拿出来，我们比比看。"

火老伸手往腰间一摸，不由得大叫一声："他妈的，奇了，我的葫芦又不见了。"身子在原地转了几圈。

柳天赐笑道："我刚才还嘱咐你收好，你不听，这次又丢了吧。"

火老遍寻不着自己的宝贝葫芦，急得额头淌汗，忽然心中一动，指着柳天赐道："不对，是你这偷儿偷了我的葫芦，快还我葫芦！"

柳天赐道："捉贼拿赃，凭什么说我拿你的葫芦，小心我打你的嘴巴！"

火老道："你手里的红葫芦就是我的。"

柳天赐道："你葫芦里装的是什么？"

火老道："霹雷神火豆。"

柳天赐道："好吧，大家伙都在这里，我当着大家的面把这葫芦摔开看看，里面装的是不是什么豆儿。"

"哎呀，千万摔……不是……"火老话还未说完，"叭"的一声响，紫红的大葫芦已摔成数瓣儿，里面的霹雷神火豆散落一地。

火老一见自己的命根子被毁，心疼万分，竟顾不上去打柳天赐，大叫一声："哎哟，我的葫芦……"扑将过去，捧起两片葫芦，放声大哭，声音凄切，一般人死了爹娘也没他哭得那么伤心。

散落在地上的霹雷神火豆儿见风爆起一股白烟，接着腾地蹿起一片火光，火老只顾伤心，火焰腾的一下烧着了他的衣服，吓得他再也顾不上哭了，双手抱头，落地打滚。

好不容易才将身上的火滚灭，爬将起来，见自己身上的衣服被烧得破破烂烂，那模样狼狈至极，急忙服了几粒治神火毒的解药，稳了稳神，见柳天赐正站在一旁笑看着他，顿时大怒，喝道："王八羔子，你毁了我的葫芦，我跟你拼了！"说着，扑上来就要抓柳天赐。

冰老伸手拉住火老，皱眉说道："老二，你别在这里丢人现眼了。"

火老跳起脚来大叫道："不行，我非把这小子撕碎，给我的大葫芦报仇。"

冰老无奈道："让我来！"说着左手一抖，叭地打开一面扇子，踱到柳天赐面前。

白素娟小声道："这人是冰火二老中的冰老，他手中的扇子叫冰魄风雷扇，人比火老要机灵些。"

柳天赐见冰老是个干瘦的老头，扇面上画着一个骷髅头，笑道："瘦猴，你手中的扇子倒很别致。"

冰老听了，连忙将扇子一收，紧握在手中，他见识过柳天赐的神偷绝技，心想：这小子笑嘻嘻地说话，说不定冷不防偷了我的扇子，嘿嘿一笑道："小子，神偷怪是你什么人?"

柳天赐道："神偷怪的名字是你叫的吗？你是什么东西?"

冰老道："果然不错，原来是神偷怪的徒儿，说起来，我们还是一条道上的，今天让我来印证印证你的武功。"

说完，冰老手中冰魄风扇一抖，护住自己的面门，右手运功于掌，一招"老僧推门"，向柳天赐胸口拍去。

柳天赐不闪不躲，单掌拍了过去，顿时阴寒四起，白素娟趴在柳天赐的背上，打了一个寒颤。

柳天赐本想戏弄一下冰老，但担心白素娟受了玄冰掌，一运内力，一股奇寒向冰老袭去，冰老一颤，劲力外泄，人一下子冻住了，傻傻地站在那里，手脚僵硬，只有两只眼珠能转动，胡须上结着冰花，如一根根冰条悬挂。

柳天赐走过去在他额头上一点，冰老直通通地倒在地上。

群魔相顾，骇然失色，正准备扑上来围攻柳天赐，忽然一个声音传来道："撤伙!"

白素娟忙道："他们要逃走!"果然，群魔听了那声音，各自跃起，身子一晃，都不见了，石洞里空荡荡的只剩下柳天赐和白素娟两人。

两人大惊，这么多人怎么凭空而来，又凭空而去，真是邪门。

白素娟道："我们去找找看，这洞内一定有什么古怪。"

柳天赐放下白素娟，两人牵手将溶洞搜了个遍，一个人影都没看到，好不失望。

白素娟道："我们走吧，该出来的时候，他们自然会出来的。"

柳天赐不解道："什么时候出来?"

白素娟道："这些魔头聚集在九龙帮，一定有重大图谋，他们不战而退，虽说你已练成了九龙神功，但这些魔头个个都是绝顶高手，众人合力围攻你一人应该不会输你的，可他们听到郭震东的命令，全都不战而退，如果，我估计得不错的话，他们是故意这样做的。”

柳天赐道：“为什么要这样？”

白素娟道：“定与明晚的中秋武林大会有关，我担心郭震东在明晚采取大的行动。”

听白素娟的说法，柳天赐急了，说道：“那我们赶快出去。”

两人快步出了溶洞，可一出溶洞，两人都犯愁了，这山谷无路可寻，怎么出去啊。

白素娟忽然眼前一亮，说道：“这溪上有船，那山下定然有洞，否则郭震东他们是怎么进来的。”

柳天赐道：“有道理!”拉着白素娟的手纵身跃上小舟，解开系在柳树上的缆绳，操起船桨，在青石上一点，小舟便如脱弦的箭，嗖地飞去三四丈远。

柳天赐站在船尾，一运内功，小舟在内功的激发下，向山崖射去。

眨眼小舟便已到了崖边，那石崖高约千仞，石壁如削，光滑似镜，像一道天关拦住小舟的去路。

眼看小舟就要撞到崖石，柳天赐使了一个千斤坠，小舟竟在河心疾旋起来，白素娟死死抓住船帮。

好一会儿，小舟才渐渐停了下来，柳天赐连忙扶起白素娟柔声道：“姐姐，你没事吧?”

白素娟道：“不要紧，只是有点头晕。”

柳天赐道：“姐姐，我们进了一条死水路，怎么办?”

白素娟看了看形势，道：“不会的，你将那青藤扒开。”

柳天赐一看，石壁上果真有一大片青藤，密帘般垂将下来，将崖底遮住，柳天赐依言用桨将茂密的青藤扒开，里面果然有一个偌大的洞口。

柳天赐心中一喜，一运内功，小舟哧地一声，钻进洞去。

崖洞里伸手不见五指，只听见水流声甚急，浪击岩壁，轰隆隆如擂天鼓。

白素娟从怀里掏出火折子，打亮后照了照，见崖洞不过一人高，窄窄仅容一条小舟通过，崖壁上长满了数寸厚的滑腻的青苔。

这是一条阴河，阴河之水激流旋转，暗涡重重，阵阵寒气逼将过来，让人感到如冰锥刺骨，冷得气滞血凝。白素娟冷得全身打战，柳天赐将她抱在怀里，用自己身上的热量温暖她，虽然还有些冷，但白素娟感到从未有过的温暖，幸福无限地偎在柳天赐的怀里。

崖洞不大，大约过了半顿饭工夫，小舟便已到了尽头，黑暗中，小舟撞在什么东西上，便即停住。

白素娟坐起，再打亮火折子一照，只见前面立着一块巨石，将出口堵得严严实实，柳天赐不由吸了一口凉气，说道："这洞是个死洞，不通气。"

白素娟凑近细看，忽然发现那巨石上隐约刻有字——锁龙闸，说道："天赐，你推推看。"

柳天赐用双掌按在巨石上，用力一推，小舟向后飘出五六丈，而那巨石纹丝不动，说道："姐姐，这比鬼神洞和刚才那溶洞的石门不知要厚多少，看来，是打不开的。"

这时，白素娟手中的火折子已燃尽，洞中漆黑一团，忽然间，白素娟眼睛一转，发现那闸门旁的石壁上有物在闪闪发亮，心中一动，说道："天赐，将船弄过去。"

柳天赐将小舟划了过去，白素娟道："天赐，你可看到那闪光的东西，郭震东等魔头既能从这里进来，说明一定有开闸的机关。"

柳天赐道："难道那是机关不成？"

白素娟道："你过去看看。"

柳天赐走到船头，伸手去摸，才发现石壁上有一小洞，那光便是从洞中发出的，她将手伸入洞中，触手之处，有一鸡蛋大小的球儿，他抓住那球儿用力一提，竟未提动，使劲一扭，那球儿便转动起来。

柳天赐再转动石钮，那石闸便缓缓下沉，不一会儿工夫，整块巨石便沉入水底，露出一个四四方方的洞口。

柳天赐先将小舟摇出，但见外面便是烟波万倾的鄱阳湖。

此时已是黄昏，红霞满天，湖上波光粼粼，鸥鸟欢鸣，白帆点点，打渔的船儿准备晚归，阵阵渔歌飘将过来，使人心神顿爽，芦苇中细苇频摇，沙沙作响，远处青山隐隐，绿水如烟，好一派鄱阳湖的晚景，江南秀色。

两人弃舟上岸，在岸边的一个旅店胡乱吃了一点东西，问明了鸟岛的方位，两人再踏上小舟径向鸟岛射去。

天色已黑，夜空一碧，万里无云，中秋月圆，皓月当空，疏星点点，闪烁在墨蓝色的天穹上，星辉月影倒映湖中，茫茫鄱阳湖中似撒进了无数颗明珠宝石，灿烂生辉，摇曳成趣。

鸟岛坐落在鄱阳湖中心，望着前面浮在湖心的小岛，柳天赐道："上官雄为何要选在这里开武林大会?"

白素娟想了一下道："这其中肯定有他的文章。"

柳天赐道："不知师父、玉霞真人、不老童圣等群侠到没到。"

白素娟道："这次武林大会关系到整个中原武林的存亡，他们一定会到的，而且应已在岛上。"

柳天赐道："这鸟岛四周水深不可测，漩涡重重，水寒刺骨，水下暗礁如刀似剑，便是有船，也靠不上去，不知天下群雄又是怎么上去的?"

白素娟也甚是不解，皱眉望着湖面出神，忽然，她眼睛一亮，指着湖面叫道："天赐，你看，那是什么?"

柳天赐一怔，伏下身，瞪大眼睛，朝前面的湖面望去。

月光下，他见那水面上有两排黑点，自舟下通往湖心，仔细看了看，才知是水中埋的竹桩。

那竹桩有碗口粗细，每根相距丈遥，露出水面尺余，犬牙交错，排列成行，就像练功用的梅花桩，直通往鸟岛。柳天赐略一思索，便即明白，对白素娟笑道：“是了，我还以为那上官雄弄什么玄虚，这竹桩便是登岛的垫脚之物，若无绝顶轻功，休想上得岛去，要想上岛还得过这一关。”

白素娟点头道：“不错，今夜这次武林大会非同小可，来的人都是武林中各门各派的成名人物，武功自然不弱，可这夜里，万一你要一脚踩空，非落水不可，我可没那份功夫。”

柳天赐笑道：“我背上你就是了。”

白素娟在山谷中一直被柳天赐背着，心里没什么，但这次不一样，红着脸道：“哎呀，岛上那么多人，你师父还在，叫人瞧着了难看死了。”

柳天赐道：“哈，我又不是第一次背你，你怕什么？”说完弓下身子。

白素娟急道：“不行，不行，我不……不用你背。”

柳天赐道：“那你咋上去？”

白素娟忽然一眨眼道：“当然是你背我上去。”

柳天赐奇道：“是你不让我背的。”

白素娟从怀里掏出两张面具，递给柳天赐道：“我们戴上这个，你再背我。”

说完，将秀发盘起，将面具戴在脸上，霎时间白素娟便由一个娇秀美丽的少女变成了一个龇牙咧嘴的勾魂小鬼。

柳天赐一怔，哈哈大笑起来，说道：“好看，好看！”

白素娟啐道：“鸟嘴，你也戴上！”

见柳天赐戴好了面具，白素娟趴在他背上，将他搂紧，并亲了他一口。

柳天赐心神一荡，看准湖中的第一颗竹桩，提气一纵，腾空跃起，飘飘朝竹桩上落去。

水中竹桩仅碗口粗细，实难立足，柳天赐背着白素娟，聚气凝神，施展轻功，脚尖在第一颗竹桩一点，借力再次飞起，就像蜻蜓点水，轻灵飘逸，直朝鸟岛飞去。

柳天赐自练成了九龙神功，内气冲盈，连续飞腾纵跃，没有丝毫疲累之感，不到盏茶功夫，便已到鸟岛下。

此刻，在鸟岛上，黑压压坐满了数百群豪，这些人都是武林中各宗派的成名人物，或是上官雄收纳的黑道巨魁。

众人一见有人在暗夜中踏桩上岛，都暗暗称奇，要知道竹桩埋入湖底，水面上仅露尺余，并无法立足其上，只能供人纵跃时借力使用，便是白天，若无绝顶轻功的人，也休想登桩上岛，群雄是在白天上岛的，但还是有几个轻功稍差之人，也失足落水。

可现在已是夜里，虽说中秋之夜皓月朗照，但仍比白天要昏黑了许多，若目力不济，稍不留神，便得落入湖中。

可现在这登岛的少年，背上分明还背着一人，但其纵跃飞腾之势，却轻灵飘忽，潇洒自如，就像抄水的乳燕，看到妙处，群豪情不自禁的齐声喝起彩来。

喝彩声中，柳天赐背负着白素娟已到岛下，距岛尚有三丈余，突然发出一声清啸，左足一点，凌空疾射，像一枚脱弓的弹丸，只听见衣袂飘风声响过，人已立于鸟岛之上。

众人又是一阵雷鸣般的喝彩声。

柳天赐放下白素娟，凝神扫视了岛上一眼，只见数亩大小的鸟岛平滑如镜，岛面上黑压压坐满了人，这些人有老有少，有僧有道，有男有女，高矮胖瘦，丑俊不一，每一个人身上戴有明晃晃的兵刃，一个个气宇轩昂，神态威猛，一望便知俱都是江湖中称雄一方的有头有脸的人物。

岛上无桌无椅，群豪席地而坐，每人面前放着一只青瓷花碗。

在群豪对面，设有五张石几，石几周围有几只石鼓，上面铺着团花软垫，正面的一张石几后面坐着一个头戴皇冠、身穿龙袍的上官雄，身后分站着两个十六七岁的少女，少女后面站着四个面色毫无表情的黑衣人。

师父韩丐天身后，横七竖八地坐卧着几个老叫化儿，人人赤脚蓬头，满脸泥垢，身上衣衫褴褛，破烂不堪，又脏又臭，每人身上背着七个袋子。

九袋长老和八袋长老在点将台被“柳天赐”抓去后，又被上官雄劫去，只剩下七袋长老。

韩丐天如一尊小山，傲然坐在地上，他身边是“不老童圣”和一个穿着皇袍、慈眉善目的老者，想必就是“皇圣”段永庭。

神偷怪和千毒怪、千毒不毒怪也全在前排，四怪中就是无影怪没来。

后面就是九大门派的头面人物，白素娟暗暗奇怪，像少林、武当、华山等大门派的掌门人都不在，并且九龙帮中没一个人在此露脸。

岛上的所有人，都猜不透柳天赐的来历，便都目不转睛地盯着他俩。

柳天赐见中间一张石几后面无人坐，便拉着白素娟，在众目睽睽之下，大摇大摆地走过去。

刚走到石几前，突然有人身影一闪，蹿了过来，伸手把柳天赐和白素娟拦住，说道：“且慢，二位想做什么？”

柳天赐戴着面具，龇牙一笑，手指石几后面的两只石鼓道：“我们要坐在这儿。”

整个鸟岛上，只有白素娟和柳天赐戴着奇怪的面具，十分现眼和独特。

来人冷笑一声道：“阁下可懂得这儿的规矩？”

柳天赐摇摇头道：“什么规矩？我不知道。”

那人道：“今夜来赴会之人，若非是一派宗主或掌门人，不能坐在此处，请阁下还是到后面去坐吧。”

白素娟对柳天赐小声道：“这人是昆仑派的首徒，叫邱景华，在江湖上名声不大好，因为他右手长了六根手指，江湖人称他为‘邱六指’，而实际上，应叫他邱七指，因为他多出的那根手指又分了一叉，应有七指。”

邱六指见柳天赐和白素娟在谈着什么，沉声道：“阁下听到我说的话吗？”

柳天赐将眼一翻，笑道：“你怎么知道我不是一派宗主或掌门？”

邱六指道：“妈的，你当老子是傻子，一派宗主或掌门，为何要戴上面具。”

柳天赐道：“这是谁规定的，宗主和掌门就不能戴面具？”

邱六指只好问道：“请问阁下是哪一派的宗主或掌门？”

柳天赐道：“哼，我为什么要告诉你？”

邱六指有些不耐烦，道：“阁下不说出来历，你便不能坐在此处。”

柳天赐嘻嘻一笑道：“我便要坐在这里。”

邱六指脸上一冷道：“阁下执意要坐，可就莫怪我们不客气了。”

柳天赐大笑道：“哈，我最喜欢别人对我不客气。”

邱六指忍无可忍，伸手抓住柳天赐的手腕，暗扣住脉门，暗潜内力，往外一拉，嘴上却道：“阁下请起。”

邱六指成名已久，且人又自负，根本没把柳天赐放在眼里，他这一招，已运上了内家真力，想将柳天赐摔跌出去，叫他当众出丑。

谁知，他内力发出，忽觉对方的手臂软绵绵似无骨一般，自己的手明明扣在他的腕脉，但却毫不受力，仿佛抓的不是实物，而是一把空气，他连忙拉了拉，竟未将柳天赐拉动。

邱六指有些骑虎难下，将内力加到十成，可柳天赐仍稳如泰山，邱六指这才知道看走眼了，脸色一变，将柳天赐的手腕松开。

柳天赐嘻嘻笑道：“怎样，邱七指，我配不配坐在这里？”

邱六指大怔，自己手上的第六根手指多出一指，很少有人知道，他是怎么知道的？满脸一红，一时呆住了，无言作答。

“青城四杰”见邱六指拉那带面具的不动，便使了一个眼色，一起走将过来，老大申震天道：“阁下是来参加武林大会的，还是来捣蛋的？”

这些人都是上官雄的亲信，所以出面处理，柳天赐笑道：“你说呢？”

“青城四杰”中的老二徐昌是个燥炮子，怒道：“你是什么东西，也配坐在这里？快滚！”

柳天赐却不急不躁，笑道：“他们能坐，为何我不能坐？”

邱六指在一旁哼了声道：“那几位你难道不认得，他们都是天下武林至尊，自信该坐在这里，阁下武功虽高，但与他们相比，还是不能与他们平起平坐。”

柳天赐哈哈笑道：“什么狗屁武林至尊，好坏不分，同流合污，我小六子历来天马行空，独往独来，便是进了皇帝的金銮宝殿，那皇帝老儿见了我，也得乖乖让位与我坐哩。”

在场的人见柳天赐如此狂傲，顿时鼓噪起来。

“喂，这小子是谁，口气怎么这般大？”

“老子一生走遍江湖，怎地从未听说武林中有他这号人物？”

“哼，我看这小子是刚出道的娃儿，不知天高地厚！”

“臭小子，你是什么东西，也配和三圣四怪九大门派平起平坐！”

“把这小子王八蛋扔到湖里去喂鱼！”

……

乌岛之上，顿时群情激愤，喊声连天。

柳天赐虽遭众怒，却丝毫不惧，等喊声一落，便扫了众人一眼，笑道：“好，原来各位高手都要对我小六子这低手不客气，小六子得到这么多人的抬举，实在荣幸，我究竟配不配坐在这里，等一会儿再定，咱们先来打个赌玩玩，在座的各位不论是谁，只要能把我拉离此地一步，小六子不用你们杀我，我自己立刻跳湖自杀，如果你们拉我不动，那这地方只好由我来坐。”

邱六指道：“阁下说话可要算数?”

柳天赐瞪了他一眼，说道：“我要不算数，叫我长出八根手指。”

“青城四杰”中的申夺天挽了挽衣衫子说道：“好，我来试试!”

柳天赐笑道：“你们‘青城四杰’不是有四个人吗？一个一个地来，未免太费工夫，你们四个干脆一齐上吧!”

申震天等人见柳天赐如此小视自己‘青城四杰’，顿时恼怒，便一同走上前来，将柳天赐抓住。

抱腿的抱腿，搂腰的搂腰，四人一声暴喝，同时运力，欲将柳天赐抬起来扔到湖里。

四人号称‘青城四杰’，武功自然不弱，力量合在一起，但是一颗参天大树，也能连根拔起。

可四人抱紧了柳天赐，连运几次内力，柳天赐却稳如泰山，连脚跟也未挪动一下，无奈四人只好将他松开，围着柳天赐干脆又拉又推，搬拧拽撞，像村夫耍赖一般，直累得气喘吁吁，面红耳赤，仍似蜻蜓撼石柱一般，柳天赐依然纹丝不动。

柳天赐立在石几前，并不扎马步，蹲桩作势，只是自然而立，神态从容，笑道：“你们‘青城四杰’是怎么混出来的，半点力气也没有。”

申震天四人正在束手无策，不知该怎么办时，岛后突然乐声大作，群豪闻声望去，只见岸边隐隐闪动一片绿荧荧的灯火，大家正不知是何人到了，这等排场，便听到一声清脆的声音传了过来，道：“莲花教教主驾到，快迎接活佛。”

那声音好似女子之声，但从五里之外的岸边传来，字字清晰，便好似在众人耳边说话一般，显见说话之人内功已到了炉火纯青之境。

群豪均心头纳闷，暗道：莲花教是藏边的一个邪教，今天怎到这里来了……

上官雄站起身来，喝道："掌灯，迎接活佛。"

话音一落，只见鸟岛四周，刷的亮起一片灯火，顿时将鸟岛映得亮如白昼，群豪这才知道，这莲花教主是上官雄请来的，已有准备。

近百盏风灯相辉映，恰似天上银星落湖面，波摇灯影，闪闪烁烁，流银泻玉，美不胜收。

随着火亮一亮，只听砰砰啪啪一阵撼天动地的炮响，十八盏彩灯被射入天空，随后，彩灯炸裂开来，灯花四放，漫空璀璨，喷绿吐红，火树银花，五彩缤纷，十分壮观。

呜——嘟——嘟——，一声螺号长鸣，一条大龙舟划破万顷碧波，风驰电掣般朝这鸟岛上开来，船上灯火辉煌，鼓乐齐鸣，四十名水手分列两侧，各执大橹，运力齐摇。

这阵势不亚于天子出游，好不气派，群豪人人心中纳罕，这莲花教的教主何等人物，上官雄竟以如此仪式迎接他。

工夫不大，龙舟已驰至鸟岛，距鸟岛尚有数丈，便即停住，那些水手放下大橹，每人扛起一块木板，眨眼间，便在龙舟和鸟岛之间搭起了一座浮桥。

上官雄头戴皇冠，带领一些亲信，纷纷跪在龙舟前，说道："中原武林皇帝上官雄率武林群雄跪迎莲花教教主佛驾，请活佛现身登岛。"

龙舟上鼓乐声立止，舱门一开，从里面飘出八个妙龄女郎。

八个女孩个个肤如凝脂，杏目樱唇，身材苗条清秀，美似天仙，这么多美女聚在一起，就像是一母所生，难分上下，不仅如此，八个女孩儿身着服饰也一模一样，一色的黄衫绿裙，头戴花小帽，腰佩长刀，每人的手中挑着一盏碧纱灯笼。

八位少女娉娉婷婷地走下浮桥，登上鸟岛，分两侧而立，而后全都躬身，莺声燕语般地齐声唱道：“请活佛现身!”

声音一落，船舱中又有一群人鱼贯而出，走在前面的是一美一丑的两女子，美的胜过西施再生，丑的奇丑无比，使人目不忍睹，美的使人心醉，丑的使人胆寒。

柳天赐一见那美的，不由一惊，那正是在大漠碰到的吴凤。

紧跟着四个悍妇抬着一顶软轿，说是软轿，实则是大红轿上铺着黄锦绣垫的云床，云床之上，斜倚半卧着一个身披大红袈裟的藏僧。

那僧人身材并不高大，却极为肥胖，身着黄绸衲衣，脚蹬长筒皂靴，圆滚滚的大脑袋剃得铿光瓦亮，一张银盆大口，两条慈眉，一条善目，鼻耸五山，口悬偏见，两只垂肩大耳上各吊一枚金环，脖子还挂着一串一百零八颗人骨顶珠，果然是法象庄严，一副救世活佛模样。

奇怪的是，那和尚看样子有六十左右年纪，然而身上却洁白光鲜，肌肤娇嫩，就好像刚刚出生的童儿一般，软轿两侧是四个美貌妇人，手中摇着转经轮，口中默诵佛经，低头伴行，后面则是一群十五六岁的女童，抬抱着各种法器拥簇而来。

岛上群豪心中无不感到惊奇，这莲花教除了教主一人是个和尚以外，其余竟然均是女人，而那些女人无一不俊俏秀美，胜过人间仙子，但是皇帝老儿身边的嫔妃，恐也难有这般齐整，群豪中有些年轻贪色之人，一见到这些佳丽美人，已按捺不住狂纵心神，眼中放出光来，口中啧啧，赞叹不已。

第三十八章　莲花妖教

正在大家惊诧之际，那伙人已离舟登岸，四悍妇将软轿放下，撤了轿杠，云床便稳稳落地，随行的一些女人，立刻环伺于云床两旁。

那大和尚始终半倚半卧于云床之上，眼儿也未抬一下，丝毫不把岛上的群豪放在眼中。

吴凤立于云床一侧，娇声喝道："莲花教主吉多拉活佛临幸鸟岛，众生速来朝拜，求活佛赐福。"

群豪充耳不闻，端坐不动，上官雄率亲信跪在云床前，齐声诵道："活佛降临，佛光普照，万众生灵，喜沾甘露，求活佛赐福。"

吴凤喝道："平身!"

上官雄等人这才起身，邱六指和青城四杰等人，依次从那大和尚面前走开。

大和尚二目微合，等每一个人经过他面前时，便伸出一只戴有宝石戒指的胖手，在每一个人头顶轻轻摸了一下。

众人都摸完了，柳天赐忽然心中一动，蹭地跳了起来，来到云床前，将脑袋往前一探，笑道："杂派帮主小六子，求老和尚赐福。"

大和尚将双眼一闭，伸手在柳天赐头顶摸了一下。

柳天赐嘻嘻一笑，又回到自己座位上坐将下来。

韩丐天见柳天赐上岛之时，插科打诨，心中一喜，以为是柳天赐，可说话的嗓音又不是，他哪里知道，柳天赐自练了九龙神功后，声音和身体都已发生了改变，此时见小花脸在拍那藏佛的马屁，更认为不是，心想：柳天赐怎么还没来，心里甚为着急。

群豪对柳天赐的行为嗤之以鼻。

忽然间，云床上的大和尚脸色一变，肥胖的身子不住地扭动起来，双手在身上乱抓乱摸，眨眼间便已扯掉身上的袈裟，里面的衲衣也脱下一半，露出一身白嫩的皮肉。

群豪大惊，这老和尚在搞什么鬼？

吴凤也感到奇怪，忍不住上前，躬身问道："师父，你老人家怎样了？"

只见那和尚伸手扯开裤腰，将手伸进裆中，抓摸几下，便掏出一条金黄的小蛇来。

岛上群豪见了那条小蛇，均感大奇，人人心想：那小花脸不知用了何种手段，将小蛇放到活佛身上。

群豪见大和尚遭到戏弄，顿时大为开心，轰然大笑起来。

吴凤脸色一变，目射凶光，狠狠的扫了众人一眼，厉声喝道："什么人如此大胆，敢在佛爷面前放肆。"

无人应声，吴凤用眼一扫坐在前面的神偷怪，冷笑一声，道："神偷怪，你好大的胆子！"突然身子拔起，凌空飞纵，双手齐探，朝神偷怪当头抓了过去。

神偷怪衣衫一抖，呼地一声，一股雄劲的罡风，朝吴凤卷去，顿时将吴凤震得倒飞向云床，向大和尚砸去。

吉多拉一手抓住那条金色的小蛇，塞入口中一阵乱嚼，同时右手衣袖一拂，抖出一条白练，将吴凤托在空中。

群豪一看，大和尚抖出的白练竟然是一条哈达，哈达是藏人用来向客人表示敬意所赠之物，只是一块白绸，可吉多拉随手一抖，那长约丈余的白绸被他贯入内力，竟硬如钢铁，铺在空中，吴凤双脚落在哈达上，稳如泰山，纹丝不动。

有些人竟轰然叫好。

吉多拉将小金蛇嚼得咯咯乱响，转眼间便将蛇儿吞下肚去，他抹了抹嘴，赞道："好！好！"

众人都见多识广，知那金黄小蛇乃是蛇中最毒的"五寸金蛇"，只要被它咬中，就会当场毙命，然大和尚却生吞活嚼，人人看得寒毛倒竖，目瞪口呆。

吴凤被神偷怪一袖震退，险些丢丑，勃然大怒，从哈达上跳下来，便再朝神偷怪扑去，吉多拉头也不抬，道："左法王，你不是人家的对手，又何必自讨没趣。"

吴凤脸一红，躬身道："弟子无能，给你丢脸了。"

吉多拉哼了一声，对那奇丑的婆婆道："右法王，左法王临阵失利，该当如何？"

丑婆婆道："本教规矩，临阵失利者，打入十八层地狱，永受万劫不复之苦。"

吉多拉道："那你还等什么！"

吴凤花容失色，脸上淌下汗来，扑通跪在云床前，说道："弟子罪该万死，望活佛看在弟子待老人家多年的份上，赐我一杯极乐酒吧，弟子魂归天界，永生不忘活佛恩德。"

丑婆婆和众女子也纷纷跪倒，为吴凤求情。

吉多拉这才将手一摆道："左法王，你起来吧！"

"多谢活佛慈悲！"吴凤转悲为喜，立起身来，用双眼向群豪这边望来，似在寻找什么人，柳天赐心里明白，她这是在找自己和红儿。

上官雄躬身走到大和尚面前，小声道："武林大会是否可以开始了？"

吉多拉道："人都来了吗？"

上官雄道："那柳天赐和九龙帮未曾到，我看是吓得不敢来了。"

吉多拉点头道："好，开始吧。"

上官雄回到座位，邱六指高声喊道：“武林大会，现在开始，今天武林皇上要为在座的按功劳大小，封官进爵，划定地盘，永享天子之福。”

上官雄道：“日月神教向天鹏野心勃勃，为祸武林，使江湖腥风血雨，经武林同道齐心协力，终于将日月神教众匪徒剿灭，天下武林共享太平，为此武林同道，付出了牺牲。今天，我在这里按功劳大小，封官进爵，在这之前，我已备上等英雄酒犒劳天下群豪，倒酒。”

话音一落，就有一行人提着酒桶走将出来，给群豪每人倒了一碗酒，一时间，鸟岛上空弥漫起一阵异香。

群豪一到岛上，便感情景不妙，越看越不对劲，上官雄为天下武林群雄封官进爵，这在江湖上还是头一次，因为江湖一向与朝廷水火不融，但又有千丝万缕的关系，江湖人习惯了我行我素，上官雄却为大家封官，群豪初感新鲜，最为奇怪的是，在月前，各大门派的掌门人突然神秘失踪，不知去向，现在喝酒，哪个还有心思，均想这莫非是鸿门宴。

说实在的，上官雄为了平息日月神教，又出钱又出力，武林同道推他为武林盟主，可他却自封武林皇帝，群豪隐隐感到不妥，都怀着戒备之心，端坐不动，谁也不敢饮碗中之酒。

这时有人站起来道：“皇上，我们帮主在月前突然神秘失踪，我帮中弟子找遍三山五岳，都没找到，望皇上替我们做主。”

那人一提，跟着就有十几个人站起身来，都说月前帮主或掌门人神秘失踪，顿时，一片哗然。

上官雄道：“竟有这等事，大家不要急躁，先喝酒再说。”

众人仍是端坐不动，没一个伸手去动那碗酒，上官雄见刚开始便冷了场，大为尴尬，阴着脸。

吴凤端起一碗酒，娇声道：“各位老少英雄，莫非担心这酒中有毒，请大家放心好了，这酒是上等佳酿，饮之可舒筋壮骨，活血安神，补血添性。”说完，将酒碗端到唇边，一仰粉脖，一饮而尽。

群豪仍无人动那酒碗，亦无人吱声。

上官雄道：“大家对我上官雄有何成见？”

“有！”一个炸雷的声音从前排传来，众人一看，见是丐帮韩丐天站了起来。

上官雄笑道：“原来是韩帮主。”

韩丐天大声道：“我们帮主没来，上官雄，你才是为祸中原武林的罪人，还在这里假惺惺的，各大门派的掌门人就是被你抓去的。”

群雄大哗，一起望着上官雄，上官雄脸色一阴，忽然笑道：“韩丐天你用‘隔山打牛掌’将向天鹏打死，这是英勇之举，但你又在大理夺取随形剑气，功过抵消，所以我也不想封你，也不想罚你。”

“随形剑气与韩帮主无关，至于是谁偷的，自己应该心中有数。”一个穿皇袍的人站起身来说道。

柳天赐见是大理的段王爷说话，就知师父已和他消除了误会，心中不由一喜。

上官雄嘿嘿冷笑，正准备说话，邱六指突然高声说道：“大家都是威震江湖雄霸一方的汉子，怎连一碗酒都喝不下去，还在扯一些闲话，既便有毒，又有什么了不起，如此缩头藏尾，畏手畏脚，还称得上是什么男子汉大丈夫，干脆别出来在江湖中走动，回家抱孩子算了。”

说完，一口将碗中的酒喝完，“砰”的一声，将碗摔在地上。

柳天赐朝师父望了一望，怪笑两声，走到上官雄面前，道：“皇上老儿，说实在你这身份是自封，在座的没几个人同意，不过，今天我小六子怎么说还是领情，来，先干为敬！”说罢，一仰脖子将那碗酒灌了下去。

上官雄看了看柳天赐，实在想不出这个戴面具的是何方神圣，但想到今晚这些人都是瓮中之鳖，孙猴子还跑得出如来佛的五指山，暂时就让你们张狂一下，面上却笑道："杂派掌门年纪轻轻，却豪气干云，不愧是少年英侠。"

柳天赐一抹嘴巴道："过奖，过奖!"

不老童圣在一旁哈哈笑了两声，说道："师父是英雄，我这做徒儿的自然不是孬种，这酒我也喝了。"说完，也将自己的一碗酒一饮而尽，还咂巴着嘴，叫道："好酒，好酒!"

神偷怪也端起碗饮了一口，将酒碗放在石几上，卟的将口中的酒喷出，皱眉说道："这酒好寡淡无味，不作屎臭，亦不作尿骚。"

吴凤冷笑一声道："疯婆子，你是嫌这酒不够劲吗?"

神偷怪不屑道："这也叫酒!"

吴凤道："哼，你先别吹牛，本教有一种好酒不知你敢不敢喝?"

"哈……"神偷怪纵声长笑，说道："这是什么话，天下什么酒我齐碧柔不敢喝，真是天大的笑话。"

吴凤冷冷看了神偷怪一眼，走到云床旁，和吉多拉耳语了几句，吉多拉也斜了神偷怪两眼，满脸不屑神色，叫道："取我的极乐酒来!"

几个少女立即提来几只大牛皮袋，放置在云床前，吴凤提着皮袋，为吉多拉倒了一碗酒，霎时间，一股奇异的清香弥漫鸟岛。

群豪一闻那酒香，顿感神清气爽，忍不住吞津咽啐，口水横流，众人均想：这是什么仙酒，怎地这般诱人?

吉多拉接过吴凤递过来的酒碗，冲两个站在云床旁的美少女把手一招，说道："你俩过来!"

两个少女应声走上前，翻身跪倒在云床前。

吉多拉笑道："两位法王一生修德积善，功行圆满，尘数已尽，佛音传音，召你二人归返极乐，你二人准备吧。"

"遵活佛法旨。"

两个少女站起身来，伸手便解衣扣，转眼间就将身上脱个精光。

群豪哪见过这种场面，如花似玉的少女，竟然一点羞涩也没有，当众脱得一丝不挂，玉骨丰肌，暴露无遗，人人色变，都皆转头去不忍再看，心想：这些人简直邪魔歪道，怎这般不知羞耻……

白素娟羞得低下了头，见柳天赐目瞪口呆地看着两个脱得精光的少女，低声道：“不许你看，小心将你的魂给勾去了。”

柳天赐笑道：“我只是觉得好笑，你在我身边，我对谁都不会动心的。”

白素娟轻轻握住柳天赐的手，心中欢喜无限。

岛上群豪都沉声不语，静得令人心跳，只有少林派的和尚坐在那里，双手合十，不住地口诵佛经。

两个赤身裸体的少女在众目睽睽之下跪倒在云床前，朗声道：“求活佛接引。”

吉多拉坐直了身子，将酒碗放在少女面前，伸手在二人头上摸了摸，说道：“二位法王，功德无量，苦心修练，劫数已尽，佛祖召唤，永登极乐，脱却尘俗，除尽魔难，赤条条来，赤条条去。”

说完，在二人的额头上各吻了一下。

两个少女盘膝而坐，端过酒碗，各呷一口，随即放下酒碗，双掌合抱胸前，闭目不动，脸上神色安详，挂着笑意，似乎果登佛乐仙境。

吉多拉端起酒碗，在二人头上各滴了几滴酒，果然，云床前腾起了两团白烟，将两少女裹住。

白烟越来越浓，却聚而不散，两根烟柱笔直飘向天空，烟柱中还传来嗤嗤的声响，一股浓烈的烧人肉味飘散出来，呛得群雄恶心欲呕，实在难闻。

吉多拉带来的少女都摇动手中的法轮，高声诵起佛经来，口中念念有词，一时间，鸟岛上空响起一阵莺歌燕语。

那两柱白烟过了好一阵子，才渐渐散去，众人再看云床前的两个裸体少女，已踪影全无，地上只剩下两摊血水。

众人见此情景，无不倒吸一口凉气，骇然不已。

吴凤笑吟吟说道："大家颇感兴趣吧，我向大家介绍一下，这酒是我佛家的极乐酒，乃是活佛从极乐世界中带来的仙物，以此来度世俗有缘之人，世人饮得一滴，即可脱离尘俗苦海，登临极乐。今天来的都是武林成名人物，各霸一方的江湖豪客，不知各位哪个有缘，敢饮此酒?"

群豪看到刚才骇人的一幕，听了吴凤的话，无不噤若寒蝉，大气也不敢出。

吴凤走到少林派的坐处，笑道："久闻少林武功是中原武林的根基，天下武功出少林，千百年来，少林武功领袖天下武林，不知你们中谁敢饮这极乐佛酒?"

少林派的能洪方丈在月前突然神秘失踪，所以罗汉堂首座智胜大师是少林派的代表，智胜大师脸一红，稽首道："阿弥陀佛，贫僧虽是佛门弟子，然自知修行尚浅，尘缘未尽，不敢妄登极乐，还是请女施主去度别人吧。"

吴凤哈哈一笑道："中原武林向来英雄倍出，可小女子今日一会，才知传言不实，各位都是各宗各派的掌头人物，侠名远播的绝顶高手，竟在这小小的一碗极乐酒前，缩头缩尾，岂不是太丢脸了。"

说完向前排的几位武林至尊人物看了一眼，江湖群豪见吴凤如此大为挑衅，人人心中冒火，但谁也不肯先行出头。

吴凤一哂，靓摆腰肢，走到云床边，转身问神偷怪道："神偷怪，你刚才所说的话还算不算数?"

神偷怪和黄朝栋在二十年前，行侠江湖，两人被江湖人物称神仙侠侣，备受的尊敬，但黄朝栋移情别恋后，她性情大变，挑起武林祸端，群豪才称她为魔女，要不是今天召开武林大会，人们早就对她群起而攻之，因此大家都冷眼旁观，幸灾乐祸。

神偷怪正要答话，突闻柳天赐哈哈大笑两声，一跃站起，对吴凤道："我小六子尘缘已尽，早想登入极乐仙境，来，这酒我爱喝。"

吴凤将柳天赐打量了一遍，道："这酒可非寻常之酒。"

柳天赐道："太寻常了有什么意思？这酒我喝定了。"

吴凤将手中的那碗毒酒端起来递给柳天赐道："好，我先敬你一碗！"

柳天赐接过酒碗看了看，只见碗中的酒呈血红色，闻之异香扑鼻，连声赞道："好酒，好酒。"

群豪都屏住呼吸，瞪大眼睛，一眨不眨的看着柳天赐，人人把心悬起来了。

白素娟虽然知道柳天赐百毒不侵，且练成了九龙神功，更是金刚不坏，但她刚才亲眼见莲花教的两少女喝了这毒酒以后，便化为血水，心中还是禁不住突突乱跳。

正在这时，忽见神偷怪将头一抬，喝道："且慢！"

众人闻声一怔，齐将目光转向这女魔头。

神偷怪身子连晃了几晃，险些摔倒，接着她又弯腰剧烈咳嗽。

神偷怪当年是名闻江湖的第一美人，上了年纪的人都知道，后被能洪方丈率人逼着跳崖，在江湖中销声匿迹近二十年了，今天，才第一次在这里露面。

往事如烟，岁月流逝，人们已将二十年前的仇恨淡忘了许多，甚至有点同情这位风烛残年的前辈。

但见过神偷怪的人，都大为不解，推算起来，神偷怪才五十多岁，不知这位当年曾令天下武林叹绝的第一美人，此时何以变得如此老态龙钟，奇丑无比，看上去好似一个被病魔缠身行将就木的老太婆，同时，众人也暗暗感叹，岁月无情。

神偷怪止住咳嗽，蹒跚走到柳天赐跟前，呼呼喘息不定，睁着一双浑浊的老眼看定柳天赐道："这位小兄弟，你真要喝这极乐酒？"

柳天赐笑道："当然！"

神偷怪道："你年纪轻轻，可知这酒的厉害么？"

柳天赐笑道："人终将有一死，我只知喝了极乐酒，全身舒泰，飘飘欲仙，心中快活。"

神偷怪叹了一口气道："酒是穿肠毒药，色是刮骨钢刀，我因一生贪杯，才变成这等模样，所以我还是劝你将酒戒了。"

柳天赐笑道："多谢，不过酒能同消万古愁。"

神偷怪道："酒入愁肠愁更愁。"

柳天赐道："这是因为你对酒的误解，对酒的误解，你可以不喝它，但对人的误解，你却终生贪杯，难以释怀。"

神偷怪一怔，脸色大变，道："你是谁？"

柳天赐道："我是黄帮主的朋友。"

神偷怪黯然道："他已死了！"

柳天赐道："你全都知道了？"

神偷怪恍然点点头道："可一切都太迟了。"

柳天赐道："黄帮主一直惦记着你！"

神偷怪眼睛一亮，道："小兄弟，今日我陪你喝个痛快。"

群豪见柳天赐和神偷怪说些莫名其妙的话，都甚感奇怪，不明所以。

"慢着，慢着！"不老童圣跑过来，笑道："酒逢知己千杯少，话不投机半句多，喝酒可以算上我一份。"

大牯牛蹭地跳了过来，翁声翁气道："牛儿也要喝。"

不老童圣不高兴道："爹与祖师爷喝酒你凑什么热闹，快回去，不听话，老子要打你屁股。"

大牯牛满脸不快，怏怏不乐地退回去。

吴凤心中窃喜，将手一拱道："三位有缘施主，请吧。"

吉多拉哼了一声道："左法王退下，本活佛来陪三位施主同饮。"

吴凤知道自己功力不够，说道："尊活佛法旨。"躬身退到一边。

吉多拉将手一招，对不老童圣等人道："三位请过来，佛爷今日陪你们喝个痛快。"

三人走了过去，跳上云床，在吉多拉面前盘膝坐好，两位少女立刻将酒碗端了过来，放在中间，倒好酒。

吉多拉端起酒道："主干为敬！"说完，将酒一饮而尽。

柳天赐、不老童圣、神偷怪也各将碗中的毒酒喝干。

两少女立即又将四人酒碗倒酒。

世间四大高手，就这样你一碗我一碗赌起酒来。

群豪瞩目凝视，人人心里都明白，这可不是一般的赌酒，而是一场罕见的武功较量，比刀光剑影的厮杀，还要凶险百倍。

连干三碗后，柳天赐酒兴愈浓，说道："咱们这样闷头喝，未免有些乏味，糟蹋了这上等佳酿，大家划拳喝酒怎么样？"

不老童圣年纪一大把，却最贪玩，喜欢热闹，只是苦于自己想不出什么好点子，见柳天赐提出来，眉飞色舞叫道："好，好，我们来划拳喝酒。"

吉多拉却道："我不懂划拳，请三位自便吧。"

柳天赐道："唉，不行，喝酒不会划拳，该罚！"

吉多拉笑道："好吧，入乡随俗，佛爷我认罚了，这样吧，你们三位不管谁输了我都陪喝一碗，怎么样？"

柳天赐道："这还差不多，不过，这便宜我可不占，大和尚，只要你陪饮一碗，我小六子也陪一碗如何？"

吉多拉看了一眼柳天赐道："就依你吧！"

不老童圣等得有些不耐烦了，叫道："我先来。"

柳天赐道："好！"

两人立即将手一伸，吆五喝六地划起拳来，连划三拳，不老童圣都输了，喝了六大碗毒酒，连声叫道："不行，不行，我今天手气好臭。"

接着不老童圣又吵嚷着和神偷怪划起来，就这样三人大呼小叫，一阵豪饮，不到半个时辰，便已将那袋极乐酒喝干。

那袋酒少说也有四五十斤，而柳天赐又喝又陪的，比不老童圣和神偷怪合起来喝得还多。

渐渐地，四人已分出高低来，不老童圣脸色蜡黄，身上的衣服都被汗水浸透，就像从水里爬出来一般，大家都知道这水不是汗水，而是他们毕生潜修的内功，将喝的毒酒逼出。

当众人再看神偷怪，顿时惊得目瞪口呆，只见此时的她，俏脸飞霞，肌肤白嫩，一双美目精光四溢，两道秀眉弯如新月，红唇微启，笑意盈然，似醉非醉，似醒非醒，像一朵迎霞绽放的出水芙蓉一般，秀美绝伦，

群豪亲眼目睹，神偷怪由一个老态龙钟的丑婆婆变成一个娇艳如花般的少女，谁也想不到毒酒使人返老还童，顿时惊得心神狂跳，过了好一会儿，才轰然叫好。

四个人中，莲花教主和柳天赐二人毒酒饮得最多，却又丝毫不动声色，并且身上不见毒液流出，甚至汗水也未出半滴，只见二人肚子越胀越鼓，就像怀胎十月的孕妇。

对吉多拉众人倒可理解，因为这极乐酒是莲花教的，他自然会解毒，可柳天赐初次以小花脸在江湖中露面，小小年纪，便有惊人的功力，大家简直难以置信，纷纷议论，只有韩丐天等人认真地凝视场上。

吉多拉耳听着群豪议论，皱了皱眉，问道："三位还喝不喝？"

未等不老童圣和神偷怪答话，柳天赐抢着道："这么好喝的酒，怎能不喝。"

吉多拉道："我们换一种酒喝喝如何？"

柳天赐道："好，我小六子今天要过个酒瘾，还有什么好的酒尽管取来。"

吉多拉把手一招，道："取我的地狱酒来！"

两个少女应声又提来一只大牛皮袋，给每人倒了一碗。

地狱酒和极乐酒大不相同，色呈碧绿，莹莹闪亮，闻之腥臭扑鼻，令人作呕，不老童圣和神偷怪两人眼望着酒碗，禁不住锁住了双眉。

吉多拉有些得意地道："佛说'我不入地狱，谁入地狱'，三位果然与我佛有些缘分，便请再饮些地狱酒，我们到地狱中去同游一番如何？"

柳天赐笑道："妙极，先入天堂，后入地狱，人生三界我小六子都去过，也不枉白来一世。"

"好！"吉多拉端起酒碗，说道："我先干了！"说罢，仰脖子把酒灌了下去。

柳天赐三人也举碗一饮而尽。

柳天赐咂巴几下嘴，笑道："哈，好酒，好酒，这地狱酒比极乐酒有味道。"

三碗过后，不老童圣和神偷怪两人都挺不住，额头上汗如泉涌。

地狱酒比极乐酒还要厉害百倍，两种至毒的酒力交作，使人便好似发了虐子一般，一阵枯燥火烧，一阵又寒似冰冻，两个人的脸色也一会儿变得通红如血，一会儿又变得碧绿如油。

不老童圣心中暗自叫苦，知道再喝下去，定会性命不保，再也顾不得面子了，蹭地跳将起来，对柳天赐道："师父啊，徒儿酒力不济，先走了。"

说完，拔身而起，跃到一个石椅上，再也不说话，静心排起毒来。

神偷怪也站起身道："我也不陪了。"说完摇摇晃晃走下去，坐将下来，双眼一闭，运功排毒。

云床上只剩下柳天赐和吉多拉，吉多拉看了柳天赐一眼，问道："小娃儿，你还喝不喝？"

柳天赐笑道："你要认输，我就不喝。"

吉多拉道："好，我俩接着喝。"

柳天赐道："哈，小六子奉陪到底。"

两人一阵海饮，盏茶工夫，那一牛皮袋地狱酒又被二人喝下去一半多。

吉多拉内功虽然厉害，但也支持不住，一张银盆大脸变得绿如青葱，而柳天赐除了肚子胀得圆溜儿以外，仍面不改色，谈笑自如，半点酒意也没有。

吉多拉暗暗称奇，心道："这小花脸不知是何方神圣，极乐酒和地狱酒，是采集天下百毒配制而成，一属火毒，一属寒毒，内功高深之人，若单喝一种酒，尚能运功逼毒，可保性命，若两种酒同时饮用，寒热交攻，纵是大罗金仙，也在劫难逃，我吉多拉尚支持不住，这小花脸却丝毫不见反应。"他越想越觉胆寒，哪里还敢继续喝下去，将手中的酒碗往地上一摔，摆手道："罢了，罢了，我认输了。"

柳天赐一拍肚子笑道："既然你认输了，我就放你一马。"

吉多拉忽听他拍肚子声音有异，顿起疑心，突然身子往前一探，右臂疾伸，暴长三尺，大手如钩，嗤啦一声，将柳天赐胸前衣襟扯开。

众人一看，见柳天赐胸前，吊着一只偌大的布袋，里面鼓鼓的，分明装的是酒，这才明白柳天赐喝了半日，原来喝假酒。

不过大家都是眼睁睁地看着他一碗碗地把酒倒入口中，竟没有一个人看出他从中捣鬼，这种移花接木、偷梁换柱的手段，倒也世上罕见，群豪醒悟出来，先是哄堂大笑，继而又齐声喝起彩来。

吉多拉被人愚弄，把脸一沉，怒声喝道："臭小子，你敢戏弄佛爷，糟蹋我的极乐酒和地狱酒。"

柳天赐嘻嘻一笑道："你能把我怎样！"

吉多拉将口一张，一道酒箭向柳天赐疾射过去。

柳天赐早有准备，双手抱住胸前布袋，就地一滚，扭身朝上官雄身后蹿去。

酒箭射空，呼地腾起一团火光，群豪无不脸色大变，暗道：好厉害！

吉多拉怒极，暗运玄功，将腹中毒酒凝聚成箭，再次向柳天赐射去。

柳天赐展开轻功，在上官雄等人中钻来绕去，吉多拉也不顾敌我，酒箭向人群激射，霎时间，两名侍女中了酒箭，顿时身上腾烟冒火，倒地乱滚，哀嚎之声甚是惨烈，不一会儿功夫，两人便和前两个少女一样，被毒酒化为血水。

上官雄手下等人见酒箭如此歹毒，都吓得四处闪避，石岛上，顿时乱作一团。

吉多拉红着双眼，一口气将腹中的毒酒喷尽，可半点未溅到柳天赐身上去。

柳天赐停了下来，笑道："大和尚，你也太小气了，我和你闹着玩的，你生这么大气干什么，看你脸都给气歪了，来，我喝了不就是了。"

说完，柳天赐提起那只布袋，仰面一阵猛灌，眨眼间，便把那袋极乐酒和地狱酒混杂的毒酒，喝得一干二净，提着条空布袋，笑道："大和尚，这次你满意了吧！"

群豪明白柳天赐在一口气将半袋毒酒全灌入腹中，这种喝法显然要比一碗一碗的饮要难得多，忍不住齐声喝彩。

突然间，柳天赐脸色一变，大叫一声，捂着肚子喊道："哎哟……痛死我了……"

吉多拉明白这是酒毒发作，笑道："臭小子，佛爷有法儿救你。"

柳天赐道："什么法子？"

吉多拉道："用刀将肚子割开，将酒放出来，就行了。"

柳天赐道："这法子不大好，我去……我去撒尿……"

说完，也不等众人反应，跑到岛边，面对茫茫鄱阳湖，哗哗尿起来。

这一泡尿非比寻常，就像是大河开闸，足足尿了半个时辰才打住。

柳天赐只觉胀痛陡消，全身痛快，肚子也瘪了下去，白素娟见柳天赐没事，一颗悬着的心才放下来。

忽然，有人高声喊道：“大家快来看，好多的鱼！”

群豪纷纷起身，凑到岛边一看，只见灯光之下，鸟岛周围的湖面上，漂浮着一层大大小小的死鱼。

众人无不吃惊，道：“好毒的酒！”

大家都各怀心事地回到坐处，群豪中忽然有人站起来道：“上官雄，你邀请邪教来参加武林大会，我孙某看不惯，我不陪了。”

说完，那人就带着几个人越众而出，向岛边走去，神色中对上官雄极为反感。

上官雄笑道：“阁下是百义门的孙老英雄吧？”

那老者道：“正是老朽！”

上官雄嘿嘿一笑，回身对身后四个面无表情的黑衣人道：“既然孙老英雄要走，就送他一程吧！”

其中一黑衣人，一语不发地走到老者跟前，缓缓抬起左手，突然老者发出一声惨叫，仰面倒在地上，口鼻流血，竟已气绝，那黑衣人木然又走了回去。

群雄大哗，百义门孙耀威是江湖上人所周知的侠义人物，一生嫉恶如仇，刚直不阿，且武功极高，被称为“铁臂神拳”，可那神秘的黑衣人却在一举手之间，将他杀死，这么多人，竟没一个看出他是如何出手的。

上官雄扫视了众人一眼，说道：“还有没有人要离开？”

没有人吱声，上官雄笑了笑，道：“既然没人离开，我现在向大家宣布一条好的消息，刚开始不是有人说让我为大家做主，找回失踪的掌门人，等会儿，大家就会见到他们的。”

转身对邱六指吩咐道：“有请各位掌门！”

邱六指从怀中掏出一面小旗，冲停靠在石岛旁的大龙船摆了两摆，朗声喝道："把各位掌门带出来！"

话音一落，只见那龙船底舱门大开，一伙人自底舱爬出来，缓步走出龙舟，登上石岛。

这群人登上石岛以后，群豪借着灯光细看，认出从底舱中出来的这群人，正是月前突然失踪的各派掌门。

群豪不解，失踪了一个多月的掌门人怎么会在这里呢，更感到这其间定有什么蹊跷。

这些掌门人一个神情漠然，看也不看各自的门人弟子一眼，低头鱼贯走到鸟岛中心，来到吉多拉的云床前。

吴凤款款走上前去，盈盈一笑，对那些掌门人说道："你们都来了么？"

这些掌门人不管老少，一见到吴凤，顿时神情大变，一个个脸泛红潮，双眼精光闪闪，纷纷跪倒在吴凤脚下，欢呼道："拜见仙姑娘娘！"

吴凤咯咯一阵娇笑，倩腰微扭，美目流波，伸出手来，在跪于自己面前的崇山派掌门人邓敬德的脸上摸了一下。

邓敬德呵呵笑了几声，说道："多谢仙姑娘娘垂青！"说着，竟然趴伏在地，伸嘴不住地吻吴凤的脚。

第三十九章　正邪之战

群豪见此情景，无不骇然变色，大惑不解，崇山派邓敬德，威震河北，是江湖上响当当的一代大侠，他不但武功精绝，且为人极为正派，一生不近女色，颇受武林敬仰，可今日竟当着天下群豪的面，拜倒在一个女人的脚下，还伸嘴去吻女人的脚，真是不可思议。

崇山派的弟子坐在下面，见掌门人在群豪面前出乖露丑，全都丑得满面通红，恨不得找个地洞钻进去。

吴凤用手一指云床上的吉多拉，说道："这便是吉多拉大活佛，你们还不快去拜见!"

那些掌门人立即膝行上移，跪在云床前，磕头道："中原武林各派掌门，叩见活佛!"

吉多拉身子也未动一下，只是抬起眼皮，扫了那些掌门人一眼，将脸一沉，问道："你们可是真心要归依我莲花圣教的吗?"

那些掌门人齐声诵道："我等愿入莲花圣教，追随仙姑娘娘，决不返悔。"

"好!"吉多拉道："你们都身为中原各宗各派的掌门，为何要入我教?"

那些掌门人竟齐声诵道："活佛降世，佛法无边，凡夫俗子，齐拜尊前，求佛赐福，永奉莲花。"

吉多拉得意地哈哈大笑，用手一指自己带来的那些少女，问那些掌门人道：“你们看我莲花教中的女菩萨美不美？”

那些掌门人全都脸放淫光，说道：“活佛座下的弟子，都是仙女转世，自然美貌超凡。”

吉多拉道：“你们喜不喜欢？”

那些掌门人嘻嬉笑道：“我们都是肉身凡胎，能一睹女菩萨芳姿，便是死了也不枉活一世了。”

吉多拉笑道：“好，既然你们都是真心归依我教，活佛我慈心大悦，便将这些弟子，赐与你们作妻子吧，免得为了一个左法王，争来抢去。”

吴凤娇笑一声道：“活佛慈悲，将本教姐妹赐与你们为妻，你们还不快谢恩。”

听了吴凤的话，掌门们连忙伏身磕头，齐声道：“多谢祖师爷赐福！”

吉多拉又是一阵哈哈狂笑，对那些女弟子们说道：“莲花教各护教法、使者，你们多年奉侍本座，光大我教，苦度劫难，如今又功德圆满，本座将中原武林各宗各派的掌门人，赐与你们为夫，任你们自行选择，你们还在等什么！”

少女们都已失去了人之礼性，毫无廉耻之心，个个都使出狐媚功夫来，一个个款摆柳腰，俏面飞霞，美目流波，嘻嘻哈哈的娇笑之声勾魂荡魄。

两名掌门人更是丑态百出，纷纷上前与那些少女相偎相拥，勾肩搭背，淫笑浪语，那情景污秽至极。

台下的群豪不由看得目瞪口呆，各掌门人都是一代宗师，就像中了邪，中了魔，作出这等怪异之举，简直使人难以置信，就是天下最毒的淫贼，也不可能在光天化日、众目睽睽之下作出这等骇人之举。

吴凤媚眼一扫群豪，娇笑一声道：“老少英侠们，你们掌门人归依我莲花教，从此永享人间快乐，你们有愿享艳福的，欲入本教的，速来拜见活佛，活佛大慈大悲，定让你们如愿以偿的。”

一个满脸虬须的大汉站了起来道：“魔女，我们掌门人定是被你们用歹毒药物乱了神智，你们邪教这样为祸武林，有什么意图?”

吴凤看了一眼满脸虬须的大汉，道：“原来是崇山派的邓世昌邓大公子，你说各宗各派的掌门人都是中了毒，你爹也在里面，你去问问他不就知道了。”

邓世昌带着几个师兄弟，走到邓敬德面前，说道：“爹，你是不是中了邪毒?”

邓敬德一见到邓世昌，顿时满脸喜色，叫道：“昌儿，你怎么来了?”

邓世昌满面苦涩道：“爹，孩儿来接你回去，你已中了妖女的毒。”

邓敬德笑道：“回去做什么，我可没中什么毒。”

邓世昌耐心道：“爹，自你失踪了以后，家里人和众师兄弟都急死了，娘都担心死了，你快跟孩儿回去吧。”

邓敬德哈哈笑道：“乖儿子，你爹我已入了莲花教，拜在活佛门下，在这里可好玩了，再也不回去了，你娘又老又丑，我又给你找了个娘，你快来拜见。”

说着，伸手拉着身边的少女。

邓世昌见那少女年龄只有十六七岁，心里难过万分，耐着性子道：“是他们害了你，爹，你回家吧!”

说着竟呜呜地哭了起来。

邓敬德听了大骂道：“小畜牲，你爹我并未中毒，你穷哭啥!”

邓世昌气苦，对身后的几个师兄弟使了个眼色，说道：“爹你已迷失本性，可别怪孩儿无礼了，我要将你带回去!”

几个人上前将邓敬德捉住，邓敬德挥拳抬脚，对弟子们乱扑乱打，破口大骂道："好你们这些目无尊长的东西，想害死我呀，我非打死你们不可。"

邓世昌见此情景，再也忍耐不住，伸手拔出腰中长剑，指着那少女的胸口说道："爹，你再不跟我回去，我便先杀了这小妖精！"

邓敬德大急，双眼通红，厉声喝道："你敢，畜牲，你要杀了她，我就先……"

说着，邓敬德突然出手，探住邓世昌的手腕，将剑夺下，反手一剑，竟将他儿子邓世昌的脑袋削了下来。

群豪无不动容，侠名远播的邓敬德居然为了一个少女，杀了自己的爱子。

那边各门各派也自乱作一团，那些年龄一大把的，全都疯了一般，与门下弟子和亲人反目为仇，顿时，哭爹叫娘地吵吵嚷嚷。

柳天赐也大为揪心，他暗自奇怪，那些日月神教的堂主和丐帮长老怎么没来，被上官雄关在哪里，望着场上乱哄哄的，不由心烦意乱，想了想，伏在白素娟身边，悄声说了几句，白素娟脸儿一红，犹豫一下道："你这办法是好，只是……只是你千万莫被那些小妖精迷住了！"

柳天赐笑道："我岂是那种人，姐姐，我只是为了救他们，你放心好了。"

说完站起身，哈哈怪笑两声，走到众人面前，道："你们掌门人娶了如花似玉的少女作老婆，应该高兴才对！"

群豪一见他大说风凉话，又气又恼，点苍派的岳太清将眼一翻道："阁下究竟是敌还是友？"

柳天赐道："是敌又怎么样？"

岳太清哼了一声，一振手中长剑，愤然道："阁下竟然和上官雄狗贼是一丘之貉，就请划出道来，岳某拼着一死，先来领教阁下高招。”

柳天赐见群豪已认清了上官雄的嘴脸，心中一喜，嘴上却道：“我小六子今天可没工夫和你什么高招低招的，我要去讨老婆！”

说完，扔下岳太清，转身朝吴凤走去。

中原群豪初见这自称杂派掌门人的小六子，对莲花教主大加戏弄，以为是朋友，此刻，见他为了女色竟要去和莲花教交好，顿时大惊。

谁都看得出这小子邪正难分，佛魔不清，武功又高深莫测，若是他与莲花教联手，与中原武林为敌，恐世间无人能是他们的对手了，中原武林也就面临灭顶之灾。

只有韩丐天、段永庭和玉霞真人端坐不动，静观事态发展。

柳天赐笑嘻嘻走到吴凤面前，问道：“左护法，你给那些丑掌门吃的是什么灵丹妙药，使他们有这般艳福？”

吴凤一怔，问道：“你问这些干什么？”

柳天赐道：“我也想讨几个如花似玉的姐妹作老婆。”

吴凤娇笑道：“我又看不到你的面目，要你是一个丑八怪，不知我教姐妹看不看得上你！”

柳天赐笑道：“我正因为长得丑，见不得人，所以才戴了一个面具，不过，再怎么丑也比那些老掌门要好！”

吴凤笑道：“你要娶我本教的姐妹，得先入我莲化教。”

柳天赐道：“只要能娶上如花似玉的老婆，什么我都愿意。”

吉多拉心中本已恨极了柳天赐，但又没摸清他的底细，心中正惮他的武功，才暂时忍住，此时见柳天赐被美色所惹，自愿加入莲花教，顿时怨恨全消，笑道：“好，佛爷我大慈大悲，不怪你初时不恭之罪，佛爷收了你，左法王，赏他灵丹。”

吴凤伸手入怀，掏出一只小瓷瓶来，从里面倒出一粒药丸递给柳天赐道：“小六子，你把这灵丹吞下，就算正式入了我莲花教。”

柳天赐接过药丸，仔细看了看，见那药丸半边红色，半边绿色，晶莹闪亮，异香扑鼻，毫不犹豫地将药丸放入口中，像嚼豆儿一样，咯嘣嘣嚼了一阵，吞了下去。

吴凤看在眼里，喜在心头，暗道：这春情丹乃是人间最厉害的迷药，纵是武功绝顶的人，只要服食一粒，就会神昏迷乱，这小子武功虽然古怪，料也难以抵挡得住。

不由笑了笑，问道："小六子，你觉得怎么样？"

柳天赐满面欢喜，道："哈，味道好极了，左法王，你再给我一点吃好不好？"

吴凤暗暗称奇，心道：这可古怪了，莫非这小子功夫太深，或者我药力不够，她又倒出一粒递给柳天赐。

柳天赐又把药丸吞下，咂了咂嘴，道："左法王，你这仙丹太好吃了，一点也不解馋，再给我几粒吃吧！"

吴凤愈发不解，又给柳天赐几粒，可柳天赐连吞数粒，丝毫不见反应，反而越吃越上瘾，笑道："小六子肚子好饿，你索性把那仙丹都给我吃吧。"

吴凤刚一犹豫，柳天赐突然伸手从她手中抢过药瓶，往口中一倒，咯嘣咯嘣一阵猛嚼，转眼间，便将一瓶迷药吞个精光。

吴凤惊得目瞪口呆。

吴凤自被上官红在丽春院毁了容后，找上官红不见，伤心欲绝，远赴西藏，拜倒在莲花教下，得吉多拉恢复了容貌，但从此后性情大变，凭自己的才貌，取得吉多拉的宠幸，封为左法王，这春情丹可是莲花教的独门宝物，毒性比极乐和地狱还厉害，居然没将柳天赐毒倒，简直是人间奇迹。

她咬了咬牙，从怀里掏出了所有毒丹，一并放在柳天赐面前，道："小六子，既然你肚子饿，便将这些灵丹仙药都吃了吧。"

柳天赐眼望着那些毒药，喜欢得手舞足蹈，笑道："还是左法王疼小六子，我吃了这些灵丹仙药，非他妈的立地成佛不可。"

他坐将起来，不管三七二十一，随手抓起那些毒药，往口中一塞，一阵乱嚼猛吞，工夫不大，便将毒药吃个干净。

吃完后，柳天赐打了两个饱嗝，伸了一下懒腰，笑道："饱了，饱了！"

突然，他身子一抖，两眼发直，看着那些少女道："我觉得身上燥热。"

吴凤心中一喜，知道毒性已发作，笑道："小子，你现在感觉怎么样？"

柳天赐两眼直勾勾地看着场上的少女，呵呵傻笑道："我想老婆！"

吴凤笑吟吟道："等以后你跟我们回到莲花圣教总坛，本教中的姐妹任你挑选好了。"

柳天赐摇摇晃晃爬起来，道："我等不及了。"

他径直走到掌门人面前，说道："各位掌门，你们将这些小妞让给我好吗？"

邓敬德喝道："放屁，我们好不容易才得到这些女菩萨，怎能让给你！"

柳天赐道："你们不让，我可就要抢了。"

邓敬德将身边少女搂在怀里，喝道："你敢，老子先揍死你这小王八蛋！"

柳天赐手里忽然多了一块手帕，原来他乘抢药丸的时候，从吴凤的怀里掏出这块手帕，这手帕上就是放着春情丹的解药。

柳天赐左手一挥，右手朝邓敬德脸上一抖，躬身钻过邓敬德身后，后背一掌，啪的一声拍在邓敬德的后心。

邓敬德往前一扑，栽倒在地，挣了几下，便即不动。

群豪大惊，有人叫道："不好了，这臭小子将邓老英雄打死了……"

话音未落，柳天赐身子一晃，双掌连拍，数十个掌门无一逃脱，都被他掌中后心，栽倒在地。

柳天赐眼望着掌门人的尸体，哈哈大笑道："你们这些臭掌门，老大不小，还不知耻，和我小六子争风吃醋，你们去死吧。"

说着，柳天赐冲莲花教的女弟子们把手一招，喊道："现在你们都是我的人了，还怔着干什么？"

莲花教的那些女弟子果然跑过来，将柳天赐团团围住，你推一把，我搡一把，叽叽喳喳，嘻嘻哈哈，笑个不停，就像一群花蝶，将柳天赐死死缠住。

上官雄一直坐着没动，冷眼看着柳天赐，不由暗暗心惊，这小子服食了莲花圣教的那么多毒药，怎么武功丝毫不减，刚才出手，那身法、掌法都快得令人匪夷所思。

那些掌门人都是武林中享誉已久的人物，各派中的宗师，虽神志已乱，但武功还在，便是我自己，要想一招之间将他们打倒致死，也绝难做到，可是，这古怪的少年，竟眨眼间连毙了武林各大门派的掌门人，那神奇古怪的武功，简直令人难以置信。

然而，他也暗暗高兴，他知道，柳天赐杀死了各派掌门，武林群豪绝不会与他善罢干休，等一会儿必有一场凶杀恶斗，我先坐山观虎斗，等收渔人之利。

果然，武林群豪见小花脸一招之间，连毙各大掌门，顿时群情激愤，虽说众人都是忌惮他那古怪的武功，但到了此刻，也都忍无可忍，尤其是那些掌门人的弟子们，更是对柳天赐恨之入骨，恨不得把他抓住煎皮抽筋！

湘南古堡派掌门人的大弟子钟刚大叫一声，道："这小王八蛋太狠毒了，咱们宰了他。”

说完，呛啷一声拔出长剑，带领几个师弟便冲过去。

一派领头，其余各派也纷纷拔出兵刃，一哄而上，吼叫着朝柳天赐扑去。

柳天赐双掌向外一摊，两股无形的神力，排山倒海般朝群豪涌去。

柳天赐怕伤了群豪，初时把掌力发出，刚猛雄浑无比，呼啸的掌风似天雷滚，又若海啸涛鸣，待掌力波及到一丈开外，陡然间化刚为柔，在他与群豪之间，筑起一道无形的罡气之墙。

群豪初闻掌风啸响，不觉心惊肉跳，均停步迟疑了一下，待掌风一消，众人才想：这小子故弄玄虚，功力不过尔尔，钟刚一振手中长剑，大声叫道：“大家别被他吓住了，快冲上去把他乱刃分尸！”叫罢，带头冲了过去。

群豪冲至距柳天赐一丈外，便遇到劲力，人人如似陷入烂泥潭中，难以自拔，又好像被一层极软而韧若坚革的蚕茧包裹起来，任他们拼尽全力，也冲不到柳天赐布下的罡气。

群豪正莫名其妙，柳天赐双手抖了抖，群豪便觉有一股巨大力压挤过来，迫得他们呼吸艰难，立脚不住，纷纷向后退去。

柳天赐这种惊世骇俗的奇功，令群豪如遇鬼魅，大家你看我，我看你，个个目瞪口呆。

群豪拼命往前闯，但哪进得了半步，突然柳天赐将掌力一撤，群豪一齐往前冲去，柳天赐身子一欺，一掌拍在钟刚的前胸。

钟刚大吃一惊，但柳天赐身法太快，根本是防不胜防，只得闭目待死。

突然，站在离钟刚一丈多远的吴凤惨叫一声，身子凌空倒飞而出，重重摔在地上。

群豪亲眼看见柳天赐一掌拍在钟刚的前胸，可飞出去的却是吴凤，又是一惊，人人瞠目结舌，呆若木鸡。

人们全都呆住了，韩丐天两眼精光暴射，他已看出柳天赐所使的正是天下独一无二的“隔山打牛掌”。

这“隔山打牛掌”除了他和柳天赐，还有一个不知名的人能用，世上没有第四个人能用这一招。

韩丐天端坐不动，冲柳天赐一招手道：“小兄弟，请你过来一下。”

柳天赐走到韩丐天的面前站定，韩丐天把脸一沉，陡然间将手一探，右手衣袖一抖，朝柳天赐脸上拂去。

柳天赐没料到韩丐天会突然出手，一觉袖风扑面，忙将双腿一蹬，向外纵出。

可韩丐天是何等人物，不出手则罢，一出手快如电光火石，柳天赐刚刚纵起，避开韩丐天那一抓，未等落地，韩丐天身子未动，手臂却陡然间暴长二尺，手指自衣袖中朝外一勾，便已将柳天赐的面罩揭了下来。

柳天赐冲韩丐天一笑，扑通跪在地上，叫道：“师父……”

韩丐天大喜过望，喜道：“天赐……帮主，真的是你！”说着赶紧扶起柳天赐。

岛上一见到柳天赐的容貌，无不大惊，顿时一片哗然。

柳天赐最近在江湖上做了一些惊天动地的大事，他的名字江湖上无人不知。

上官雄见果真是柳天赐，大惊不已，心想：这小子被成吉思汗抓去了，是怎么逃脱出来的，现在看来，情况可变得复杂了。

上官雄沉声道：“柳天赐，闹了半天，原来果真是你，你刚才杀了武林各派掌门人，如何向天下英雄交待！”

钟刚也叫道：“韩老帮主，这次你可不能护短呀！”

点苍派的陶大伟跨步向前，将双拳一抱，对上官雄道：“盟主，柳天赐杀害了各宗各派掌门，如此作恶多端，为害武林，可谓人神共愤，还望盟主为我们主持公道。”

群豪齐声道：“请盟主主持公道。”

上官雄心中一喜，将手一摆，说道：“各位爱卿暂且息怒，我上官雄既被大家看重，推为武林盟主，我一定会崇侠尚义，不徇私情，不管是谁，只要做出大逆不道之事，就会按武林规矩办，我一定会秉公处置。”

群豪愤怒至极，纷纷喝骂道：“杀了柳天赐，为咱们的掌门报仇!”

群情激愤，大家恨不得将柳天赐乱刃分尸，剁成肉泥烂酱。

柳天赐哈哈大笑，说道：“我刚才用的是‘昏天大睡掌’，并未把那些掌门打死，只是叫他们睡着了。”

钟刚道：“大家亲眼所见，你用掌将各宗各派的掌门打死，谁信你。”

柳天赐道：“这些掌门前辈被迷药所迷，我只是偷了吴凤妖女身上的解药，制住他们，先让他们睡上一觉而已。”

群豪见他语气诚恳，半信半疑地走到那些掌门人的尸体前，柳天赐先掏出那条藏有解药的手帕，在每人的胸前一抖，而后双手齐挥，砰砰啪啪在那些掌门人后心各轻拍一掌，口中喊道：“大家起来，都别睡了。”

连叫几声，便见那些倒地昏睡的各派掌门激灵灵打了一阵冷战，翻身爬将起来，哇哇地呕吐起来，所吐之物，具是白色之物，粘稠如奶，腥臭扑鼻。

吐了一阵，那些掌门人便已神智清醒，一个个从地上爬将起来。

清醒了之后的众掌门人在自己的弟子面前，羞愧得无地自容，亲人相见，各诉思情，禁不住人人喜泪横流。

突然，邓敬德一声虎吼，身子一纵，挥掌向坐在台上的上官雄拍去，那模样便像发了疯一般。

上官雄一声冷笑，坐着不动，等邓敬德挥掌到了跟前，左掌微抬，“砰”的一声，邓敬德身子翻了翻，倒在地上，哇地吐出一口鲜血，就已气绝。

其他掌门人也都怒目圆睁，少林方丈能洪大师双掌合十，低诵道：“阿弥陀佛，上官雄你为祸武林，天下群豪都算看错人了，居然将你推为武林盟主，罪过，罪过！”

上官雄道：“大家共讨日月神教，我上官雄登高一呼，这有何错！”

能洪大师道：“你勾结邪教，将我等抓来，用春情丹使人们迷失本性，让各门各派为你控制，可谓用心险恶，今日我自堕身份，罪该万死，只有以死来谢罪天下武林。”

能洪大师看了一眼正在一旁运功疗伤的神偷怪，说道：“齐施主，老衲想和你了断二十年的恩怨。”

说完能洪方丈挥掌向自己的天灵盖拍去，双目一闭，就死了。

少林派的众僧见方丈圆寂，全都脸现悲苦之色，双手合什，诵起经文来。

经过了这场巨变，群豪全都幡然醒悟，纷纷操起兵器，怒目盯向上官雄，有些人得知被愚弄，竟要扑向前去。

柳天赐一挥手，说道：“自古以来邪不胜正，血债血偿，各位老少英侠，大家先别激动，我有几句话要和这位上官雄大人说。”

群豪果然停了下来，柳天赐道：“上官雄，现在你的狐狸尾巴露出来了，你自己将你的所作所为向天下英豪说出来吧。”

上官雄仰天大笑，说道：“我上官雄既然做得出来，还怕你们不成，我早就知道你们是口服心不服，但现在已迟了。”

柳天赐道：“上官雄，你先别太张狂了，还是让我先将你的阴谋说出来吧，其实你早就明白我的身份。

“我柳天赐就是在东瀛山上被你带到天香山庄，然后当着天下群豪的面封为日月神教教主的人。

“你多年前就处心积累，想一手控制中原武林，当武林盟主，但你是一个叛贼，条件不够，你就必须先挑起武林大乱。

“为了达到目的，你就选择了中原武林实力最强大的日月神教为突破口，花言巧语骗取你姐夫向天鹏教主的信任，然后乘他不备，竟丧尽天良地杀了他和四大护法，并取下他们的脸皮，移花接木，偷梁换柱，摇身一变，变成了日月神教的教主向天鹏。

“为了消尸匿迹，你不辞劳苦，将向教主和四大护法的尸体运到东海荒岛东瀛山埋了。你以为没人知道，可应了一句俗话，要想人不知，除非己莫为，我看到了你所做的一切。

“我杀了一个亲兵，混到你们中间，其实老谋深算的你早已知道，早就想除了我，但看到我武功太高，才没下手，于是你又想出一条毒计，在天下群豪面前将日月神教的位子传给我，然后你就可退到幕后，假惺惺地为声讨日月神教而揭竿而起，结果你成功了。

“当然，当武林盟主，培养亲信，还要排除异己。你想除去我师父韩丐天，于是你就用“隔山打牛掌”打死了假向天鹏，并打伤了大理的段二王爷，想以此来嫁祸我师父，达到不动一兵一卒，让正义侠道两大高手自相残杀除去我师父的目的。

“大家也许会问，“隔山打牛掌”是丐帮的独门功夫，除了帮主一人能使此功以外，世间绝无第二人能用，你上官雄怎会呢？

“我说过，为了一统中原武林，你可谓煞费苦心，你知道当武林盟主，光凭心黑手辣还远远不够，你必须要有一身盖世武功，为此，你必须练就神功，为了在短时间练成神功，你偷取了雪花掌、吐功大法、隔山打牛掌、百变神功和随形剑气等武功秘笈。

“不仅如此，你还培养了你身后四个没有人性的药人，成为你的杀人工具，这一切都被你亲生女儿上官红无意看到，为了怕泄露你的秘密，你还要杀了你的亲生女儿。”

上官雄的脸一阵红，一阵白，台下的群豪个个惊得张大嘴巴，仿佛做了一场噩梦般，无不心惊肉跳。

上官雄道：“自古以来，胜者为王，败者为寇，现在我不是成功了吗？原来我是想等封侯拜相之后，让你和红儿成婚，现在只要你们依附于我，我的还不是你的！”

柳天赐哈哈大笑道：“红儿，也是你叫的吗？你有什么资格为她的人生大事安排，红儿早就在师父的主持下和我成婚了。”

上官雄冷冷道：“你知道的太多了，我要将你们一网打尽。”

说完，上官雄将手一挥，喝道：“上！”

他身后的四个药人面无表情，缓步向群豪走了过来。

走在前面的黑衣人一掌拍出，鸟岛上空顿时啸声大作，似滚滚雷鸣，震得人双耳作聋，雄劲的掌风波及数丈开外，荡得群豪衣襟都似涨满了帆篷，掌风中还夹杂着金石之声，嗤嗤作响，扑在人的脸上，如刀割般疼痛。

柳天赐觉得有一股无形巨力排山倒海般压将过来，迫得他呼吸艰难，胸疼窒闷难耐，他心中惊骇，暗道：这药人武功果然厉害，难怪上官雄有恃无恐……我必须尽全力除了他们。

心念一动，柳天赐双掌往外一推，迎了上去。

九龙神功何等威力，柳天赐双掌往外一推，便在群豪面前筑成了一堵坚不可摧的钢墙，黑衣人那威猛的掌力，撞在那无形钢墙之上，轰然一声暴响。

柳天赐掌力再次吐出，四个黑衣人身子倒卷飞上了半空，扑通嗵全掉在鄱阳湖里。

韩丐天大惊，没想到短短的几个月不见，柳天赐的内功如此突飞猛进。

上官雄见自己辛辛苦苦培养出来的四个药人，被柳天赐一掌打入鄱阳湖，顿时大怒，暗调一口内家真气，陡然长啸一声，拔身而起，凌空跃起两丈多高，在空中把身子一横，双掌挥舞，朝柳天赐扑落下来。

这时候，吴凤娇笑一声，走上前来，对上官雄道："盟主，杀鸡焉用牛刀，我来对付他们吧。"

上官雄哼了一声，退回到自己的龙椅上，吴凤冲站在莲花教主吉多拉身后的那些少女把手一摆。

那些少女摇转经轮，嘻嘻哈哈，柳腰款摆，媚眼流波，朝侠义群豪拥去，忽然间，一阵娇笑声后，那些少女轻轻一抖，便把自己身上的衣服滑落，一个个玉骨丰肌，白光耀眼，似一条条水光溜滑的蛇儿，不住地扭来扭去，淫声浪语，摄人魂魄。

群豪见此情景，顿时脸泛红潮，面赤心跳，各自将眼一闭。

便在这时，那些少女一拥而上，将群豪围住，一阵香风扑面，群豪顿觉头晕目眩，有些功力浅的人，便已扑通嗵摔倒在地，其余的人哪里顾得上与那些少女争斗，双手掩面，转过身去。

裸女们嘻嘻哈哈笑着，伏下身来，各探手指，朝那几个昏倒在地的侠道弟子身上插去。

群豪见那些少女随手一抓，便将人心掏出来，顿时唬得脸色惨白，均想：这是什么邪门功夫，看来比大力鹰爪手还要厉害百倍，这些少女年纪都不大，却一个个不知羞耻，心毒如蛇蝎？说不定真是一群女妖所变。

人人都愤慨万分，恨不得冲上去与邪教以死相拼。

但是，众人一见那些赤身裸体，一丝不挂的女郎，又都觉不妥，群豪都是名震江湖的侠义英雄，若和这些不知羞耻的裸身少女缠裹在一起，未免有失身份，所以，都站着不动，不敢上前，只是指着莲化教的女弟子们乱骂。

就在这时，忽然从湖中的大龙船中走下一行人，这些人个个都是长发遮面，衣服又脏又破。

柳天赐心头一喜，这队人正是被上官雄在阮楚才手上劫去的日月神教众堂主和丐帮的八大长老及段安柯，还有青城派的毕青。

而群豪以为又是上官雄邀请来的邪魔歪道，俱都一怔，

上官雄看到这一行人，也是大惊失色，突然腾身而起，向走在这一行人最前面的毕青拍去，喝道："你敢背叛老夫！"

毕青双掌一错，道："上官雄，算我毕青瞎了眼，没认清你，自被柳教主点破后，我就一直心悔得要命，今天我终于为天下武林作了一件好事，反正我已是身负罪责的人，终是要死的……"说完，就一掌将自己的天灵盖打破。

日月神教的四大堂主和丐帮的八大长老个个都是江湖上叱咤风云的人物，虽然形貌因长年囚禁而改变，但还是被群豪认出，人们发出一阵欢呼。

四大堂主走到柳天赐面前，一齐拜倒在地，齐声道："日月神教堂主拜见教主。"

柳天赐扶起莫广华、陈少雷、田化雄和鲍云威，这四大堂主第一次得见天日，似乎都有恍如隔世的感觉，铮铮铁汉，也都禁不住泪如泉涌。

八大长老走到韩丐天的面前，正欲拜倒，韩丐天马上扶住他们，说道："我已将帮主之位传给了柳天赐，他便是我丐帮的第二十八袋帮主。"

八大长老转头向柳天赐拜见，柳天赐道："丐帮八大长老听令，速结打狗阵法，除妖降魔，造福武林。"

八大长老齐声道："遵命！"

旁边的几大丐帮七袋长老赶忙递上打狗棒，八大长老一声呼喝，飞身而起，各持打狗棒飘身向前，来到斗场，将莲化教的女弟子围住。

那些裸女似乎毫不知厉害，指点着身周的这些脏兮兮的丐帮长老，品头论足，嬉笑不止。

突然，十来个裸女身上如装了什么机括一般，一起娇喝一声，欺身而上，各探纤纤玉指朝丐帮长老抓去。

这些裸女一个个武功古怪，身法灵妙，轻功精绝，运起功来，一个个变得面目狰狞，神态威猛，刚才还是一群出浴仙子，陡然间便变成了一群披头散发的追魂女妖。

只见她们一边扑出，一边口中发出嗷嗷嗷怪叫之声，双手抓出，指风啸响，端的是凌厉凶猛至极。

丐帮的打狗棒法闻名天下，这八大长老都是丐帮中的绝顶高手。

那些莲花教的女弟子攻势虽猛，却也无法贴近其身，渐渐地，那些女弟子便已累得筋酥骨软，娇喘吁吁了，身法已见凝滞，一个个被打狗棒法带得东倒西歪。

八大长老见时机已到，陡然将阵法一变，同时飞身跃起，八大长老手中打狗棒抖动起来，化作千百条青光，在空中织成一张巨网，朝莲花教的那些女弟子罩了下去。

光网倏合倏出，只听一阵卟卟乱响过后，八大长老各自跃回原地，持棒站定。

再看那些裸体少女们，已玉体横陈在地，人人脑浆迸裂，香消玉殒。

吉多拉对女弟子的死毫不动容，不屑地看了一眼众长老，转头对立在云床一侧的丑女人说道："右法王，你去会会这些叫化子。"

丑女人躬身道："领活佛法旨！"伸手自腰间摘下两只大金钹，晃身跃到八大长老面前。

右法王走到八大长老跟前，陡然双手一合，两只大金钹一撞，当的一声巨响，震得岛上群豪双耳欲聋，随即，便见她将右手金钹往外一翻，呼地朝领头的持法长老裴曾法当胸推去。

裴曾法一招“封门打狗”迎上去，丑女人手中的金钹一磨一转，右手一抖，将金钹抛出，只见一团黄光，似流星划破夜空，滴溜溜旋转着朝裴长老头上飞去。

裴长老打狗棒探出，当的一声，便将那金钹挑住，金钹在他的棒尖上兀自旋转不休。

丑女人冷笑一声，陡然右臂一抖，左手金钹脱手，一道金光破空，朝裴曾法当胸撞去。

裴曾法不敢大意，竹杖一抖，杖尖上的那只金钹亦破空飞出。

两只金钹凌空相击，一声脆响，火光四溅，古怪的是，两只金钹一撞倏分，从两侧旋转着，得意地纵声狂笑。

裴曾法冷笑一声，踏步向前，一抖手中的青竹杖，朝丑婆搂头便打。

这一招看似极为普通，正是丐帮打狗棒法的开手式“棒打狗头”，然这极普通的一招由裴曾法使出，却威力无穷。

丑婆一见杖影如山当头压下来，右手一翻，一招“女娲托天”，用金钹迎上去。

裴曾法知道这相貌奇丑的老妖婆内力惊人，不敢与她硬打硬碰，倏地抖腕，将打狗棒斜刺里一滑，变招为“拦腰打狗”，砰的一声，敲在丑婆婆的肋骨上。

群豪齐声喝彩。

丑婆大怒，嗬嗬怪叫几声，抢着双钹，似一头母狮子，朝裴曾法扑去。

裴曾法一招得手，精神陡振，展开了天下无双的打狗棒法，与丑婆游斗起来。

丐帮祖传的打狗棒法果然妙绝天下，裴曾法作为丐帮的执法长老，满怀对上官雄的仇恨，将打狗棒法施展得淋漓尽致，一条普通的竹杖，顿时化作千百条灵蛇，将丑婆裹在杖影里，他使出的全是灵巧招术，尽量避免与丑婆的金钹相碰，青竹杖神出鬼没，变化万端，任凭丑婆的两只金钹上下翻飞，将周围护得风雨难透，那青竹杖所化的“灵蛇”，总能寻隙而入的。

盏茶功夫，丑婆的肩、腰、背、腿已被裴长老连敲十几杖，打得她青痕累累，骨酥筋麻，而裴长老越斗越勇。

丑婆连连受挫，怒火万丈，陡然间振喉发出一声尖厉的啸声，似幽冥鬼嚎，随即双钹脱手，朝裴长老攻去。

两只飞钹一上一下，一左一右，一取头顶，一斩双足，快似流星赶月，金钹破空之声，嗡嗡啸响，摄人魂魄。

裴曾法收杖一绞，护住己身，不料，丑婆双手一拍，攻向他下盘的金钹倏地飞出，凌空往另一只金钹上一撞，两只金钹在震耳欲聋巨响中化成千万块大大小小的碎刃，似天风海雨般朝裴长老罩落下来。

第四十章　枭雄授首

原来丑婆久斗不下，一时恼怒，竟不惜毁掉自己的兵器，也要置裴长老于死地，金钹脱手之前，她已暗运内力，将两只金钹震裂，再用一种令人难以理解的巧妙手法将金钹抛出，待两只金钹一撞，立刻化为碎刃，织成一张光网，将裴曾法裹住。

裴曾法见状大惊，忙将手中的打狗棒漫空里一绞，只听叮叮当当的一阵乱响，无数碎刃被杖风荡得四下里纷飞。

裴曾法紧跟着打狗棒朝地上一点，似一道闪电，从碎刃网中穿出，飘落至地后，双腿一软，跌坐下来。

群豪定神细看，只见裴曾法的身上镶满了碎刃，金光灿灿，煞是好看，而他手中的那打狗棒，也已被碎刃斩成了十七八段。

朱人贵见裴曾法受伤，顿时大惊，蹿过去急声问道："裴大哥，你伤怎么样？"

裴曾法只觉周身痛如刀割，显见那些碎刃已钉入肌肤，他忍住疼痛，暗中调了口真气，尚觉血气未曾受阻，便放心了，笑了笑道："死不了，我没事。"

那金钹化成了万千碎刃，大如手指，小如飞芒，镶嵌在裴曾法身上，有的深入肌肤，有的插入骨中。

裴曾法闭目垂眉，默运玄功，猛地张目怒喝："开！"

只听见叮叮一阵响，那些碎刃，顿时被他用内力弹射出来，落在地上。

然他这一运力，伤口暴裂，鲜血喷涌，将他的衣服都洒红了，朱人贵忙扯下自己的衣襟，为裴曾法包裹伤口。

这时日月神教“青蛇堂”的堂主“九尾银蛇”莫广华已欺身而上。

丑婆的金钹已毁，运起碧磷功，展开白骨抓法与莫广法斗了起来。

丑婆身法怪异，灵妙得不可思议，且其快如鬼魅，在莫广华的掌影中钻来钻去，灵运自如。

“碧磷神功”全聚双手，十根细如弯勾的手指变得碧油油地闪着绿光，每探一爪，内力便自指间发出嗤嗤啸响，惊魂摄魄。

莫广华忙闭住呼吸，内力受阻，身法渐滞，一见丑婆攻势凌厉，顿时手忙脚乱。

陈少雷、田化雄、鲍云威一看就着急，鲍云威道：“教主，我们一起上。”

陈少雷道：“我们四位是日月神教的四大堂主，四人联手与莲花邪教右法王拼斗，恐胜之不武吧！”

柳天赐笑道：“这又不是校场比武，赌斗输赢，莲花邪教是上官雄请来灭中原武林正道的，铲除他们这些邪魔外道，为江湖除害，还讲什么规矩。”

三人一点头，迈动脚步，围着丑婆疾转发掌，发动了攻击。

丑婆见四大高手联手攻将上来，便欲以守为攻，盘膝坐在地上，运起碧磷神功，双掌连拍，十指连弹，内力从指间发出，凝聚成箭，穿透四大堂主的掌力，分射四大堂主的要穴。

四大堂主一见丑婆指力雄劲，无孔不入，不敢久斗。

陡然间，鲍云威一声虎吼，四大堂主同时拔身而起，纵起有三丈余高，在空中将身子翻卷过来，只见他们衫袖飞扬，似四只展翅巨鹰凌空飞旋，扑击而下。

空中陡然响起阵阵雷鸣之声，四大堂主合力一击，化为滚滚浓云，朝丑婆头上压落，轰然一声巨响，震得石岛如浪里飞鸟，摇晃不止，霎时间，砂烟纷飞，石屑四溅，丑婆已身断数截，四肢零乱，散于四个深约尺许的石坑中。

群豪只知日月神教五大堂主个个武功出神入化，闻名不如见面，没想到四人这般了得，无不目瞪口呆，怔了好一会儿，才同声喝起彩来，道："好厉害的神功！"

吴凤吓得心神狂纵，一张俏脸变得惨白，莲花教主吉多拉，一见自己最为得力的弟子被日月神教四大堂主合力分尸碎骨，又惊又怒，眼望着四大堂主，哈哈一阵大笑，笑罢青脸一沉，厉声说道："你们四个孽种，竟敢伤我莲花教的右法王，佛爷我岂能与你们善罢干休？快乖乖过来受死。"

四大堂主力毙丑婆，雄心陡涨，莫广华道："兄弟们，我们何不一鼓作气，再毙了这妖僧！"

四人同气连枝，心息相通，抖擞神威，齐声怒啸，拔身而起，各运玄功，向云床上的吉多拉扑去。

柳天赐张嘴欲喊，但已来不及了，吉多拉一声冷哼，两只宽大的袍袖迎空一抖，漫空里一拂一荡，顿时把四大堂主发出的掌力荡开。

四堂主见吉多拉内家罡气如此威猛，正欲加力下压，陡见吉多拉两只手自袍袖中探出，十指虚空连点，数道光华飞射而出。

四堂主身子悬空，再想闪避已是来不及了，只听嗤嗤嗤嗤数声轻响，四堂主胸前各被射穿一洞，扑通嗵跌落下来，猝坐云床前。

四堂主胸前被吉多拉用碧磷指力射穿一个杯口大的洞，黑血涌流不止，顿时间把衣襟都浸透了。

四人均觉体寒气滞，似有冰锥刺骨，禁不住瑟瑟抖个不停。

人影一晃，千毒不毒怪已到了四堂主的跟前，认真地察看了一下伤势，从怀中的口袋中掏出四粒红色药丸，塞入四人口中。

吉多拉见千毒不怪毒给四大堂主解毒，右手五指一弹，五道光华疾射，朝五人疾射而去。

眼看五人就要中指，突听掌风呼啸，隆隆作响，“轰哗”两声响，跟着鸟岛似乎发出了海啸，四周湖水顿时涌起了千堆雪浪，两股粗大的水柱，冲起三丈多高，一股扑向吉多拉，一股扑向礁石。

巨浪滔天，吉多拉虽然没有被打落湖中，却已被湖水浇得如落汤鸡，发出的五道指力被巨浪化解。

吉多拉功败垂成，眼望着柳天赐，又惊又恐，对吴凤喝道：“左法王，将这小子给我拿下。”

吴凤正欲扑上，柳天赐道：“慢，我有几句话要与你说。”

吴凤停下身形，说道：“你还不快来受死，讲什么废话。”

柳天赐道：“吴凤，你是蜀中无孔四象门蜀中四杰的老四，吴孔四象门是江湖中的侠义之派，只因一场误会，才被毁容，这是我的罪责。但你也让我做了一年的畜牲，这一切我不怪你。可你却投身邪教，祸害中原武林，这就罪不可恕了。”

吴凤没想到这神功盖世的柳天赐就是几年前被自己变成狗的那个丽春院的小子，更是大怒，杏目圆睁，牙关一咬，陡然双腿一弹，凌空跃起，漫天里掌影飘摇，朝柳天赐扑了过去。

柳天赐单掌往外一推，吴凤被震得倒卷出去，扑通摔落在地，一张口，鲜血狂喷不止，挣了两下，就已气绝。

气绝的吴凤，瘫在地上，一张俏脸陡然变得支离破碎，千疮百孔，头上的青丝转瞬间便化为一堆白雪，纷纷散落下来。

吉多拉如身坠冰谷，寒气遍布全身，他呆呆地望着石岛边的柳天赐，心中懊悔、惊骇交加，说不出是什么滋味。

他心想：罢了，想必是我一生作恶多端，佛祖降罪，才派这小子来收我回去。哼，我吉多拉可不能束手待毙，临死也要挣他个鱼死网破。

吉多拉将牙一咬，将余下的一股内家真气运集丹田，而后猛地一提，向石上凌空飞起，双手拢指成抓，朝岛边上的柳天赐扑过去。

柳天赐岂容他近前，待吉多拉尚距自己一丈开外，便将双掌一翻，呼地推出，一阵世间无比的强劲掌力，排山倒海般涌将过来，顿时将吉多拉荡在空中，直飞出四五丈远，坠落下来，正好撞在一块锋利如剑的礁石上，砰的一声暴响，吉多拉被撞得筋断骨碎，血肉横飞，扑嗵坠入湖水中，工夫不大，便已葬身鱼腹。

群豪见柳天赐杀死了莲花教主，顿时欢声雷动。

欢呼之声，如惊雷滚滚，响彻云霄。

突然丐帮有人惊喊道："上官雄不见了!"

群豪一回头，果见上官雄正带着十来个亲信，狼狈地向湖中的大龙舟上逃去。

原来，上官雄见大势已去，就想趁群豪高兴时溜走。

突然一个孩童的声音大叫道："又蹦又跳忽前忽后忽左忽右忽上忽下忽进忽退弯路射人针!"

运功疗伤已愈的不老童圣，将一把细如牛毛的银针向上官雄射去。

此时上官雄和不老童圣已相隔二三十丈远，只见那细如牛毛的银针上下跳跃直射那十来人。

随着一片惨叫之声，邱六指和"青城四杰"十来人扑倒在地，每个人的眉心处都中了一口银针。

上官雄回转身来，袖子一拂，银针竟被他的内力逼住，上官雄趁机一跃，上了龙舟的跳板。

不老童圣大叫道："射不着他了，那乌龟要跑了。"

柳天赐道："徒儿，给我两枚银针。"

不老童圣喜道："师父，你也会玩针呀?"说着就递给了柳天赐两枚银针。

柳天赐右手屈指一弹，喊道："针来了!"两枚银针疾射而出，上官雄闻言急忙转身，反手一掌打落了第一枚银针，然后他头也不回向前纵去，眼看就要跃上了大龙舟，谁知第二枚银针追踪而至，刚一接近，就突然往上一飘，插入他的太阳穴，上官雄大叫一声，翻滚于滚滚的鄱阳湖中。

众人又是欢声雷动，突然间，夜空中传来几声轰隆隆的巨响，接着几条火龙自天边划过，飞落在鸟岛上、湖面上，随之爆炸开来。

摇天撼地的几声巨响，鸟岛四周湖面顿时火色连闪，波翻浪涌，水柱冲天，震得中心石岛好似被巨浪抛起的一叶孤舟，颠簸不止，只见离岛一里远的湖面四周，陡然闪亮起无数只灯火，灯光下十几艘大船已将鸟岛围住。

不老童圣大叫道："咦，那是什么?"

柳天赐心中一动，说道："是九龙帮的战船，阮星霸和郭震东出现了。"

群豪大惊，只见湖面上战船足有数十只，每只船上，都装有一门火炮，灯笼火把高悬，把湖映照得亮如白昼，灯影里，数百名官兵挺立船头，人人怀中抱弓搭箭，威风凛凛，杀气腾腾，好不威严。

这时节，官兵船阵中，有一条大船驰出，在鸟岛五丈之处停住。只见那大船的船面上，摆着一只太师椅，椅上端坐着一个人，身穿蒙古军服，正是郭震东，在他身后立着阮星霸、冰火二老、东海三蛟等黑道巨魔。

韩丐天和玉霞真人一见郭震东，分外眼红，韩丐天大叫道："逆贼，果真是你。"

郭震东呵呵笑道："韩帮主，一别二十年了，不知韩帮主可一向安好?"

韩丐天怒吼一声道："郭辰田，你这个逆贼，当年你叛国投敌，陷害了那么多人，后你又在山西大同残害了白秦川镖头，今日，你又来与天下武林作对，如此不忠不义，作恶多端，你就不怕报应吗?"

郭辰田呵呵笑道："韩帮主说哪里话，我与武林为仇，实在万不得已，王命在身，不敢有违，还望群豪体谅我的苦衷，同时，我还要让大家见两个人。"

说完，他将手向上一指，说道："带上来！"

白素娟、柳天赐、韩丐天一看，禁不住惊呼起来。

"绿鹦！"

"聂宋琴！"

两人被绳索捆住，高高地绑在船的桅杆上，她们同时也看到柳天赐，两人大声喊道："黑虎哥！""天赐！"

柳天赐遥指郭震东大骂道："郭震东，快将她们全给我放了，否则，上官雄就是你的下场。"

郭震东冷笑一声道："柳天赐，你一次次扰乱了大汗的计划，早当该死，到了现在，还口出狂言，不怕人笑话吗？"

柳天赐道："郭震东，你仗着成吉思汗撑腰，就嚣张了是吗，在山西没杀你，让你活到今日，没想到你这只疯狗还不知足！"

郭震东大怒，把脸一沉，喝道："来呀，把岛上的人给我乱箭射死！"

船上的官兵立刻引弓搭箭，瞄准了岛上，乱箭齐发。

霎时间，一阵弓弦急响，箭如飞蝗，朝鸟岛射来，漫天的箭雨。

群豪各摆兵器，拨打箭矢，但官兵从四面八方万箭齐发，密集如雨，群豪哪里能挡得住，眨眼间便有十几个人中箭倒地。

郭震东哈哈大笑道："天下英雄听着，本帅奉大汗之命，来捉拿叛贼，你们速速归降，我看在同道的份上，尚可在大汗面前为你们讨个情，饶你们死罪。否则，哪个不识相，只要我一声令下，万炮齐发，便把鸟岛炸沉，叫你们飞灰烟灭，尸骨无存！"

群豪都已将生死置之度外，纷纷跳脚吼骂，韩丐天将手中的竹杖一拄，大骂道："好恶贼，大家跟他们拼了。"说罢，抖手发出三块石头，朝战船上的郭震东打去。

群豪亦纷纷掏出暗器，振臂甩去，夜空中精芒闪烁，各种各样的暗器尖啸着朝郭震东飞去。

然而，郭震东所剩的战船距离岛有数里之遥，任你有千钧神力，也难把暗器打得那么远，只有韩丐天和玉霞真人、不老童圣、神偷怪的暗器打到船上，其余的雨点般落入湖水中，连大船也没碰着。

柳天赐大怒，说道："我来！"弯腰拾起一块碗大的石头，运起九龙神功，呼的一声抛出。

"呜！"的一声啸响，石头破空疾飞，"砰"的一声打在大船的前舱板上，竟把数寸厚的舱板砸出一洞。

石岛上的群豪一见柳天赐飞石奏效，无不惊喜万端，齐声欢呼。

柳天赐也大喜，捡起石头，双手连发，又朝战船上的郭震东打去，群豪在一边帮着将石头递给柳天赐，霎时间，大大小小石头如炮弹出膛，朝战船猛射。

盏茶工夫，大船的甲板便有几处被柳天赐的飞石打破。

郭震东吓了一跳，手中的令旗往左右一摆，喝道："开炮，把鸟岛炸沉！"

轰隆隆一阵摇天撼地的巨响，火光闪处，炮弹出膛，十数条火龙划破夜空，飞落石岛四周，炸裂开来。

顿时，鸟岛四周的礁石被炸得飞溅，水柱冲天，直扑向鸟岛，又有几个侠道上的英雄，被炸起的飞石砸死，有些胆小之人，见官兵的火炮威力如此凶猛，吓得跳入湖中，四处乱游。

但鸟岛四周都有鞑子战船包围，那些企图跳水逃命的人，眨眼间便被战船上的鞑子兵用挠钩搭住生擒了。

郭震东把令旗一摆，战船上的火炮顿停，他高声喝道："你们可知我火炮的厉害了么，再不投降，叫你们一个也活不成！"

白素娟靠近柳天赐说道："天赐，这打法不行，我们无法靠近战船，而鞑子的火炮又威力无穷，你这般蛮干，天下武林将会毁于一旦的。”

柳天赐丧气道：“那有什么办法？”

白素娟眨了眨眼睛，忽然说道：“我有一个主意。”

柳天赐知道白素娟心计甚多，心头一喜，连声道：“快说，快说！”

白素娟道：“群豪中不乏许多水中高手，如飞鱼帮的几大堂主，人人都能在水底伏得三日三夜，而那些鞑子都是旱鸭子，只仗着火炮威力逞雄，叫他们带着弟兄潜水过去，把鞑子的战船凿穿，把他们的船弄翻，鞑子的火炮便失去了作用。”

柳天赐心中一喜，道：“好，这主意不错！”

韩丐天在一旁道：“此计虽妙，但我们得悄悄过去，切不可叫鞑子发觉。”

飞鱼帮帮主“浪里飞鱼”鲁胜道：“我们从水底潜过去，料鞑子也难发觉，不过，眼下需将狡猾的郭震东稳住，在我们未把鞑子战船弄翻之前，不得叫他们开炮。”

不老童圣嘟着嘴道：“这事不容易吗？说什么兵不厌什么诈的，我们先假意投降，先跟郭乌龟讲讲条件。”

白素娟笑道：“童圣，这次你可讲了一句人话！”

群豪大笑，不老童圣也很高兴。

柳天赐笑道：“斗嘴讲条件，这事交给我，小时候我可是干这一行的，从未输过别人。”

白素娟白了柳天赐一眼，笑道：“这我相信，等鞑子的船一沉，我们便抢上船去救人。”

韩丐天道：“不错，我们选几个身手好的人，作好准备，等四周鞑子战船一沉，便可飞身登舟抢救。”

白素娟道：“鞑子战船离我们这么远，轻功再高恐也难凌波飞渡过去。”

柳天赐道：“那可怎么办?”

白素娟道：“我以为先派几个飞鱼帮的弟兄潜伏于战船与鸟岛之间的水中，等鞑子的战船一沉，他们即可浮出，为救人的垫脚借力。”

柳天赐道：“你是说踩着人过去?”

白素娟点了点头，韩丐天道：“嗯，素娟这主意不错!”

主意商量已定，飞鱼帮帮主鱼胜便带着十几名弟兄，手持凿子，悄悄溜下岛去，钻入湖水中，从水底朝鞑子战船潜过去。

柳天赐站在岛边，使出嘴皮子功夫，与郭震东歪缠。

柳天赐从小在妓院长大，耳濡目染，对骂架使歪一道的确是轻车熟路，好几年未使用，一讲出来还挺过嘴瘾。

郭震东问道：“喂，你们商量好了吗?”

柳天赐道：“商量好了，你叫我们投降，我们还有两个条件!”

“什么条件?你说!”郭震东以为群豪怕了。

“我们投降以后，成吉思汗会封我们什么官儿?”

郭震东笑道：“各位都是中原武林中成名英雄，大汗对各位都心仪已久，大汗早就想和各位谈谈，若你们识时务，大汗定不会亏待你们。”

柳天赐道：“怎么个不亏待法?”

郭震东道：“大家随我一同到大都，面见大汗，而后论功行赏，荣华富贵享之不尽。”

柳天赐笑道：“不错，不错，不过，他封这些人什么官我不管，我只问问你，那成吉思汗能封我什么官?”

郭震东道：“柳少侠集日月神教教主和丐帮帮主于一身，又武功盖世，只要你肯为大汗效力，大汗定会对你青眼有加，封你为金刀驸马，将公主嫁给你。”

柳天赐道：“公主不是被你抓住了吗?你又在骗我!”

郭震东道：“公主不知怎么竟鬼迷心窍，犯上作乱，与大汗为敌，我们将她抓住，只是想给她点苦头吃。”

柳天赐道：“可我们都是大宋的子民，这样叛投成吉思汗，别人会指着我们的背脊，骂我们祖宗十八代的，我们这样不就成了千古罪人了吗?”

郭震东哈哈一笑道：“柳少侠，此言差矣，所谓人生一世，草木一青，人生苦短，我们不能名垂青史，也要遗臭万年，我们此生享尽了荣华富贵，后世让别人嚼舌根又怕什么呢，凡成大事者，哪个不脸厚心黑!”

柳天赐道：“郭大人真是妙见，听你一席话，胜读万卷书，我以前怎么没想到，一席话真是使人如梦方醒。”

郭震东有些得意，摇头晃脑，哈哈大笑道：“柳少侠过奖。”

正说话间，忽然战船四周的鞑子乱哄哄地呼叫起来。

郭震东闻声一惊，环目四顾，只见那数十只战船，不知怎么地都倾斜了，阮星霸脸色一变，惊呼道：“不好了，我们上了那小王八蛋的当了……”

郭震东此时才明白，柳天赐之所以和自己一味东拉四扯地蛮缠，原来是了为了引开自己的注意，拖延时间，好叫人暗中潜水凿船。

郭震东方寸大乱，连声大喊道：“快开炮，快开炮……”

然而，他此时下令开炮，为时已晚，他所带来的鞑子兵，不识水性，全靠火炮和弓弩逞威。此时，船底已被飞鱼帮的水鬼凿穿，船舱入水，船身倾斜，那些官兵顿时慌了手脚，东蹿西躲，大呼小叫，哪里还顾得上开炮。

郭震东见战船上的官兵们似热锅上的蚂蚁，乱作一团，气得破口大骂道：“混账东西，别乱跑，小心翻船!”

可官兵此时只顾活命，哪里肯听他的指挥，他越是叫骂，鞑子兵越害怕，跑得越欢，这一乱跑，船身失重得更加厉害，伏在水底的飞鱼帮水手更用力地基层凿开船底，数十只工战船十之八九船身大量进水，倾斜得厉害，这些蒙古兵来自北方，哪打过水仗，船身斜，全都乱了手脚，有些甚至于直接落水……

飞鱼帮的十几名，再加上别的一起共有几十名弄潮高手，一见鞑子兵落水，顿时展开水中功夫，在鞑子兵群中穿来游去，用手中的凿子乱扎猛刺，鞑子兵大都不识水性，一时间鸟岛四周的湖面上，浮尸滚滚，血浪翻涌，不到半顿饭工夫，两三百鞑子兵，便已被水手们尽数全歼，无一生还。

群豪见到如此情景，无不痛快淋漓，战船一沉，险围已解，群豪绝处逢生，顿时欢欣鼓舞，纵声欢呼起来。

郭震东脸如死灰，心中慌乱至极，他心中明白，自己这次出征，是在成吉思汗面前夸下了海口，说是要把中原武林人物一网打尽，成吉思汗就给他派了战船火炮。

没想到这次又全军覆没，只得叫道："快撤，快撤!"

韩丐天、柳天赐和神偷怪等人正准备上船救人，突然，湖面上四艘扁舟如飞箭般的向战船急驰而去。

四只扁舟上各站着一个人，冲在最前面的是一个红衣少女，她怀里抱着一物，显然这只扁舟都是舟上的人用深厚的内力摧动的。

水花向两边分去，四只舟如离弦利箭，劈波斩浪，劲射而去。

等小舟快近战船时，红衣少女和身后三个穿花衣服的人飘然上了战船。

在战船的灯光下，那红衣少女赫然就是上官红，柳天赐惊喜叫道："红儿!"

上官红人在空中，朝柳天赐妩媚一笑。

原来，上官红被"死亡门"三使者所救，带到了鄱阳湖美姬谷中，上官红在美姬谷中就生下了她和柳天赐的骨肉。

八月中秋，亲人团聚的日子，上官红抱着儿子正思念着柳天赐，突听见鄱阳湖上炮声隆隆，心里一惊，她自小在蒙古军营长大，知道这么多火炮轰炸，绝非一般的情况，于是就带着死亡门三使者，踏舟而来。

郭震东陡见神兵从天而降，大叫一声："快打，快打!"

众魔头拥上了船头，刀枪并举，组成一道光网，阻止上官红和三使者登船。

突然，众魔头中一个穿鞑子服的老者身子一拧，竟已突地纵高几丈，双脚在船桅上一蹬，人已飘然上了桅杆的顶端。

这手轻功可谓是空前绝后，郭震东大惊，叫道："吴人，你疯了，不来挡敌，跑到桅杆上去干什么?"

被称作吴人的老者，身在桅杆之上，哈哈大笑道："郭震东，你这个叛贼，你瞪大眼睛看看我是谁!"说完，老者一抹脸。

绿鹦欢声叫道："爹，快救我!"

郭震东惊叫道："无影怪!"

无影怪大笑道："郭城东，老子就是你爹无影怪，你将我女儿绑这么高，你才疯了呢。"

说完他手中长剑一挥，绿鹦和聂宋琴身上的绳索已断，无影怪和绿鹦一人提着聂宋琴的一条臂膀，凌空下落，等快接近甲板时，身子突然飞平，踩着湖中的浮尸，踏浪而过，已到了岛上，而脚上一点都没打湿，群豪大声叫好。

原来无影怪四处寻找绿鹦的下落，一直追到蒙古大营，突然不见了，他知道女儿鬼精灵，一定是躲着他，于是他就扮作鞑子兵吴人的身份，在大营里明察暗坊，后无意间得知成吉思汗要炮轰武林大会，就将计就计一直躲在大营里。

由于他轻功高，被选到了九龙帮，没想到在这里救了自己的女儿。

群豪回过神来，再看战船，上官红和三使者已上了船头。

冰火二老和东海三蛟、巴颜图、红发上人、二三十名黑道高手一拥而上，将四人围在中间。

白素娟将包袱中的龙尊剑取出，递给柳天赐道："天赐，快救红儿!"

柳天赐叫道："红儿，我来也!"说完，身子一弹，像脱弓弹丸，凌空飞射，从岛上弹起，直朝战船飞去。

他中间竟不借助任何东西垫脚，如一只大鸟向战船飞扑，无影怪看了也大声叫好。

上官红见柳天赐上船，芳心大喜，精神陡振。

柳天赐道："红儿，你怀里抱着什么?"

上官红脸一红，道："你儿子!"

柳天赐身子一热，狂喜叫道；"让我看看!"冰火二老怪叫着上前阻拦，柳天赐看也不看，双手疾伸，竟将冰火二老的脖子抓住，随手一掷，扔到水里，过了好久，才听到扑通两声水响。

上官红嗔道："也不看什么时候，是你自己的儿子，以后你爱怎么看就怎么看。穿山甲，将我儿子抱去。"

说着上官红将手里的婴儿递给穿山甲，穿山甲道："门主，你和公子能应付吗?"

上官红道："天赐，你说呢?"

柳天赐一声傲笑道："红儿，地罡无情，有情无魔，双剑合璧，可是天下无敌!"

上官红豪气一生道："好，你们上去吧。"

上官红说完，柳天赐袖子一拂，三使者借力飞起，人在空中一勾一带，三声惨叫，东海三蛟已倒在血泊之中，随着三声惨叫一停，三使者已抱着婴儿上岛了。

群豪都屏住呼吸，静静地看着船上，上官红拔出美姬剑，与柳天赐肩并肩站在一起。

一对璧人，双剑齐出，红蓝光交织在一起，煞是好看。

岛上都是都当今武林中的精英，看着柳天赐和上官红使剑，个个都如痴如醉，叹为观止。

在惊呆之间，众魔头已尸横遍船，阮星霸转身朝湖中跳去。

飞鱼帮的弟兄马上扑上，使阮星霸陈尸湖面。

现在船上只剩下郭震东一人，他已毫无斗志，仰天长叹，拔剑自刎，柳天赐和上官红两人双剑一挑，搭上了郭震东手里的长剑，随着内力一吐，只听崩崩声响，郭震东手里的长剑已断成数截。

柳天赐点了他的穴道，这时，大船已急沉下去，柳天赐和上官红提着郭震东飞身上岸，大船沉入水底，连影子都不见了。

此时，东方的天际晨曦微露，夜幕已被晨风轻轻拂散，粼波万顷的鄱阳湖，安详得像睡熟的婴儿，发出阵阵梦中的甜笑。

鸟岛四周的湖面上，鞑子兵的浮尸，飘荡在血波里，发出浓烈的血腥气，引来一群群游鱼，啃噬着他们的骨肉，发出咯吱吱的声响。

鸟岛上，群豪谁也没有说话，死一般的沉静，静得能听见每一个人的心跳。

郭震东耷拉着脑袋，脸上苍白如纸，白素娟和聂宋琴跨步向前，柳眉倒竖，杏眼圆睁，白素娟手里持着柳天赐递给他的龙尊剑，高叫一声道："爹，素娟今日为你报仇了！"

说完，她和聂宋琴两柄剑插进了郭震东的胸中……

岛上还是一片沉静，群豪个个都是恍如隔世之感，纷纷低头思索着什么，无不感叹满怀。

柳天赐面对浩潮的鄱阳湖，仰天振喉，发出一声长啸。

啸声似滚滚雷鸣，划破长空，啸声未歇，却听到一个婴儿洪亮的哭声。

上官红道："看你把孩子吓着了吧，素娟姐姐、绿鹦、宋琴妹子，你们说该不该罚他？"

白素娟、绿鹦、聂宋琴三位绝色少女红着脸道："该罚！"

上官红身子一弹，说道："那我就割下他的红痣！"挥剑向柳天赐额头削去。

三少女齐声惊呼道："不要……"

上官红长剑一收，投入柳天赐的怀里，在柳天赐的额头吻了一口，娇笑道："看来你们比我还着急。"

三个少女全都羞红了脸。这时红日冉冉升起，金光万道，映在上官红和三个少女娇羞的脸上，分外好看。柳天赐不由看呆了，群豪轰然大笑。

——全书完——